Karl Gjellerup
Der Pilger Kamanita

Karl Gjellerup

Der Pilger Kamanita

Ein Legendenroman

Anaconda

Die Originalausgabe erschien zuerst 1906 in Kopenhagen unter dem Titel *Pilgrimen Kamanita.* Der Text dieser Ausgabe folgt Gjellerups eigener Übersetzung ins Deutsche, die als erstes und zweites Tausend 1907 in der Literarischen Anstalt Rütten & Loening in Frankfurt am Main erschien.

Die Deutsche Nationalbibliothek verzeichnet diese Publikation in der Deutschen Nationalbibliographie; detaillierte bibliographische Daten sind im Internet unter http://dnb.d-nb.de abrufbar.

Umschlagmotiv: »A prince in discussion with a religious man holding a book« aus dem *Small Clive Album* (18. Jahrhundert),
© Victoria & Albert Museum, London,
The Stapleton Collection / Bridgeman Giraudon
Umschlaggestaltung: Druckfrei. Dagmar Herrmann, Köln
Satz und Layout: GEM mbH, Ratingen
Printed in Czech Republic 2007
ISBN 978-3-86647-098-9
info@anaconda-verlag.de

Inhaltsverzeichnis

This narrative is not
meant for narration

Byron, Don Juan XIV, 7

Der Erhabene begrüßt die Stadt der fünf Hügel

Einst wanderte der Buddha im Lande Magadha von Ort zu Ort und kam nach Rajagaha. Der Tag ging schon zur Neige, als der Erhabene sich der Stadt der fünf Hügel näherte. Gleich dem Abglanz einer segnenden Götterhand breiteten sich die milden Strahlen der Sonne über die weite, mit grünen Reisfeldern und Wiesen bedeckte Ebene. Hier und dort zeigten kleine an der Erde hinkriechende Wölkchen, wie aus reinstem Goldstaube, daß Menschen und Ochsen von der Feldarbeit heimkehrten; und die langgestreckten Schatten der Baumgruppen waren wie von einer regenbogenfarbigen Glorie umgeben. Aus dem Kranze der blühenden Gärten glänzten die Torzinnen, Terrassen, Kuppeln und Türme der Hauptstadt hervor, und in unvergleichlichem Farbenschmelz, als wären sie aus Topasen, Amethysten und Opalen gebildet, lag die Reihe der Felsenhügel da.

Von diesem Anblick ergriffen, blieb der Erhabene stehen. Mit Freuden begrüßte er jene vertrauten Formen, die so manche Erinnerungen für ihn bargen: das graue Horn, das breite Joch, den Seherfelsen und den Geierkulm, »dessen schöner Gipfel die andern wie ein Dach überragt«; – vor allen aber Vibhara, den Berg der heißen Quellen, der mit seiner Höhle des Sattapannibaumes dem Heimatlosen eine erste Heimat bereitet hatte – die erste Rast auf dem letzten Wege vom Sansara ins Nirvana.

Denn als er damals »noch in frischer Blüte, mit glänzendem, dunklem Haar, im Genusse glücklicher Jugend, im ersten Mannesalter, gegen den Wunsch seiner weinenden und klagenden Eltern« das fürstliche Vaterhaus im nördlichen Lande der Sakyer verlassen und seine Schritte nach dem Gangatal gerichtet hatte, da gönnte er sich erst dort einen längeren Aufenthalt, indem er jeden Morgen um Almosenspeise nach Rajagaha ging. In jener Höhle hatte ihn auch damals der König von Magadha, Bimbisara, besucht und ihn vergebens beschworen, ins Elternhaus und ins Weltleben zurückzukehren, bis der Fürst, durch die Worte des jungen Asketen umgestimmt, das erste Vertrauen faßte, das ihn später zum Anhänger des Buddha machte.

Lange Zeit war seitdem verflossen – ein halbes Jahrhundert, in dem er nicht nur seinen eigenen Lebenslauf, sondern den Lauf der Welt gewendet hatte. Welcher Unterschied zwischen damals, als er drüben in der Höhle des Sattapannibaumes weilte, und jetzt! Damals war er noch ein Suchender, ein nach der Erlösung Ringender: schreckliche Seelenkämpfe standen ihm noch bevor, jahrelange, ebenso furchtbare wie fruchtlose Kasteiungen, bei deren Schilderungen selbst dem Beherztesten seiner Zuhörer sich die Haare vor Entsetzen sträubten; – bis er dann endlich, nach völliger Überwindung solcher Schmerzensaskese, durch inbrünstige Selbstvertiefung die Erleuchtung errang und zum Heil der Wesen als ein allerhöchster, vollendeter Buddha aus dem Kampfe hervorging.

Damals ähnelte sein Leben einem unsteten Vormittag in der Regenzeit, wo blendender Sonnenschein und tiefe Schatten wechseln, während der Monsun die Wolken immer höher aufeinander türmt, und das tödlich drohende Gewitter immer näher grollt. Jetzt aber war es von demselben abendlichen, heiteren Frieden erfüllt, der über dieser Landschaft ruhte, und der immer tiefer und verklärter zu werden schien, je mehr der Sonnenball sich dem Horizonte näherte. Auch die Sonne seines Lebenstages neigte sich ja dem Untergange zu. Sein Werk war vollbracht. Das Reich der Wahrheit war fest begründet, die Heilslehre der Menschheit verkündet; viele wandel- und wissensbewährte Mönche und Nonnen und Laien-Anhänger beiderlei Geschlechts waren fähig, dieses Reich zu schützen, diese Lehre aufrechtzuerhalten und weiterzuverbreiten. Und schon stand nach den Erwägungen dieses Tages, den er mit einsamer Wanderung zugebracht hatte, die Erkenntnis in seinem Herzen fest: gar bald wird es für mich Zeit sein, auf immer diese Welt zu verlassen, aus der ich mich selber und alle, die mir folgen, erlöst habe, und in die Ruhe Nirvanas einzugehen. –

Und die Gegend mit wehmütigem Gefallen überblikkend, sprach der Erhabene bei sich selber: »Lieblich fürwahr ist Rajagaha, die Stadt der fünf Hügel, reizend sind ihre Umgebungen! Reich gesegnet sind die Felder, herzerfreuend die baumbeschatteten, wasserblinkenden Auen, überaus anmutig die buschigen Felsenhügel. – Zum letzten Male sehe ich ja jetzt von diesem schönsten Punkte aus diese liebliche Gegend. Nur einmal noch, wenn ich weiterziehe und mich auf jenem Joche umwende, werde ich von drüben das liebliche Tal Rajagahas erblicken und dann nimmermehr.«

In der Stadt ragten nur noch zwei Bauwerke goldig in das Sonnenlicht empor: der höchste Turm des Königspalastes, von wo aus Bimbisara ihn zuerst erspäht hatte, als er, ein junger unbekannter Asket, seine Straße zog und durch seinen hohen Anstand die Aufmerksamkeit des Magadhakönigs auf sich lenkte; – und der Kuppelaufsatz des Indratempels, in welchem damals, bevor sein Wort die Menschen von blutigem Aberglauben erlöst hatte, Tausende und Abertausende von unschuldigen Tieren jährlich dem Gott zu Ehren hingeschlachtet wurden. Nun tauchten auch die Turmzinnen erlöschend in das steigende Schattenmeer unter, und nur jener Kegel von goldenen, übereinandergespannten Sonnenschirmen*, der den Tempeldom krönte, glühte noch, gleichsam frei in der Luft schwebend, als ein Wahrzeichen der »Königsstadt«**; – immer röter sprühte und funkelte er auf dem dunkelblauen Hintergrund von hochragenden Baumwipfeln. Und hier erblickte der Erhabene das immer noch ziemlich entfernte Ziel seiner Wanderung. Denn jene Baumwipfel waren die des Mangohaines jenseits der Stadt, der ihm von seinem Anhänger Jivaka, dem Leibarzt des Königs, geschenkt worden war, und in welchem ein schönes Klostergebäude den Mönchen gesunde und bequeme Unterkunft gewährte.

Nach diesem Besitztum des Ordens hatte nun der Erhabene die ihn begleitenden Mönche – zweihundert an der Zahl – unter der Leitung seines Vetters und treuen Begleiters Ananda vorausgehen lassen, weil es ihn lockte, die Wonne einer einsamen Tageswanderung zu kosten. Und es war ihm bekannt, daß um die Zeit des Sonnenunterganges von Westen her ein Zug junger Mönche, geführt vom weisen Sariputta, dem großen Schüler, in dem Mangohain eintreffen würde. In seinem lebhaften, auf das Anschauliche gerichteten Geiste spielte sich nun das Schauspiel ab, wie

* Der goldene Sonnenschirm ist das Emblem der Königswürde.

** Rajagaha (Sanskrit: Rajagriha) = Königsstadt, jetzt Rajgir, 10 Meilen südöstlich von Patna.

die ankommenden Mönche mit den schon anwesenden sich freundlich begrüßten, wie ihnen von jenen Sitz und Lagerstatt angewiesen, Mantel und Almosenschale abgenommen wurden, und wie dabei großer Lärm und lautes Geschrei entstand, als ob Fischer um die Beute rauften. Und ihm, der stille Betrachtung liebte und dem Lärm abhold war, wie der einsam wandernde Löwe: ihm war gerade jetzt, nach der köstlichen Ruhe der einsamen Wanderung und dem friedlichen Segen dieser Abendlandschaft, der Gedanke doppelt peinlich, in ein solches Treiben hineinzugeraten.

Und so entschloß er sich im Weiterschreiten, nicht durch die Stadt nach seinem Mangohain zu gehen, sondern in dem ersten besten Hause des Vorortes, in dem er Unterkunft finden konnte, sein Nachtlager aufzuschlagen.

Unterdessen waren die goldigen Flammen des westlichen Himmels in brennende Orangetöne verweht und diese wiederum in die feurigste Scharlachglut zerschmolzen. Ringsum leuchteten die Felder immer grüner und grüner, als ob die Erde ein Smaragd wäre, der von innen durchstrahlt würde. Aber schon umspann ein traumhaft violetter Dunst die Ferne, während eine fast übersinnliche Purpurflut – man wußte nicht, ob Licht, ob Schatten – wie von überallher niedersinkend, emporsteigend und hereinströmend, den ganzen Raum durchwallte, Festes auflösend und Loses sammelnd, Nahes fortschwemmend und Fernes heranflutend, *Alles* aber in Schwanken und flimmerndes Zittern versetzend …

Durch die Schritte des einsamen Wanderers emporgeschreckt, hakte ein fliegender Hund seine ledernen Flügel von dem Zweig eines schwarzen Salabaumes los und strich mit piepsendem Schrei durch die Dämmerung, um den Obstgärten des dorfähnlichen Vorortes einen Besuch abzustatten.

So war es Abend geworden, als der Erhabene diesen Vorort Rajagahas erreichte.

Die Begegnung

Beim ersten Hause, dessen Wand bläulich zwischen den Gartenbäumen hervorschimmerte, gedachte der Erhabene vorzusprechen. Wie er sich nun aber der Tür nähern wollte, wurde er ein Netz gewahr, das auf einen Ast gehängt war. Und der Erhabene schritt fürbaß, das Haus des Vogelstellers verschmähend.

An diesem äußeren Rande des Ortes waren die Häuser spärlich verstreut, auch hatte dort unlängst eine Feuersbrunst gewütet, und so dauerte es denn eine Weile, bis er wieder an eine menschliche Wohnung kam. Es war dies das Gehöft eines wohlhabenden Brahmanen. Der Erhabene war schon zum Tor hereingetreten, da hörte er, wie drinnen die beiden Frauen des Brahmanen keiften, mit lauten schreienden Stimmen sich zankten und sich gegenseitig mit groben Schimpfworten bewarfen. Und der Erhabene wendete sich um, trat wieder zum Torwege hinaus und schritt fürbaß.

Der Lustgarten jenes reichen Brahmanen erstreckte sich weithin den Weg entlang. Der Erhabene begann schon Müdigkeit zu spüren, und sein rechter Fuß, von einem scharfen Stein verletzt, schmerzte ihn im Weiterschreiten. So näherte er sich endlich dem nächsten Wohnhause, das schon von weitem sichtbar war; denn heller Lichtschimmer strömte quer über den Weg durch das Gitter der Fensterläden und die offenstehende Tür. Wäre aber auch ein Blinder gekommen, so hätte er doch das Haus bemerkt, denn übermütiges Lachen, Becherklang, Stampfen tanzender Füße und lieblich heitere Töne der siebensaitigen Vina drangen ins Freie heraus; an den Türpfosten gelehnt aber stand ein schönes Mädchen in reichem Seidengewand und mit Jasmingewinden behangen. Lachend ihre vom Betelkauen roten Zähne zeigend, lud sie den Wanderer ein: »Tritt herein, Fremder! Hier wohnt die Freude.«

Und der Erhabene schritt fürbaß, seines Wortes gedenkend: »Als Weinen gilt im Orden der Heiligen das Singen; als Tollsein gilt im Orden der Heiligen der Tanz; als kindisch gilt im Orden der Heiligen das Zähnezeigen zur Unzeit, das Lachen: Genüg' euch in Wahrheit Entzückten das Lächeln des lächelnden Blickes.«

Das Nachbarhaus war nicht weit entfernt, aber der Lärm der Zecher und der Vinaspieler drang bis dahin, und so ging der Buddha weiter bis zum nächsten Hause. Neben diesem waren aber zwei Metzgergesellen beim letzten Schimmer des Tageslichtes eifrig am Werk, eine soeben geschlachtete Kuh mit scharfen Messern zu zerlegen.

Und der Erhabene schritt an der Wohnung des Schlächters vorüber.

Vor dem nächsten Hause standen viele Schüsseln und Näpfe aus frischem Ton, die Ausbeute einer rechtschaffenen Tagesarbeit; unter einer Tamarinde befand sich das Töpferrad, und der Hafner löste gerade eine Schüssel davon ab und trug sie zu den anderen.

Der Erhabene trat zum Hafner hin, begrüßte ihn höflich und sagte:

»Wenn es dir, Abkömmling Bhagas, nicht ungelegen ist, bleibe ich über Nacht in deinem Vorsaale.«

»Es ist mir, o Herr, nicht ungelegen. Doch ist soeben ein Pilger angekommen, müde von einer langen Wanderung. Und er hat schon sein Lager hier aufgeschlagen.

Wenn es *ihm* recht ist, mögest du bleiben, o Herr, nach Belieben.«

Und der Erhabene überlegte sich: »Einsamkeit freilich ist der beste Gefährte. Aber dieser liebe Pilger ist hier spät angekommen, wie ich selber, müde von einer langen Wanderung. Und er ist an den Häusern unreiner, blutiger Gewerbe vorbeigegangen, ist an dem Hause des Zankes und des gehässigen Streits und an dem Hause des Lärms und der unwürdigen Freuden vorübergeschritten, um erst hier beim Hafner einzukehren. Mit einem solchen Manne zusammen kann man die Nacht verbringen.«

So trat denn der Erhabene in die Vorhalle ein, wo er einen jungen Mann von edlen Gesichtszügen gewahr wurde, der in der einen Ecke auf einer Matte saß.

»Wenn es dir, Pilger, nicht ungelegen ist«, sprach der Erhabene zu ihm; »bleibe ich über Nacht hier im Vorsaale.«

»Geräumig, Bruder, ist der Vorsaal des Hafners; bleibe der Ehrwürdige nach Belieben.«

Da breitete nun der Erhabene an der einen Wand die Strohmatte hin und setzte sich nieder, die Beine gekreuzt, den Körper gerade aufgerichtet, in heiliges Sinnen versunken. Und der Erhabene brachte die ersten Stunden der Nacht sitzend zu. Und auch der junge Pilger brachte die ersten Stunden der Nacht sitzend zu.

Da gedachte denn der Erhabene bei sich: »Ob wohl dieser edle Sohn fröhlich beflissen ist? – Wie, wenn ich ihn nun darum fragte?«

Und der Erhabene wandte sich also an den jungen Pilger: »Weshalb, o Pilger, bist du in die Heimatlosigkeit gegangen?«

Der junge Pilger antwortete:

»Nur ein paar Nachtstunden sind vergangen. Wohlan, wenn mir der Ehrwürdige seine Aufmerksamkeit schenken will, werde ich erzählen, weshalb ich in die Heimatlosigkeit gegangen bin.«

Der Erhabene gab durch freundliches Kopfnicken sein Einverständnis zu erkennen, und der junge Pilger hub zu erzählen an.

Nach dem Ufer der Ganga

Ich heiße Kamanita mit Namen und bin in Ujjeni geboren, einer weit im Süden gelegenen Stadt, im Lande Avanti, im Gebirge. Dort kam ich in einer begüterten, wenn auch nicht sehr vornehmen Kaufmannsfamilie zur Welt. Mein Vater ließ mir eine gute Erziehung zuteil werden, und als ich die Opferschnur anlegte, war ich schon ziemlich im Besitze der meisten Fertigkeiten, die sich für einen jungen Mann von Stand passen, so daß man allgemein glaubte, ich müßte in Takkasila* erzogen worden sein. Im Ringkampf und im Degenfechten war ich einer der ersten; ich hatte eine schöne, wohlgeübte Singstimme und verstand die Vina kunstreich zu schlagen; ich konnte alle Gedichte Bharatas und noch viele andere auswendig hersagen; mit den Geheimnissen der Metrik war ich aufs innigste vertraut, und verstand auch selber gefühlvolle und sinnreiche Verse zu schreiben. Im Zeichnen und Malen übertrafen mich nur Wenige, und meine Art Blumen zu streuen wurde allgemein bewundert. Groß war mein Geschick im Färben der Kristalle und meine Kenntnis von der Herkunft der Juwelen; keine Papageien oder Predigerkrähen sprachen so gut wie diejenigen, die ich abgerichtet hatte. Auch verstand ich von Grund aus das vierundsechzigfeldige Brettspiel, das Stäbchenspiel, das Bogenspiel und das Ballspiel in allen seinen Abarten, sowie allerlei Rätsel- und Blumenspiele. Und es wurde, o Fremder, eine sprichwörtliche Redensart in Ujjeni: »Vielbefähigt wie der junge Kamanita.«

* Das Oxford des alten Indien (in Pendschab gelegen).

Als ich zwanzig Jahre alt war, ließ mein Vater mich eines Tages rufen und sprach also zu mir:

»Mein Sohn, deine Erziehung ist jetzt vollendet, und es ist Zeit, daß du dich in der Welt umsiehst und dein Kaufmannsleben beginnst, auch habe ich dafür jetzt eine gute Gelegenheit gefunden. In diesen Tagen schickt unser König eine Gesandtschaft an den König Udena in Kosambi, weit von hier, im Norden. Dort habe ich aber einen Gastfreund Panada. Der hat mir längst gesagt, in Kosambi wäre mit Produkten unseres Landes, besonders mit Bergkristallen und Sandelpulver, sowie mit unseren kunstvollen Rohrgeflechten und Weberwaren ein gutes Geschäft zu machen. Ich habe aber immer eine solche Geschäftsreise als ein großes Wagnis gescheut wegen der vielen Gefahren des Weges. Wer nun aber die Hin- und Herreise im Gefolge dieser Gesandtschaft macht, für den ist gar keine Gefahr vorhanden. Wohlan, mein Sohn, wir wollen auf den Lagerplatz gehen und uns die zwölf Ochsenwagen und die Waren ansehen, die ich für deine Fahrt bestimmt habe; du wirst für unsere Produkte Musselin aus Benares und ausgesuchten Reis mit zurückbringen, und das wird, hoffe ich, ein glorreicher Anfang deiner kaufmännischen Laufbahn sein; auch wirst du Gelegenheit haben, fremde Länder mit anderer Natur und anderen Sitten kennen zu lernen und unterwegs mit Hofleuten, Männern vom höchsten Anstande und feinsten Betragen tagtäglich zu verkehren, was ich für einen hohen Gewinn erachte; denn ein Kaufherr muß ein Weltmann sein.«

Ich dankte meinem Vater unter Freudentränen, und schon wenige Tage danach nahm ich vom Elternhause Abschied.

Wie schlug mein Herz vor freudiger Erwartung, als ich inmitten dieses prächtigen Zuges, an der Spitze meiner

Karren, zum Stadttor hinauszog und die weite Welt offen vor mir lag. Jeder Tag dieser Reise war mir wie ein Fest, und wenn abends die Lagerfeuer flammten, um Tiger und Panther zu verscheuchen, und ich im Kreise älterer und vornehmer Männer an der Seite des Gesandten saß, dünkte ich mich vollends im Märchenland.

Durch den herrlichen Waldbereich Vedisas und über die sanften Höhenzüge des Vindhyagebirges erreichten wir die ungeheure nördliche Ebene, wo eine ganz neue Welt sich mir eröffnete; denn ich hätte nie gedacht, daß die Erde so flach und so groß sei. Und etwa einen Monat nach unserer Abreise sahen wir an einem herrlichen Abend, von einer palmengekrönten Anhöhe aus, zwei goldene Bänder, die sich dem Dunstkreise des Horizontes entwanden, das unendliche Grün durchzogen und sich allmählich einander näherten, bis sie sich zu einem breiten Band vereinigten.

Eine Hand berührte meine Schulter.

Es war der Gesandte, der an mich herangetreten war.

»Da siehst du, Kamanita, die heilige Jamuna und die hochheilige Ganga, die dort vor unseren Augen ihre Fluten vereinigen.«

Unwillkürlich erhob ich anbetend meine Hände.

»Du tust recht, sie also zu grüßen«, fuhr mein Beschützer fort. »Denn wenn die Ganga von dem Göttersitz im nördlichen Schneegebirge kommt und gleichsam aus der Ewigkeit flutet, so kommt die Jamuna aus fernen Heldenzeiten, und ihre Fluten haben die Trümmer der Ilfenstadt*

* Hastinapura = Elefantenstadt. Das Wort »Ilf« hat Adolph Holtzmann geprägt (»Indische Sagen« XXIX).

gespiegelt und jene Ebene bespült, wo die Panduinge und die Kuruinge um die Herrschaft rangen, wo Karna in seinem Zelte grollte, wo Krishna selber die Rosse Arjunas lenkte – doch ich brauche dich ja nicht daran zu erinnern, da du in den alten Heldenliedern wohl bewandert bist. Oft habe ich drüben auf jener spitzen Landzunge gestanden und gesehen, wie die blauen Wogen der Jamuna neben den gelben der Ganga dahinflossen, ohne sich mit ihnen zu vermischen, so wie die Kriegerkaste neben der Brahmanenkaste unvermischt besteht. Dann kam es mir vor, als ob ich mit dem Rauschen dieser blauen Fluten auch kriegerische Klänge vernähme, Waffengetöse und Hörnerrufe, Wiehern von Rossen und Trompeten der Kampfilfen, und mein Herz schlug höher, denn auch meine Ahnen waren ja dabei gewesen und der Sand Kurukschetras hatte ihr Heldenblut getrunken.«

Voll Bewunderung blickte ich zu diesem Manne aus der Kriegerkaste empor, in dessen Familie solche Erinnerungen lebten.

Er aber faßte mich an der Hand.

»Komm, mein Sohn, und begrüße das Ziel deiner ersten Reise.«

Und er führte mich nur wenige Schritte um ein dichtes Gebüsch herum, das bis jetzt die Aussicht nach Osten verdeckt hatte.

Als diese sich nun plötzlich öffnete, stieß ich unwillkürlich einen Schrei der Bewunderung aus.

Dort – an einer Biegung der breiten Ganga – lag eine große Stadt: Kosambi.

Mit ihren Mauern und Türmen, ihrer aufsteigenden Häusermasse, ihren Terrassen, ihren Quais und Ghâts* sah sie, von der untergehenden Sonne beleuchtet, wahrlich aus, als wäre sie ganz und gar aus rotem Gold gebaut – so wie es ja Benares war, bis die Sünden der Einwohner es in Stein und Mörtel verwandelten; – die wirklich goldenen Kuppeln aber glänzten wie ebensoviele Sonnen. Oben von den Tempelhöfen stiegen dunkle, rotbraune Rauchsäulen, von den Leichenverbrennungsstätten am Ufer solche von hellblauer Farbe, kerzengerade in die Höhe, und, gleichsam von ihnen getragen, schwebte baldachinartig über dem Ganzen ein Schleier wie aus den zartesten Perlmuttertönen gewoben, während dahinter alle Farben, die da brennen und leuchten können, über den Himmel ausgegossen durcheinander glühten. Auf dem heiligen Strom, der diesen Glanz widerspiegelte, schaukelten unzählige Boote mit bunten Segeln und Wimpeln, und trotz der Entfernung sah man, wie die breiten Treppen der Ghâts von Leuten wimmelten, während viele schon unten in den glitzernden Wellen plätscherten. Ein fröhliches Geräusch, wie das Summen eines Bienenkorbes, drang von Zeit zu Zeit zu uns herauf.

Du kannst dir denken, daß ich eher eine Stadt der dreiunddreißig Götter als eine der Menschen zu sehen vermeinte, wie denn überhaupt das Gangatal mit seinem üppigen Reichtum uns Bergbewohnern wie das Paradies vorkam. Und für mich sollte ja auch hier das Paradies auf Erden sich zeigen.

Noch in derselben Nacht schlief ich unter dem wirtlichen Dache Panadas, des Gastfreundes meines Vaters. Früh

* Landungsplatz mit prachtvollen Freitreppen für Badende – gewöhnlich von Vorsprüngen und Kiosken unterbrochen und durch einen monumentalen Torbau abgeschlossen.

am folgenden Tage eilte ich aber zum nächsten Ghât und stieg mit unbeschreiblichen Gefühlen in die heiligen Wogen, um nicht nur den Reisestaub, sondern auch meine Sünden abzuspülen. Diese waren infolge meiner Jugend ja nur gering; ich füllte aber eine große Flasche mit dem Gangawasser, um sie meinem Vater mitzubringen. Sie ist jedoch, wie du erfahren wirst, leider nie in seinen Besitz gekommen.

Der edle Panada, ein Greis von ehrwürdigstem Aussehen, führte mich nun nach den Kaufhallen, und durch seine freundliche Hilfe gelang es mir, im Verlaufe der folgenden Tage meine Waren vorteilhaft zu verkaufen und eine überreiche Menge von den bei uns sehr geschätzten Produkten der nördlichen Ebene einzukaufen.

Dies mein Geschäft war glücklich zu Ende gebracht, bevor die Gesandtschaft noch daran dachte, sich zur Abreise zu rüsten, was mich keineswegs verdroß; denn ich hatte nun volle Freiheit, mir die Stadt anzusehen und ihre Vergnügungen zu genießen, was ich in der Gesellschaft Somadattas, des Sohnes meines Wirtes, in ausgiebigstem Maße tat.

Die Ballspielerin

An einem schönen Nachmittage begaben wir uns in einen öffentlichen Garten vor der Stadt – eine gar prächtige Anlage unmittelbar am hohen Ufer der Ganga mit schattigen Baumgruppen, großen Lotusteichen, Marmorhäuschen und Jasminlauben, wo zu dieser Tageszeit immer ein reges Treiben herrschte. Hier ließen wir uns in einer goldenen Schaukel von der Dienerschaft schaukeln, während wir den herzerfreuenden Tönen der liebestrunkenen Kokila und dem süßen Plaudern der grünen Papageien lauschten. Da erhob sich plötzlich ein gar erheiterndes Klingen von Fußspangen. Sofort sprang mein Freund aus der Schaukel und rief:

»Sieh da! Gerade kommen die schönsten Mädchen von Kosambi, auserlesene Jungfrauen aus den reichsten und vornehmsten Häusern, um die Vindhya-bewohnende Göttin durch Ballspiel zu verehren. Du kannst von Glück sagen, Gastfreund! denn bei diesem Spiel kann man sie ungehindert sehen! Komm, wir wollen diese Gelegenheit nicht versäumen.«

Ich ließ mir dies natürlich nicht zweimal sagen, sondern folgte eiligst meinem Freunde.

Auf einer großen, edelsteinbesetzten Bühne erschienen sofort die Mädchen, zum Spiele bereit. Wenn es nun schon eine seltene Augenweide war, diese Schar von Schönheiten in ihrem Glanz von schimmernder Seide, duftigen Musselinschleiern, Perlen, Edelsteinen und Goldspangen zu sehen – was soll man dann erst von dem Spiele selbst sagen, das diesen Schwellgliederigen die mannigfaltigste Gelegenheit gab, ihre ganze Anmut in überaus reizenden Stellungen und Bewegungen zu entfalten? Und doch war das nur gleichsam ein Vorspiel. Denn als diese Gazellenäugigen uns eine geraume Zeit durch die verschiedenartigsten Spiele ergötzt hatten, traten sie alle zurück, und nur eine blieb in der Mitte der edelsteinbesetzten Bühne – und in der Mitte meines Herzens stehen.

Ach, mein Freund, was soll ich sagen! Von ihrer Schönheit zu reden wäre Verwegenheit! Denn ich müßte ein Dichter sein wie Bharata selbst, um auch nur einen schwachen Abglanz davon deiner Phantasie vorzuzaubern. Es sei genug, hervorzuheben, daß diese Mondgesichtige von makelloser Gestalt und an allen Gliedern von frischer Jugend umblüht war, daß sie mir als die leibliche Glücks- und Schönheitsgöttin erschien, und daß alle meine Körperhärchen sich bei diesem Anblick vor Entzücken sträubten. Und nun begann sie zu Ehren der Göttin, deren Verkörperung sie schien, ein kunstreiches Spiel. Lässig warf sie den Ball zu Boden, und als er dann langsam emporstieg, gab sie ihm mit ihrer schößlinggleichen Hand, deren Daumen sie etwas krümmte und deren zarte Finger sie ausstreckte, einen kräftigen Schlag, trieb dann den aufsteigenden Ball mit dem Handrücken empor und fing ihn beim Herabfallen in der Luft wieder auf. Sie warf ihn in langsamem, in mittlerem und in raschem Tempo, bald ihn anfeuernd, bald ihn besänftigend, schlug ihn abwechselnd mit der linken und mit der rechten Hand, trieb ihn in jede Himmelsrichtung und wieder zurück. Wenn du – wie's mir aus deinem verständnisvollen Blick scheinen will – mit der Spielballwissenschaft vertraut bist, so brauche ich dir nichts zu sagen, als daß du wohl niemals das Curnapada und das Gitamarga so vollkommen ausgeführt gesehen haben wirst.

Dann aber machte sie etwas, was ich nie gesehen und wovon ich auch nie gehört habe. Sie nahm nämlich zwei goldene Bälle, und während ihre Füße zum Klange ihrer Schmuckjuwelen sich tanzend bewegten, ließ sie diese Bälle so schnell in blitzartigen Linien springen, daß man gleichsam nur die Goldstäbchen eines Käfigs sah, in dem ein Wundervogel niedlich umherhüpfte. Dabei geschah es, daß unsere Blicke sich plötzlich begegneten; und noch heute, o Fremder, verstehe ich nicht, wie es zuging, daß ich nicht augenblicklich tot niedersank, um in einem Wonnehimmel wiedergeboren zu werden. Aber es mag wohl sein, daß meine Werke eines vorhergehenden Lebens, deren Früchte ich in *diesem* genießen muß, noch nicht erschöpft waren; denn dieser Rest meines Wandels von einst hat mich ja in der Tat durch mehrere tödliche Gefahren bis auf den heutigen Tag gebracht und wird wohl noch lange vorhalten.

Gerade jetzt aber entfloh ihr einer der Bälle, die ihr bisher so gehorsam gewesen waren, und sprang in einem mächtigen Satze von der Bühne herunter. Viele junge Leute eilten ihm nach; ich und ein junger, reich gekleideter Mann erreichten ihn gleichzeitig und wir gerieten aneinander, weil keiner ihn dem anderen gönnte. Durch mein genaues Vertrautsein mit den Kniffen der Ringerkunst gelang es mir, ihm ein Bein zu stellen; er aber ergriff, um mich zurückzuhalten, meine kristallene Halskette, an der ich ein Amulett trug. Die Kette zerriß, er stürzte zu Boden und ich erhaschte den Ball. Wütend sprang er auf und schleuderte mir die Kette vor die Füße. Das Amulett war ein Tigerauge, kein gerade sehr kostbarer Stein, aber dieser war ein unfehlbares Mittel gegen den bösen Blick – und jetzt, als der seine mich traf, mußte ich ihn gerade vermissen. Aber was kümmerte mich das? Hielt ich doch den Ball, den ihre Lotushand soeben berührt hatte, in Händen, und als sehr geschicktem Ballspieler gelang es mir, einen so genau berechneten Wurf zu tun, daß der Ball gerade vor der einen Ecke der Bühne aufschlug, um dann mit einem mäßigen Sprung gleichsam bezähmt in den Bereich der schönen Spielerin zu gelangen, die keinen Augenblick aufgehört hatte, den anderen Ball in Bewegung zu erhalten, und sich nun wieder in ihren Goldkäfig einspann – unter großem Jubel der zahlreichen Zuschauer.

Damit war denn nun die Ballspielverehrung der Lakshmi zu Ende, die Mädchen verschwanden von der Bühne, und wir begaben uns auf den Heimweg.

Unterwegs meinte mein Freund, es sei gut, daß ich nichts dort am Hofe erreichen wollte, denn der junge Mann, dem ich den Ball abgejagt hätte, sei kein geringerer als der Sohn des Ministers, und man habe es ihm angesehen, daß er mir unversöhnlichen Haß geschworen habe. Das ließ mich nun völlig kalt; wie viel lieber hätte ich erfahren, wer meine Göttin war. Ich scheute mich aber, danach zu fragen, ja, als Somadatta mich mit der Schönen necken wollte, tat ich sehr gleichgültig, lobte in Kennerausdrücken ihre Fertigkeit im Spielen, fügte jedoch hinzu, daß wir in meiner Heimatstadt wenigstens ebenso geschickte Spielerinnen hätten – während ich in meinem Herzen der Unvergleichlichen diese Lüge abbat.

Ich brauche wohl kaum zu sagen, daß diese Nacht kein Schlaf in meine Augen kam, die ich nur schloß, um immer wieder von der reizenden Erscheinung umschwebt zu werden. Den nächsten Tag brachte ich in einer von allem Tageslärm entfernten Ecke des Hausgartens zu, wo der Sandboden unter einem; Mangobaum meinem von Liebesglut gepeinigten Körper Kühlung bot, die siebensaitige Vina als einzige Gefährtin, der ich meine Sehnsucht anvertraute. Sobald aber die abnehmende Tageshitze einen Ausflug erlaubte, überredete ich Somadatta, mit mir nach dem Lustgarten zu fahren, obschon er es vorgezogen hätte, einem Wachtelkampf beizuwohnen. Aber umsonst durchirrte ich den ganzen Park – viele Mädchen waren da, überall ihr Spiel treibend, als wollten sie mich mit falscher Hoffnung von einem Ort zum anderen locken; aber jene einzige, Lakshmis Ebenbild, war nicht darunter.

Nun tat ich, als ob ich eine unwiderstehliche Sehnsucht hätte, das eigentümliche Leben an der Ganga wieder zu genießen. Wir besuchten alle Ghâts und bestiegen schließlich eine Barke, um uns in die fröhliche Flottille zu mischen, die jeden Abend auf den Wogen des heiligen Stromes schaukelte, bis das Farbenspiel und der Goldglanz erloschen und Lichter von Fackeln und Lampions auf dem Strome tanzten und wirbelten.

Dann mußte ich endlich meine ebenso stumme wie stürmische Hoffnung aufgeben und den Bootsführer anweisen, nach dem nächsten Ghât zu steuern.

Nach einer schlaflosen Nacht blieb ich in meinem Zimmer, und um meinen Geist, der doch nur von ihrem Bild erfüllt war, zu beschäftigen und zu zerstreuen, bis ich wieder in den Lustgarten eilen konnte, versuchte ich mittelst Pinsel und Farben ihre holde Erscheinung, wie sie tanzenden Schrittes den Ball schlug, auf die Tafel zu bannen. Keinen Bissen vermochte ich zu mir zu nehmen; denn wie der lieblich singende Çakora nur von Mondstrahlen lebt, also lebte ich nur von den Strahlen jener Mondgesichtigen, obgleich sie mich nur durch den Nebel der Erinnerung erreichten; doch hoffte ich zuversichtlich, daß sie an diesem Abend im Lustgarten mit ihrem vollen Glanz mich letzen und beleben würden. Aber auch diesmal wurde ich enttäuscht. Nun wollte Somadatta mich in ein Spielhaus mitnehmen, denn er war so versessen auf das Würfelspiel wie Nala, nachdem der Dämon Kali in ihn gefahren war. Ich schützte indessen Müdigkeit vor. Aber anstatt nach Hause zu gehen, begab ich mich wieder nach den Ghâts und auf den Fluß hinaus – leider nicht mit besserem Erfolg als am vorhergehenden Abend.

Das magische Bildnis

Da ich wußte, daß für mich doch nicht an Schlaf zu denken war, legte ich mich an diesem Abend gar nicht zu Bett, sondern setzte mich auf das zur Andacht bestimmte Graslager am Kopfende des Bettes, und brachte dort unter inbrünstigen Liebesbetrachtungen und im Gebet an die lotustragende Lakshmi, *ihr* himmlisches Urbild, in frommer und geziemender Weise die Nacht zu; aber die frühe Morgensonne fand mich wieder mit Pinsel und Farben an der Arbeit.

Mehrere Stunden waren mir dabei im Fluge vergangen, als Somadatta hereintrat. Ich hatte gerade noch Zeit, die Tafel und die Malwerkzeuge unters Bett zu schieben, als ich ihn kommen hörte. Dies tat ich ganz unwillkürlich.

Somadatta nahm einen niedrigen Stuhl, setzte sich neben mich und betrachtete mich lächelnd.

»Ich merke wohl«, sagte er, »daß unserem Hause die Ehre widerfahren soll, die Ausgangsstätte eines Heiligen zu sein. Du fastest ja, wie es nur die strengsten Asketen tun, und enthältst dich der üppigen Gewohnheit des Lagers. Denn weder auf den Kopf- und Fußkissen noch auf der Matratze ist der geringste Eindruck deines Körpers zu sehen, und die weiße Decke ist faltenlos. Obwohl du durch das Fasten schon recht schmächtig geworden bist, ist dein Körper doch wohl noch nicht ganz ohne Gewicht, was sich übrigens auch hier am Grassitze zeigt, wo du offenbar die Nacht in Gebet und Selbstvertiefung zugebracht hast. Aber ich finde doch, daß für einen so heiligen Bewohner dies Zimmer etwas zu weltlich aussieht. Hier auf dem Nachttisch die freilich unberührte Salbenbüchse und der Napf mit Sandelstaub, das Gefäß mit wohlriechendem Wasser und die Dose mit Zitronenbaumrinde und Betel. Dort an der Wand die gelben Amaranthkränze, die Laute – aber wo ist denn das Malbrett, das doch sonst an jenem Haken hängt?«

Während ich in meiner Verlegenheit auf diese Frage keine Antwort zu finden vermochte, entdeckte er nun das vermißte Brett und zog es unter dem Bett hervor.

»Ei, was ist denn das für ein böser, abgefeimter Zauberer«, rief er, »der hier auf dem Brett, das ich doch selber ganz leer an jenen Haken gehängt habe, das reizende Bild eines ballspielenden Mädchens durch magische Kraft hat entstehen lassen – offenbar in der bösen Absicht, den angehenden Asketen gleich im Anfange mit Versuchungen anzufallen und ihm Sinne und Gedanken zu verwirren! Oder am Ende ist es ein Gott, denn wir wissen ja, daß die Götter sich vor der Allmacht der großen Asketen fürchten; und bei solch einem Beginnen wie dem deinigen könnte schon das Vindhyagebirge vor der Inbrunst deiner Buße zu rauchen anfangen, ja durch die Aufhäufung deines Verdienstes müßte das Reich der himmlischen Götter ins Wanken kommen. Und jetzt weiß ich auch, welcher Gott es ist: gewiß ist es der, den sie den unsichtbaren nennen, der Gott mit den Blumenpfeilen, der einen Fisch im Banner trägt – Kama, der Liebesgott, von dem du ja auch deinen Namen hast. Und – Himmel, was seh' ich! das ist ja Vasitthi, die Tochter des reichen Goldschmiedes.«

Als ich so zum ersten Male den Namen der Geliebten hörte, fing mein Herz heftig zu pochen an, und mein Gesicht entfärbte sich vor Erregung.

»Ich sehe, lieber Freund«, fuhr der schlimme Spaßmacher fort, »daß dieser Gedanke von dem Zauber Kamas dich in großen Schrecken versetzt, und in der Tat müssen wir etwas tun, um seinem Zorn zu entgehen. Da ist aber ein Weiberrat nicht zu verachten. Ich will dies magische Bild meiner geliebten Medini zeigen, die auch mit beim Tanze war und überdies die Milchschwester der schönen Vasitthi ist.«

Hiermit wollte er sich mit dem Bilde entfernen. Da ich nun wohl merkte, was der Schelm vorhatte, hieß ich ihn warten, weil dem Bilde noch eine Inschrift fehlte. Ich mischte mir die schönste feurig-rote Farbe und in gar kurzer Zeit schrieb ich mit den zierlichsten Schriftzügen einen vierzeiligen Vers, der sehr einfach den Vorgang mit dem goldenen Ball erzählte. Wenn man aber die Zeilen rückwärts las, besagte der Vers, daß jener Ball, mit dem sie gespielt hatte, mein Herz sei, das ich selber ihr zurückschickte, wenn sie es auch davonjage; man konnte aber auch den Vers quer durch die Zeilen von oben nach unten lesen, und dann enthielt er eine Klage über die Verzweiflung, in die mich die Trennung von ihr gestürzt hatte; las man aber in umgekehrter Richtung, dann wurde man gewahr, daß ich doch zu hoffen wagte.

Von dem, was ich solchermaßen hineingeheimnißt hatte, ließ ich aber nichts verlauten, und so war denn Somadatta von dieser Probe meiner Dichtkunst, die ihm gar zu einfach schien, auch nicht sonderlich erbaut. Er meinte, ich müsse durchaus davon sprechen, wie Gott Kama, durch meine Askese in Schreck versetzt, das Zauberbild zu meiner Versuchung hervorgezaubert und mich dadurch überwunden hätte – wie denn jeder immer am meisten von seinem eigenen Witze entzückt ist.

Als nun Somadatta das Bild entführt hatte, fühlte ich mich in einer gehobenen und tatkräftigen Stimmung, weil doch nun ein Schritt getan war, der vielleicht in seinen Folgen zum ersehnten Glücksziel führen mochte. Ich konnte wieder essen und trinken, und nachdem ich mich gestärkt hatte, nahm ich die Vina von der Wand und ließ ihre Saiten bald melodisch seufzen, bald jubeln, während ich den himmlischen Namen Vasitthi in immer neuen Tönen wiederholte.

So fand mich denn auch Somadatta, als er mehrere Stunden später mit dem Bild in der Hand wieder hereintrat.

»Die ballspielkundige Zerstörerin deiner Ruhe hat auch gedichtet«, sagte er, »aber vielen Sinn finde ich eben nicht in ihren Versen aufgespeichert, wenn auch die Schrift für ungewöhnlich hübsch gelten darf.«

Wirklich gewahrte ich – mit welchem Entzücken, vermag ich nicht zu sagen – einen zweiten Vierzeiler, der mit Schriftzügen wie zarte Blütenzweige auf das Brett gleichsam hingehaucht war. Somadatta freilich hatte keinen Sinn darin finden können, denn das Ganze bezog sich eben auf das, was er nicht bemerkt hatte, und zeigte mir, daß die Holde meine Strophe in allen Richtungen – rückwärts, nach unten und aufwärts – richtig gelesen hatte, was mir einen hohen Begriff von ihrer Bildung und ihren Kenntnissen gab, wie denn auch ihr feiner Geist sich in der anmutig scherzenden Wendung zeigte, mit welcher sie meine feurige Erklärung als eine höfliche Galanterie hinnahm, der man nicht allzu große Bedeutung beimessen dürfe.

Nun versuchte ich freilich auch dieselben Lesemethoden auf ihre Strophe anzuwenden, in der Hoffnung, vielleicht doch ein verblümtes Geständnis oder irgend eine geheime Botschaft, wohl gar die Einladung zu einem Stelldichein darin zu finden; jedoch vergeblich. Ich sagte mir denn auch sogleich, daß dies gerade ein Beweis der höchsten und feinsten weiblichen Gesittung sei: die Liebliche zeigte mir, daß sie wohl imstande sei, die Subtilität und die verwegenen Pfade des männlichen Geistes zu verstehen, daß sie sich aber nicht verleiten lasse, seinen Spuren zu folgen.

Über meine enttäuschte Erwartung wurde ich nun auch sofort durch die Worte Somadattas getröstet.

»Aber diese Schönbrauige, wenn sie auch keine große Dichterin ist, hat doch wahrlich ein gutes Herz. Sie weiß, daß ich schon seit langer Zeit meine geliebte Medini, ihre Milchschwester, nicht gesehen habe, außer in großer Gesellschaft, wo nur die Augen sprechen können, und auch die nur verstohlen. Und so gibt sie uns Gelegenheit, uns in der folgenden Nacht auf der Terrasse des väterlichen Palastes zu treffen. Diese Nacht ist es leider nicht möglich, weil ihr Vater ein Gastmahl gibt; so lange müssen wir uns also gedulden. Vielleicht hast du Lust, mich bei diesem Abenteuer zu begleiten?«

Dabei lachte er ganz verschmitzt, und ich lachte ebenso und sicherte ihm meine Begleitung zu. In der vortrefflichsten Laune nahmen wir das Brettspiel, das an die Wand gelehnt war, und wollten uns durch diese den Geist anregende Beschäftigung die Zeit verkürzen, als ein Diener hereintrat und sagte, ein Fremder wünsche mich zu sprechen.

Ich ging in die Vorhalle und traf da den Bedienten des Gesandten, der mir sagte, ich müsse mich zur Abreise fertig machen und mich schon in dieser Nacht mit meinen Wagen im Hofe des Palastes einfinden, damit man beim ersten Morgengrauen aufbrechen könne.

Meine Verzweiflung kannte keine Grenzen. Ich wähnte, ich müsse unversehens irgend eine Gottheit beleidigt haben. Sobald ich meine Gedanken einigermaßen sammeln konnte, stürzte ich zum Gesandten und log ihm eine Menge vor von einem Geschäft, das noch nicht ganz abgewickelt wäre und unmöglich in so kurzer Frist zum gedeihlichen Abschluß gebracht werden könnte. Mit heißen Tränen beschwor ich ihn, die Reise nur noch um einen Tag zu verschieben.

»Du sagtest mir doch schon vor acht Tagen, daß du fertig wärest«, entgegnete er.

Ich aber versicherte ihm, daß sich nachher unverhofft noch eine Aussicht auf einen bedeutenden Gewinn eröffnet hätte. Und das war auch keine Unwahrheit, denn welcher Gewinn, hatte für mich mehr zu bedeuten, als die Eroberung dieses unvergleichlichen Mädchens? – Und so gelang es mir denn endlich, ihm diesen einen Tag abzulisten.

Die Stunden des folgenden Tages vergingen schnell mit den nötigen Reisevorbereitungen, so daß mir die Zeit, trotz meiner Sehnsucht, nicht allzu lang wurde. Als der Abend hereinbrach, standen die Karren beladen im Hof. Alles war zum Vorspannen bereit, um, sobald ich – noch vor Morgengrauen – erschien, aufbrechen zu können.

Auf der Terrasse der Sorgenlosen

Als es nun völlig Nacht geworden war, begaben wir, Somadatta und ich, uns in dunkelfarbiger Kleidung, hoch aufgeschürzt, fest gegürtet und das Schwert in der Hand, nach der Westseite des palastartigen Hauses des reichen Goldschmiedes, wo sich die Terrasse über der steilen Felswand einer Schlucht befand. Mit Hilfe einer mitgebrachten Bambusstange erkletterten wir nun, die wenigen Vorsprünge geschickt benutzend, die in tiefen Schatten gehüllte Felsenwand, überstiegen dann mit Leichtigkeit die Mauer und befanden uns nun auf einer großen, mit Palmen, Asokabäumen und prächtigen Blumenpflanzen aller Art geschmückten Terrasse, die, in Mondlicht gebadet, sich vor uns ausbreitete.

Nicht weit von mir entfernt sah ich die der Lakshmi ähnliche Großäugige, die mit meinem Herzen Ball spielte, neben einem jungen Mädchen auf einer Ruhebank sitzen, und bei diesem Anblick fing ich an so heftig an allen Gliedern zu zittern, daß ich mich an die Brüstung lehnen mußte, deren marmorne Kälte meine in Feuersglut schon entschwindenden Sinne erfrischte und stärkte. Indessen war Somadatta auf seine Geliebte zugeeilt, die mit einem leisen Ruf aufgesprungen war.

Nun faßte ich mich denn auch so weit, daß ich mich der Unvergleichlichen nähern konnte, die, anscheinend überrascht durch die Ankunft eines Fremden, sich erhoben hatte und unschlüssig schien, ob sie bleiben oder gehen sollte, während sich ihr Auge, wie das der erschreckten jungen Antilope, wiederholt mit Seitenblicken aus dem äußersten Augenwinkel auf mich richtete, wobei sie wie eine vom leisen Winde geschaukelte Ranke bebte. Ich aber stand da in beständig wachsender Verwirrung, mit gesträubten Wangenhaaren und weit aufgeblühten Augen und konnte nur mühsam einige Worte von dem unverhofften Glück, sie hier zu treffen, hervorstammeln. Als sie aber meine große Zaghaftigkeit bemerkte, schien sie selber ruhiger zu werden. Sie setzte sich wieder auf die Bank und lud mich mit einer lässigen Bewegung ihrer Lotushand ein, neben ihr Platz zu nehmen, während sie mit einer Stimme, die sehr leicht und gar lieblich zitterte, mir versicherte, sie sei sehr glücklich über diese Gelegenheit, mir zu danken, weil ich ihr den Ball mit solcher Geschicklichkeit zurückgeworfen hätte, daß keine Störung im Spiel entstanden sei; denn wäre das geschehen, so würde ihr ganzes Verdienst dahin gewesen sein, und die von ihr ungeschickt verehrte Göttin hätte ihr gezürnt oder ihr wenigstens kein Glück geschenkt. Darauf antwortete ich, sie habe mir nicht zu danken, da ich höchstens das wieder gut gemacht hätte, was ich selber verfehlt; und als sie nicht verstand, wie ich das meinte, wagte ich sie daran zu erinnern, wie unsere Blicke sich begegnet hatten und sie darob verwirrt den Ball schief traf, so daß er ihr davonflog. Sie aber errötete heftig und wollte das durchaus nicht zugeben – was hätte sie denn auch dabei verwirren können?

»Ich denke«, antwortete ich, »daß meine weit aufgeblühten Augen gleichsam einen solchen Duft von Bewunderung haben entströmen lassen, daß du dadurch einen Augenblick betäubt wurdest und mit der Hand daneben schlugst.«

»Ei, was sprichst du mir da von Bewunderung«, antwortete sie, »du bist ja gewohnt, in deiner Heimat noch viel geschicktere Spielerinnen zu sehen.«

Aus dieser Äußerung entnahm ich mit Genugtuung, daß man sich über mich unterhalten hatte, und daß meine an Somadatta gerichteten Worte ihr getreulich mitgeteilt worden waren. Doch wurde mir auch heiß und kalt bei dem Gedanken, daß ich ja fast geringschätzig über sie gesprochen hatte, und ich beeilte mich, ihr zu versichern, daß daran kein wahres Wort gewesen wäre, und daß ich nur so gesprochen hätte, um nicht mein süßes Geheimnis dem Freunde preiszugeben. Das wollte sie aber nicht glauben, oder tat wenigstens so; und darüber vergaß ich dann glücklich meine ganze Schüchternheit, geriet in großen Eifer, um sie zu überzeugen, und erzählte ihr, wie bei ihrem Anblick der Liebesgott seine Blumenpfeile auf mich hatte regnen lassen. Ich sei überzeugt, daß sie in einem früheren Leben meine Frau gewesen sei, denn woher käme wohl sonst eine so plötzliche und unwiderstehliche Liebe? Wenn dem aber so sei, dann müsse doch auch sie in mir ihren ehemaligen Gemahl erkannt haben, und es müsse auch bei ihr eine solche Liebe entstanden sein.

Mit solchen dreisten Worten drang ich ungestüm auf sie ein, bis sie endlich ihre glühende, tränenperlende Wange an meiner Brust verbarg und mir in kaum hörbaren Worten gestand, daß es ihr ebenso gegangen sei wie mir, und daß sie gewiß gestorben wäre, wenn ihre Milchschwester ihr nicht noch rechtzeitig das Bild gebracht hätte.

Dann küßten und herzten wir uns unzählige Male und meinten vor Wonne vergehen zu müssen, bis plötzlich der Gedanke an meine unmittelbar bevorstehende Abreise wie ein schwarzer Schatten über meine Fröhlichkeit fiel und mir einen tiefen Seufzer erpreßte.

Erschrocken fragte Vasitthi, warum ich also seufzte. Als ich ihr aber dann den Grund nannte, sank sie wie ohnmächtig auf die Bank zurück, und brach in einen unerschöpflichen Tränenstrom und in herzzerreißendes Schluchzen aus. Vergeblich waren meine Versuche, die innig Geliebte zu trösten. Umsonst versicherte ich ihr, daß ich, sobald die Regenzeit vorüber sei, zurückkehren und sie dann nimmermehr verlassen wolle, wenn ich mich auch als Tagelöhner in Kosambi verdingen müsse. – In den Wind gesprochen waren alle Beteuerungen, daß meine Verzweiflung bei der Trennung nicht geringer sei als die ihre, und daß nur die harte, unerbittliche Notwendigkeit mich so bald von ihr wegrisse. Kaum daß sie unter Schluchzen ein paar Worte hervorbringen konnte, um zu fragen, Warum es denn so notwendig sei, schon morgen, nachdem wir uns eben erst gefunden hätten, abzureisen – und als ich ihr dies dann sehr genau und umständlich erklärte, schien sie keine Silbe davon zu hören oder zu verstehen. O, sie sähe schon, daß ich mich danach sehne, nach meiner Vaterstadt zurückzukommen, wo es noch viel schönere Mädchen als sie gäbe, die auch viel besser Ball spielen könnten, wie ich es ja selber gesagt hätte!

Ich mochte sagen, beteuern und beschwören was ich wollte – sie blieb dabei, und immer reichlicher flossen ihre Tränen. Kann man sich wundern, daß ich bald darauf zu ihren Füßen lag, ihre schlaff herabhängende Hand mit Küssen und Tränen bedeckte und ihr versprach, nicht abzureisen? Und wer war dann seliger als ich, als Vasitthi mich nun mit ihren weichen Armen umschlang und mich wieder und wieder küßte und vor Freude lachte und weinte. Freilich sagte sie nun gleich: »Da siehst du, es ist gar nicht so notwendig, daß du schon wegreisest, denn dann müßtest du es ja unbedingt tun.« – Als ich mich aber anschickte, ihr Alles noch einmal auseinanderzusetzen, schloß sie mir den Mund mit einem Kusse und sagte, sie wisse, daß ich sie liebe, und sie meine nicht wirklich, was sie von den Mädchen meiner Vaterstadt gesagt hätte. Unter zärtlichen Liebkosungen und traulichem Plaudern flogen die Stunden wie im Traume dahin, und es wäre kein Ende all der Seligkeit gewesen, wenn nicht plötzlich Somadatta mit Medini gekommen wäre, um uns zu sagen, daß es die höchste Zeit sei, an die Heimkehr zu denken.

In unserem Hofe fanden wir Alles zum Aufbruch bereit. Ich rief den Führer der Ochsenkarren und schickte ihn eiligst zum Gesandten mit dem Bescheid, daß mein Geschäft leider noch nicht völlig erledigt sei, und ich infolgedessen darauf verzichten müsse, die Heimreise unter dem Schutze der Gesandtschaft zu machen. Ich bat ihn nur, meinen Eltern einen Gruß zu bringen und empfahl mich seiner Gewogenheit.

Kaum hatte ich mich auf mein Lager gestreckt, um – wenn möglich – einiger Stunden Schlafes zu genießen, als der Gesandte selber hereintrat. Erschrocken sprang ich auf und verbeugte mich tief vor ihm, während er mit ziemlich barscher Stimme fragte, was dies unglaubliche Betragen bedeuten sollte – ich hätte ihm sofort zu folgen.

Nun wollte ich anfangen, von meinem noch immer unbeendigten Geschäft zu reden, aber er unterbrach mich gebieterisch:

»Ach was, Geschäft! Laß es mit der Lüge jetzt genug sein. Ich sollte wohl wissen, was für Geschäfte im Gange sind, wenn ein junger Fant plötzlich eine Stadt nicht verlassen kann, selbst wenn ich nicht gesehen hätte, daß deine Ochsenkarren vorgespannt und beladen im Hofe halten.«

Da stand ich nun blutrot und zitternd als ein vollkommen Ertappter. Als er mich aber ihm augenblicklich zu folgen hieß, da schon ohnehin zu viel der kostbaren kühlen Tageszeit verloren gegangen sei, stieß er bei mir auf einen Widerstand, mit dem er offenbar nicht gerechnet hatte. Vom befehlenden Ton ging er zum drohenden, von diesem zuletzt zum bittenden über. Er erinnerte mich daran, wie meine Eltern sich nur deshalb entschlossen hätten, mich auf eine so weite Reise zu schicken, weil sie gewußt, daß ich sie in seiner Begleitung und unter seinem Schutze hin und zurück machen könnte.

Er hätte aber keinen für seinen Zweck weniger geeigneten Grund ins Feld führen können. Denn ich sagte mir sofort: dann würde ich ja auch wohl warten müssen, bis wieder einmal eine Gesandtschaft nach Kosambi ginge, bevor ich zu meiner Vasitthi zurückkehren könnte! Nein, ich wollte meinem Vater schon zeigen, daß ich wohl imstande sei, allein eine Karawane durch alle Beschwerlichkeiten und Gefahren des Weges zu leiten.

Diese Gefahren schilderte mir der Gesandte nun zwar drohend genug, aber das alles war in den Wind gesprochen. Endlich verließ er mich in großem Zorn: ihn treffe keine Schuld, ich müsse jetzt selber meine Torheit ausbaden.

Mir war es, als ob eine große Last von mir genommen wäre. Ich hatte mich ja jetzt so ganz meiner Liebe hingegeben. In diesem süßen Bewußtsein schlief ich fest ein und erwachte erst, als es Zeit war, sich nach der Terrasse zu begeben, wo unsere Geliebten unser harrten.

Nacht um Nacht trafen wir uns nun dort, und bei jeder Begegnung entdeckten wir neue Schätze in unserer gegenseitigen Neigung und trugen eine noch größere Sehnsucht nach dem Wiedersehen von dannen. Das Mondlicht wollte mir silberner erscheinen, der Marmor kühler, der Duft der Doppeljasminen berauschender, der Ruf der Kokila liebestrunkener, das Rauschen der Palmen träumerischer und das unruhige Flüstern der Asokas noch verheißungsvoller, als diese Dinge sonstwo in der Welt sein mochten.

O, wie deutlich besinne ich mich auf jene herrlichen Asokas, die längs der ganzen Terrasse standen, und unter denen wir so oft gewandelt sind, uns mit den Armen umschlungen haltend! »Die Terrasse der Sorgenlosen« wurde sie nach diesen Bäumen genannt, denn »den sorgenlosen Baum« und auch »Herzensfrieden« nennen ja die Dichter den Asoka, den ich nirgends so schön gewachsen gesehen habe wie gerade dort. Die speerförmigen, nimmer ruhigen Blätter glänzten in den Mondstrahlen und lispelten im leisen Nachtwinde, und zwischen ihnen glühten die goldigen, orangefarbenen und scharlachroten Blumen, obschon die Vasantazeit erst im Anzuge war. Aber wie sollten denn auch, o Bruder, diese Bäume dort nicht schon in voller Blütenpracht stehen, da der Asoka ja gleich seine Knospen öffnet, sobald der Fuß eines schönen Mädchens seine Wurzeln berührt!

In einer wunderbaren Vollmondnacht – mir ist's, als sei es gestern gewesen – stand ich unter diesen Bäumen neben meiner lieblichen Vasitthi. Über den tiefen Schatten der Schlucht schauten wir weit hinaus ins Land, sahen die Silberbänder der beiden Flüsse sich durch die ungeheure Ebene winden und sich an der hochheiligen Stätte vereinigen, die sie die »Dreilocke« nennen, weil sie glauben, daß die himmlische Ganga als dritte sich dort mit ihnen verbinde. Diese zeigte mir aber Vasitthi über den Wipfeln der Bäume – denn mit diesem schönen Namen nennen sie ja hier das Himmelslicht, das wir im Süden als die Milchstraße kennen.

Dann sprachen wir von dem mächtigen Himavat im Norden, aus dem die Ganga herflutete, dessen Schneegipfel die Wohnung der Götter, dessen unermeßliche Wälder und tiefe Felsenklüfte der Aufenthalt der großen Asketen waren. Noch lieber aber folgte ich der Jamuna aufwärts.

»O«, rief ich, »daß ich doch einen Märchennachen hätte, aus Perlmutterschale, von meinen Wünschen besegelt, von meinem Willen gelenkt, damit er uns jenen silbernen Strom hinauftragen könnte. Dann müßte sich die Ilfenstadt wieder aus ihren Trümmern erheben, und die ragenden Paläste würden vom Gelage der Zecher und vom Streit der Würfelspieler widerhallen. Der Sand Kurukschetras müßte seine Toten wiedergeben. Da würde der greise Bhishma, in silberner Rüstung und weißem Gelock auf hohem Wagen emporragend, seine glattröhrigen Pfeile über die Feinde regnen lassen; der tapfere Phagadatta würde auf seinem kampfwütigen, rüsselschwingenden Ilfenstier heranstürmen, der gewandte Krishna das weiße Viergespann Arjunas in das wildeste Kampfgetümmel hineinjagen. O, wie sehr habe ich den Gesandten um seine Zugehörigkeit zur Kriegerkaste beneidet, als er mir sagte, seine Vorfahren hätten an jener unvergeßlichen Schlacht teilgenommen! Aber das war töricht! Denn nicht nur im Geschlechte gibt es ja Vorfahren, sondern wir selber sind unsere eigenen Vorfahren. Wo war ich damals? Vielleicht eben dort, unter den Kämpfenden. Denn obwohl ich ein Kaufmannssohn bin, habe ich immer meine größte Freude an Waffenspielen gehabt, und ich darf wohl sagen, daß ich mit dem Degen in der Hand meinen Mann stelle.«

Vasitthi umarmte mich stürmisch und nannte mich ihren Helden: ich sei ganz gewiß einer jener Heroen, die in den Liedern leben. Welcher, könnten wir freilich nicht wissen, da durch diesen süßen Wohlgeruch der sorgenlosen Bäume der Duft des Korallenbaumes kaum zu uns dringen, würde.

Ich fragte sie, was denn das für ein Duft sei, denn davon hatte ich nie etwas gehört – wie ich denn überhaupt fand, daß, wie alles andere, auch das Märchen hier an der Ganga üppiger blühte als bei uns im Gebirge.

Und sie erzählte mir, wie Krishna einst auf seinem Fluge durch Indras Welt im Kampfspiel den himmlischen Korallenbaum gewonnen und ihn in seinen Garten gepflanzt habe, einen Baum, dessen tiefrote Blüten weit in die Runde ihren Duft verbreiten. Und wer diesen Duft eingesogen habe, der erinnere sich in seinem Herzen langer, langer Vergangenheit, längst entschwundener Zeiten aus früheren Leben.

»Aber nur die Heiligen können schon hier auf Erden diesen Duft einatmen«, sagte sie und fügte fast schalkhaft hinzu: »und wir beide werden wohl keine werden. Aber was tut's? Wenn wir auch nicht Nala und Damayanti waren, so haben wir uns gewiß so lieb gehabt wie sie, – welche nun auch unsere Namen gewesen sein mögen. Und vielleicht sind Liebe und Treue das einzig Wirkliche, das Namen und Gestalten wechselt. Sie sind die Melodien, und wir die Lauten, auf denen sie gespielt werden. Die Laute zerbricht, und eine andere wird gestimmt; aber die Melodie bleibt dieselbe. Sie klingt freilich voller und feiner auf dem einen Instrument als auf dem anderen, wie ja auch meine neue Vina viel schöner tönt als die alte. *Wir* aber sind zwei herrliche Lauten für die Götter darauf zu spielen, die wonnigste aller Weisen darauf ertönen zu lassen.«

Ich drückte sie stumm an mich, innig ergriffen und verwundert ob solcher seltsamen Gedanken. Sie aber fügte mit leisem Lachen hinzu, indem sie wohl meine Gedanken erriet:

»Freilich darf ich eigentlich nicht solche Gedanken haben, denn unser alter Hausbrahmane wurde einmal recht böse, als ich etwas Ähnliches verlauten ließ: ich solle nur zu Krishna beten und das Denken den Brahmanen überlassen. Da ich nun also nicht denken, wohl aber glauben darf, so will ich glauben, daß wir wirklich und wahrhaftig Nala und Damayanti waren.«

Und indem sie ihre Hände betend zum blütenschimmernden, blätterflimmernden Wipfel vor uns emporhob, sprach sie den Baum an mit den Worten, die Damayanti, im Walde umherirrend, an den Asoka richtet, nur daß die schmiegsamen Çlokaverse des Dichters sich wie von selber auf ihren Lippen mehrten und reicher blühten, wie ein Schößling, der in geweihten Boden umgepflanzt ist:

»Du Sorgenloser! der Wehklage lausche der sorgenvollen Maid!
Der du den Namen trägst ›Herzfrieden‹! diesem Herzen den Frieden schenk'!
Mit Blumenaugen umherspähend, sprechend mit Blätterzungen fein,
Gieb Kunde mir, wo mein Herzwalter wandert, wo jetzt mein Nala weilt.«

Dann blickte sie mich mit liebevollen Augen an, in deren Tränen das Mondlicht sich spiegelte, und sagte mit bebenden Lippen:

»Wenn du fern von hier bist und an diesen Ort unserer Seligkeit zurückdenkst, dann stelle dir vor, daß ich hier stehe und so mit diesem schönen Baume spreche. Nur sage ich dann nicht ›Nala‹, sondern ›Kamanita‹.«

Ich schloß sie in meine Arme und preßte meine Lippen auf die ihren.

In diesem Augenblick rauschte der Wipfel über uns. Eine große, leuchtend rote Blume schwebte herab und ließ sich auf unsere tränenfeuchten Wangen nieder. Vasitthi nahm sie lächelnd in die Hand, weihte sie mit einem Kusse und reichte sie mir. Ich verbarg sie an meiner Brust.

Mehrere Blumen waren in dem Baumgange zur Erde gefallen. Medini, die neben Somadatta auf einer Bank nicht weit von uns entfernt saß, sprang auf, und, einige gelbe Asokablüten emporhaltend, rief sie, indem sie auf uns zukam:

»Sieh, Schwester! Die Blumen fangen schon an abzufallen. Bald werden genug für dein Bad da sein.«

»Aber diese gelben darf Vasitthi freilich nicht in ihr Badewasser tun«, fügte mein immer schalkhafter Freund hinzu, »wenn ihr blumenhafter Leib ihrer Liebe gemäß blühen soll, sondern nur solche scharlachrote, wie jene, die Freund Kamanita soeben in seinem Gewande verbarg. Denn im goldenen Buch der Liebe heißt es: ›Safrangelbe Neigung nennt man sie, wenn sie zwar in die Augen fällt, aber wieder verloren geht; scharlachrot aber nennt man sie, wenn sie nicht wieder verloren geht und übermäßig in die Augen fällt.‹«

Dabei lachten er und seine Medini auf ihre lustige, vertrauliche Weise.

Vasitthi aber antwortete ernst, wenn auch mit ihrem süßen Lächeln, indem sie meine Hand fest und sanft drückte:

»Du irrst dich, lieber Somadatta! Meine Liebe hat keine Blumenfarbe. Denn ich habe sagen hören, die Farbe der echtesten Liebe sei nicht rot, sondern schwarz – schwarz wie der Hals Çivas wurde, als der Gott das Gift verschlang, das sonst die Wesen vernichtet hätte. Und so muß es auch sein: auch das Gift des Lebens muß die wahre Liebe vertragen können, und willig muß sie das Bitterste kosten, um es dem Geliebten zu ersparen. Und gewiß wird sie lieber davon ihre Farbe wählen, als von allen leuchtenden Freuden.«

Also sprach meine geliebte Vasitthi in jener Nacht unter den sorgenlosen Bäumen.

In der Schlucht

Tief bewegt durch diese lebhafte Erinnerung, schwieg der Pilger eine kleine Weile. Dann seufzte er, strich sich mit der Hand über die Stirn und fuhr in seiner Erzählung fort.

Kurz, Bruder, ich ging während dieser ganzen Zeit wie in einem Rausche von Seligkeit umher, und meine Füße schienen kaum mehr die Erde zu berühren. Einmal mußte ich laut lachen, weil ich hörte, daß es Leute gebe, die diese Welt ein Jammertal nennen und ihre Gedanken und Wünsche darauf richten, nicht mehr unter den Menschen wiedergeboren zu werden. »Welch ausgemachte Toren, Somadatta!« rief ich, »als ob es einen vollkommeneren Ort der Seligkeit geben könnte als die Terrasse der Sorgenlosen.«

Aber unter der Terrasse war die Schlucht.

In diese waren wir gerade hinuntergeklettert, als ich jene törichten Worte ausrief, und als sollte mir gezeigt werden, daß auch die höchste Erdenwonne ihre Bitterkeit hat, wurden wir in demselben Augenblick von mehreren bewaffneten Männern angefallen. Wie viele es waren, vermochten wir in der tiefen Dunkelheit nicht zu unterscheiden. Glücklicherweise konnten wir uns den Rücken durch die Felsenwand decken, und mit dem beruhigenden Bewußtsein, nur von vorn bedroht zu sein, fingen wir an, für unser Leben und unsere Liebe zu fechten. Wir bissen die Zähne zusammen und waren schweigsam wie die Nacht, während wir so ruhig wie möglich parierten und stießen; unsere Gegner aber heulten wie die Teufel, um sich gegenseitig anzufeuern, und wir vermeinten acht bis zehn Stimmen unterscheiden zu können. Wenn sie nun auch ein paar bessere Degen vorfanden, als sie erwartet haben mochten, so war unsere Stellung doch ernst genug. Bald lagen aber zwei von ihnen auf der Erde, und ihre Körper hinderten die anderen, die fürchteten, über sie zu stolpern und so unseren Schwertspitzen überliefert zu werden, beträchtlich am Kämpfen. Sie mochten sich einige Schritte zurückgezogen haben, denn wir fühlten nicht mehr ihren heißen Atem im Gesicht.

Ich flüsterte Somadatta ein paar Worte zu, und wir rückten mehrere Schritte zur Seite, in der Hoffnung, daß die Angreifer, uns an der alten Stelle wähnend, einen plötzlichen Vorstoß machen und dabei anstatt an uns an die Felsenwand geraten und an dieser ihre Schwertspitzen zerbrechen würden, während die unserigen ihnen gehörig zwischen die Rippen fahren sollten. Obwohl wir nun die äußerste Vorsicht beobachteten, muß aber doch wohl ein leises Geräusch ihren Verdacht erweckt haben. Denn der erhoffte blinde Angriff erfolgte nicht, wohl aber sah ich plötzlich einen schmalen Lichtstreif die Wand treffen und wurde auch gewahr, daß dieser Strahl von einem Lampendocht herkam, der offenbar in einer vorsichtig geöffneten Dose steckte, neben der sich auch eine warzige Nase und ein zusammengekniffenes Auge zeigten.

Da die Bambusstange, mit deren Hilfe wir die Terrasse erklommen hatten, glücklicherweise sich noch in meiner linken Hand befand, stieß ich beherzt zu – ein lauter Schrei, das Verschwinden des Strahls und das Klirren des zu Boden gefallenen Lämpchens bezeugten, wie gut ich getroffen hatte; und diesen Augenblick benutzten wir nun, in der Richtung, in der wir gekommen waren, eilends davon zu laufen. Wir wußten, daß hier die Kluft allmählich enger wurde und ziemlich steil aufstieg, und daß man zuletzt ohne übermäßige Mühe die Höhe erklettern konnte. Doch war es ein großes Glück, daß unsere Angreifer die Verfolgung in der Finsternis sehr bald aufgaben, denn beim letzten Aufstieg drohten meine Kräfte mich zu verlassen, und ich fühlte, daß ich aus mehreren Wunden heftig blutete; auch mein Freund war verwundet, obschon leichter.

Oben angekommen, zerschnitten wir mein Gewand und verbanden notdürftig unsere Wunden, und so gelangte ich denn endlich, auf Somadattas Arm gestützt, glücklich nach Hause, wo ich dann mehrere Wochen auf dem Schmerzenslager zubringen mußte.

Da lag ich nun, von dreifachem Leid geplagt. Denn die Wunden und das Fieber verbrannten mir den Leib, und sehrende Sehnsucht nach der Geliebten verzehrte meine Seele – bald aber kam; noch die Besorgnis um ihr teures Leben hinzu. Denn das zarte, blumenhafte Wesen hatte die Nachricht von der tödlichen Gefahr, in der ich geschwebt hatte und vielleicht noch immer schwebte, nicht ertragen können und war von einer schweren Krankheit befallen worden. Ihre getreue Milchschwester Medini ging aber tagtäglich von einem Krankenlager zum anderen, und so fehlte es uns wenigstens nicht an dauernder Verbindung und an sinnigem Verkehr. Blumen wanderten zwischen uns hin und her, und da wir beide in die Wissenschaft der Blumensprache eingeweiht waren, vertrauten wir uns durch diese lieblichen Boten gar mancherlei an. Später, als unsere Kräfte sich hoben, fand auch manch zierlicher Vers den Weg von Hand zu Hand, und so hätte unser Zustand sich bald recht erträglich gestaltet, wenn nicht mit der Genesung, der wir in gleichem Schritt uns näherten – gleichsam zu treu verbunden, als daß der eine dem anderen darin vorauseilen wollte – auch die Zukunft an uns herangetreten wäre und uns mit schweren Sorgen erfüllt hätte.

Es war uns nämlich nicht verborgen geblieben, welcher Art jener scheinbar so rätselhafte Überfall gewesen war. Kein anderer als der Sohn des Ministers – Satagira war sein verhaßter Name –, mit dem ich an jenem unvergeßlichen Nachmittage im Parke um Vasitthis Ball gerungen hatte: kein anderer war es als er, der die gedungenen Mörder auf mich gehetzt hatte. Ohne Zweifel hatte er bemerkt, daß ich nach der Abreise der Gesandtschaft noch immer in der Stadt zurückblieb, und sein dadurch geweckter Argwohn hatte gar bald meine nächtlichen Besuche auf der Terrasse erspäht.

Ach, jene Terrasse der Sorgenlosen war unserer Liebe jetzt wie ein versunkenes Eiland. Wohl hätte ich freudig immer wieder und wieder mein Leben in die Schanze geschlagen, um die Holde dort zu umfangen. Aber selbst wenn Vasitthi das Herz gehabt hätte, mich allnächtlich tödlicher Gefahr auszusetzen, so blieb uns doch eine solche Versuchung erspart. Der böse Satagira mußte die Eltern meiner Geliebten von unseren geheimen Zusammenkünften unterrichtet haben, denn es zeigte sich bald, daß Vasitthi sorgfältig und argwöhnisch überwacht wurde, und daß der Aufenthalt auf der Terrasse ihr nach Sonnenuntergang verboten war – angeblich wegen ihrer noch gefährdeten Gesundheit.

So war denn unsere Liebe obdachlos! Die sich so gern im Verborgenen heimisch fühlt, durfte nur dort zu Hause sein, wo es alle Welt war! – In jenem öffentlichen Garten, wo ich zuerst ihre göttliche Gestalt erblickt und sie ein paarmal schon vergebens gesucht hatte, trafen wir uns wie von ungefähr. Aber was für eine Begegnung war das! Wie flüchtig die gestohlenen Minuten, wie zaghaft und sparsam die hastigen Worte, wie gezwungen die Bewegungen, die sich neugierigen oder wohl gar spähenden Blicken ausgesetzt fühlten! Vasitthi beschwor mich, die Stadt, wo mir in ihrer Nähe tödliche Gefahr drohte, sofort zu verlassen. Sie klagte sich bitter an, daß sie an jenem unvergeßlichen ersten Abend auf der Terrasse durch ihren Eigensinn mich zum Bleiben überredet und mich dadurch beinahe schon in den Rachen des Todes getrieben habe; vielleicht würden in diesem Augenblick neue Meuchelmörder gegen mich gedungen. Wenn ich mich nicht durch schleunigste Abreise dieser Gefahr entzöge, machte ich sie zur Mörderin ihres Liebsten! Unterdrücktes Schluchzen erstickte ihre Stimme, und ich mußte daneben stehen, ohne sie in meine Arme schließen und ihr die Tränen, die schwer wie Gewittertropfen ihre blassen Wangen herabrollten, wegküssen zu können. Einen solchen Abschied ertrug ich nicht, und ich erklärte ihr, ich könne nicht von dannen reisen, ohne vorher eine Zusammenkunft mit ihr zu haben, wie diese nun auch zu bewerkstelligen sei.

Vasitthis verzweifelt flehender Blick, als wir gerade in diesem Moment durch das Nahen mehrerer Personen uns zu trennen genötigt wurden, konnte meinen Entschluß nicht zum Wanken bringen. Ich vertraute auf die Erfindungsgabe meiner Geliebten, die nunmehr, durch Sehnsucht nach mir und durch Angst um mein Leben angespornt und von der schlauen und in Liebessachen bewanderten Milchschwester Medini beraten, gewiß einen Ausweg finden würde. Hierin täuschte ich mich nicht; denn noch in derselben Nacht konnte Somadatta mir ihren recht verheißungsvollen Plan mitteilen.

Die Paradiesknospe

Etwas außerhalb der östlichen Mauer Kosambis liegt ein schöner Sinsapawald, der eigentlich ein heiliger Hain ist. Auf einer Lichtung steht noch das Heiligtum, freilich in sehr verfallenem Zustande. Schon längst fand in diesem uralten Tempelchen kein Opferdienst mehr statt, weil dem Krishna, dem es geweiht ist, ein neuer, weit größerer und prachtvoller Tempel in der Stadt selber erstanden war. In der Ruine aber hauste außer einem Eulenpaar eine Heilige, die des Rufes genoß, mit Geistern in Verbindung zu stehen, durch deren Hilfe sie einen Einblick in die Zukunft bekam: – einen Einblick, den die gute Seele Opfergabe darbietenden Mitmenschen nicht vorenthielt. Solche pilgerten denn auch in großer Zahl zu ihr hin, und zwar vornehmlich nach Sonnenuntergang junge verliebte Leute beiderlei Geschlechts, und es gab böswillige Zungen, die behaupteten, die Alte sei eher eine Kupplerin, denn eine Heilige zu nennen. Wie dem nun auch sein möge, *diese* Heiligkeit war gerade das, was wir brauchten, und ihr Tempelchen wurde als Stätte unserer Zusammenkunft ausersehen.

Am nächsten Tage zog ich mit meinen Ochsenkarren ab, und zwar zu der Stunde, da sich die Leute in den Bazar oder in die Gerichtshalle begaben. Dabei wählte ich geflissentlich die belebtesten Straßen, so daß meine Abreise meinem Feinde Satagira gewiß kein Geheimnis bleiben konnte. Aber schon nach wenigen Stunden der Fahrt machte ich in einem großen Dorfe Halt und ließ meine Karawane dort ihr Nachtquartier beziehen, zu nicht geringer Freude meiner Leute. Ich selbst bestieg ein frisches Pferd und ritt gegen Sonnenuntergang, in den groben Mantel eines meiner Diener gehüllt, denselben Weg nach Kosambi zurück.

Es war völlig Nacht geworden, bis ich den Sinsapawald erreichte. Als ich behutsam mein Reittier zwischen die Stämme hineinlenkte, wurde ich, wie zum Willkommen, von dem herrlichen Dufte der Nachtlotusblüten auf dem alten Krishnateiche empfangen. Bald zeichnete das zerbrökkelnde, von Götterbildern wimmelnde Tempeldach seine zackigen und wirren Formen gegen den sternenfunkelnden Himmel. Ich war am Ziele. Kaum hatte ich mich aus dem Sattel geschwungen, so waren auch meine Freunde schon an meiner Seite. Mit einem Aufschrei des Entzückens stürzten Vasitthi und ich einander in die Arme, halb besinnungslos vor Freude des Wiedersehens, und ich weiß nur noch von Liebkosungen, stammelnden Worten der Zärtlichkeit und Beteuerung unserer Liebe und Treue, bis ich jäh emporschrak durch das unerwartete Gefühl eines weich fächelnden Fittichs, der mir die Wange streifte, worauf sofort der Schrei einer Eule und der häßliche Klang einer gesprungenen Bronzeglocke mich völlig aus der Liebesverzückung erweckten.

Medini hatte am Strange der alten Gebetglocke gezogen und dadurch die Eule aus der Nische, in der sie hauste, verscheucht. Dies tat das gute Mädchen nicht so sehr, um die Heilige zu rufen, als vielmehr, weil sie sah, daß diese schon zum Tempelchen herauskam, offenbar ungehalten, weil sie Stimmen im heiligen Bezirk vernommen hatte, ohne daß geläutet oder angepocht worden wäre.

Medini erklärte der Alten, der große Ruf ihrer Heiligkeit und ihrer erstaunlichen Kenntnisse habe sie und diesen jungen Mann – wobei sie auf Somadatta zeigte – bewogen, sie aufzusuchen, um Auskunft über das zu erhalten, was von der Zeit noch verborgen sei. Die Heilige erhob prüfend den Blick zum Himmel und meinte, da das Siebengestirn gerade eine ungemein günstige Stellung zum Polarstern einnähme, dürfte sie wohl hoffen, daß die Geister ihre Hilfe nicht versagen würden; worauf sie Somadatta und Medini einlud, in das Haus Krishnas, des sechzehntausendeinhundertfachen Bräutigams*, einzutreten, der einem liebenden Paar gern seine Herzenswünsche gewähre. Vasitthi und ich blieben aber, als vermeintliche Dienerschaft, draußen zurück.

Wie wir uns nun zuschwuren, daß nur der Alles hinraffende Tod uns sollte trennen können, wie wir von meiner baldigen Rückkehr, sobald die Regenzeit vorüber wäre, sprachen und Mittel und Wege erörterten, um ihre sehr reichen Eltern dahin; zu bringen, daß sie in unsere Verbindung einwilligten, und wie dies von unzähligen Küssen, Tränen und Umarmungen unterbrochen wurde: das wäre ich nicht einmal mehr imstande, dir genau zu erzählen, denn es ist in meinem Gedächtnis nur wie die Erinnerung an einen wirren Traum zurückgeblieben. Noch weniger aber kann ich, wenn du selbst nicht Ähnliches erlebt hast, dir eine Vorstellung davon geben, wie sich in jeder Umarmung wonniges Entzücken und herzzerreißende Verzweiflung umschlangen; denn eine jede gemahnte daran, daß die letzte für diesmal bald folgen würde; und wer stand dafür ein, daß diese dann nicht die letzte überhaupt war?

* Die sich an diesen seltsamen Namen knüpfende Legende wird im Kapitel »Buddha und Krishna« erzählt – s. S. 242 ff.

Nur gar zu bald traten Somadatta und Medini wieder aus dem Tempel heraus. Die Heilige wollte nun auch uns die Zukunft offenbaren, aber Vasitthi entsetzte sich ob dieses Gedankens.

»Wie sollte ich es denn ertragen, wenn eine unheildrohende Zukunft sich entschleierte?« rief sie aus.

»Warum denn auch gerade unheildrohend?« meinte die wohlwollende Alte, die wohl wegen ihrer Heiligkeit freundliche Lebenserfahrungen gemacht haben mochte. »Auch dem Diener blüht das Glück«, fügte sie verheißungsvoll hinzu.

Aber Vasitthi ließ sich durch ihre Worte nicht locken; schluchzend umklammerte sie meinen Hals.

»Ach, mein einzig Geliebter«, rief sie, »mir ist es, als ob die Zukunft mit unerbittlichem Gesicht dreinschaute. O, ich fühle es, – ich werde dich nie mehr wiedersehen!«

Obwohl mich diese Worte mit eisigem Schauer durchrieselten, versuchte ich ihr doch diese grundlose Angst auszureden; aber eben, weil sie grundlos war, vermochten meine beredtesten Worte wenig oder gar nichts. Die Tränen rollten unaufhaltsam über Vasitthis Wangen; mit einem Blick überirdischer Liebe ergriff sie meine Hand und drückte sie an ihre Brust.

»Aber wenn wir uns hier nicht mehr sehen sollten, so wollen wir uns doch treu bleiben, und wenn dies kurze und leidenvolle Erdenleben vorüber ist, wollen wir uns im Paradiese wiederfinden und dort vereinigt auf immer himmlische Wonne genießen .... O, Kamanita! Versprich mir das – wie viel stärker wird das mich aufrichten als alle tröstenden Worte! Denn diese sind ja doch gegen den unvermeidlichen, schon heranbrausenden Schicksalsstrom so ohnmächtig wie das Schilf gegen die Wasserflut. Aber allmächtig, neues Leben gebärend, ist der heilige, feste Entschluß.«

»Wenn es nur darauf ankommt, geliebte Vasitthi – wie sollte ich dich dann nicht überall finden?« sagte ich, »aber hoffen wir, daß es in dieser Welt geschehen wird!«

»Hier ist Alles unsicher, und schon der Augenblick, in dem wir sprechen, gehört uns nicht an – aber nicht so im Paradiese.«

»Ach, Vasitthi«, seufzte ich, »gibt es ein Paradies – und wo liegt es?«

»Wo die Sonne untergeht«, sagte sie mit voller Überzeugung, »liegt das Paradies des grenzenlosen Lichtes, und Allen, die den Mut haben, das Irdische zu verachten und ihr Denken auf jenen Ort der Seligkeit zu richten, steht dort eine reine Geburt bevor, aus dem Schoße einer Lotusblume. Die erste Sehnsucht nach jenem Paradiese bringt dort im heiligen, kristallklaren See eine Knospe hervor, jeder reine Gedanke, jede gute Tat läßt sie anschwellen, während alles Böse, was in Gedanken, Wort und Tat vollbracht wird, wie ein Wurm in ihr nagt und sie dem Verwelken nahe bringt.«

Ihre Augen leuchteten gleich Tempelkerzen, als sie so sprach mit einer Stimme, die wie die lieblichste Musik klang.

Dann erhob sie ihre Hand und zeigte hinauf, wo über den schwarzen Wipfeln der Sinsapabäume die Milchstraße sich in sanft strahlendem Alabasterglanz durch die mit funkelnden Sternen übersäte, purpurdunkle Himmelsebene streckte. –

»Sieh dort, Kamanita«, rief sie – »die himmlische Ganga! Schwören wir bei ihren silbernen Wellen, die die Lotusseen jener seligen Gefilde speisen, – unsere ganze Seele darauf zu richten, dort unserer Liebe eine ewige Heimat zu bereiten.«

Seltsam bewegt, hingerissen und in meinem Innersten tief erschüttert, erhob ich meine Hand zu der ihren, und unsere Herzen bebten gemeinsam bei dem göttlichen Gedanken, daß in diesem Augenblick in unabsehbaren Weltenfernen hoch über den Stürmen dieses irdischen Daseins eine Doppelknospe ewigen Liebeslebens sich bildete.

Als ob hiermit ihre Kräfte erschöpft wären, sank Vasitthi in meine Arme, wo sie wie leblos liegen blieb, nachdem sie noch einen hinsterbenden Abschiedskuß auf meine Lippen gedrückt hatte.

Ich legte sie sanft in die Arme Medinis, bestieg mein Pferd und ritt davon, ohne daß ich mich noch einmal umzusehen wagte.

Unter dem Räubergestirn

Als ich das Dorf, wo meine Leute Nachtquartier bezogen hatten, wieder erreichte, zögerte ich nicht, diese zu wekken, und schon ein paar Stunden vor Sonnenaufgang war die Karawane unterwegs.

Am zwölften Tage erreichten wir um die Mittagsstunde ein gar liebliches Tal in der waldigen Gegend Vedisas. Ein kleiner kristallklarer Fluß wand sich gemach durch die grünen Wiesen; die sanft ansteigenden Hügel waren mit blühendem Gebüsch bestanden, das einen würzigen Duft verbreitete; etwa in der Mitte der langgestreckten Talsohle und unfern dem Flüßchen erhob sich ein Nyagrodhabaum, dessen undurchdringliche Laubkuppel einen schwarzen Schatten auf die smaragdene Matte warf und, von ihren tausend Nebenstämmen gestützt, einen Hain bildete, in dem wohl zehn Karawanen wie die meinige hätten Obdach finden können.

Die Stelle war mir von der Hinreise wohl erinnerlich, und ich hatte sie schon zur Lagerstätte ausersehen. Es wurde also Halt gemacht. Die wegmüden Ochsen wateten in den Strom hinaus und tranken begehrlich das kühle Naß, um sich dann am zarten Ufergras zu laben. Die Leute erfrischten sich durch ein Bad und machten sich dann gleich daran, dürre Zweige zu sammeln und ein Feuer zum Reiskochen anzuzünden, während ich selbst – auch durch ein Bad erfrischt – mich im tiefsten Schatten, an eine Wurzel des Hauptstammes angelehnt, hinstreckte, um an Vasitthi zu denken und bald in der Tat von ihr zu träumen. An der Hand des geliebten Mädchens schwebte ich durch paradiesische Gefilde.

Ein großes Geschrei brachte mich jäh zur rauhen Wirklichkeit zurück. Als ob ein böser Zauberer sie aus der Erde hätte emporwachsen lassen, wimmelten bewaffnete Männer um uns herum, und das nahe Gebüsch entsandte immer neue. Sie waren schon bei den Wagen, die ich in einem Kreise um den Baum hatte aufstellen lassen, und fochten mit meinen Leuten, die alle im Gebrauch der Waffen geübt waren und sich tapfer verteidigten. Bald war ich mitten im Kampfgetümmel. Mehrere Räuber fielen von meiner Hand. Plötzlich sah ich einen großen, bärtigen Mann von schrecklichem Aussehen vor mir; sein Oberkörper war unbekleidet, und um den Hals trug er eine dreifache Reihe von Menschendaumen. Da wußte ich denn: »Das ist der Räuber Angulimala, der grausame, der blutgierige, der die Dörfer undörflich, die Städte unstädtlich, die Länder unländlich macht, der die Leute umbringt und ihre Daumen sich um den Hals hängt.« Und ich glaubte schon, meine letzte Stunde sei gekommen.

Wirklich schlug mir dies Ungetüm sofort das Schwert aus der Hand – eine Leistung, die ich keinem Wesen aus Fleisch und Blut zugetraut hätte. Bald lag ich an Händen und Füßen gefesselt auf der Erde. Um mich her waren alle meine Leute erschlagen bis auf einen, einen alten Diener meines Vaters, der von der Menge überwältigt worden und, ebenso wie ich, unverwundet in Gefangenschaft geraten war. Ringsum, unter dem schattigen Dache des Riesenbaumes, in Gruppen gelagert, taten die Räuber sich gütlich.

Jene kristallene Kette mit dem Tigerauge, von der ich dir schon erzählt habe, wie sie beim Ringkampf mit Satagira um Vasitthis Ball zerriß – jene Kette, die mir meine gute Mutter beim Abschied als Amulett umgehängt hatte, war mir durch Angulimalas blutige Mörderhand vom Halse gezerrt worden. Noch viel schmerzlicher war mir aber der Verlust der Asokablume, die ich seit jener Nacht auf der Terrasse immer an meinem Herzen getragen hatte. Nicht weit von mir glaubte ich sie zu entdecken, ein rotes Flämmchen im zerstampften Grase, gerade dort, wo die jüngsten Räuber hin und her liefen, das dampfende Fleisch des schnell geschlachteten und gebratenen Rindes und Kürbisflaschen mit Branntwein den Schmausenden zu bringen. Mir war es, als ob sie mein Herz zerstampften, so oft ich meine arme Asokablume unter ihren schmutzigen Füßen verschwinden sah, um immer weniger leuchtend zum Vorschein zu kommen, bis ich sie gar nicht mehr erspähen konnte. Und ich dachte, ob wohl Vasitthi jetzt vor dem sorgenlosen Baume stände, um ihn zu befragen? Wie gut dann, daß er ihr nicht sagen konnte, wo ich weilte, denn gewiß hätte sie vor Schreck ihre zarte Seele ausgehaucht, wenn sie mich in dieser Umgebung gesehen hätte.

Nur ein Dutzend Schritte von mir entfernt zechte der furchtbare Angulimala selber mit einigen seiner Vertrauten. Fleißig machte die Flasche die Runde, und die Gesichter – mit Ausnahme eines einzigen, von dem ich noch später sprechen werde – wurden immer röter, während die Räuber sich lebhaft, fast erregt unterhielten, ja bald in offenbaren Streit gerieten.

Leider gehörte die Wissenschaft der Gaunersprache damals noch nicht zu meinen vielen Fähigkeiten – woraus man ersieht, wie wenig der Mensch beurteilen kann, welche Kenntnisse ihm am nützlichsten sein werden. Gar zu gern hätte ich den Sinn ihrer lauten Rede verstanden, denn ich konnte nicht in Zweifel sein, daß sie mich und mein

Schicksal betraf. Die Mienen und Gebärden zeigten mir das mit unheimlicher Deutlichkeit, und wahre Flammenblicke, die unter den dichten, zusammengewachsenen Brauen des Häuptlings von Zeit zu Zeit nach mir herüberblitzten, ließen mich mein Amulett gegen den bösen Blick, das jetzt auf der zottigen Brust des Ungeheuers selber erglänzte, sehr vermissen. In der Tat hatte ich, wie ich später erfuhr, einen Liebling Angulimalas und dazu den besten Degen der ganzen Bande vor seinen Augen niedergestreckt, und der Häuptling hatte mich nur deshalb nicht getötet, weil er seine Rachsucht durch den Anblick meiner langsamen Todesmarter zu stillen gedachte. Die anderen aber wollten nicht zugeben, daß eine reiche Beute, die von Rechts wegen der ganzen Bande gehörte, auf solche Weise nutzlos vergeudet würde. Ein kahler, glatt rasierter Mann, der wie ein Priester aussah, fiel mir als Angulimalas Hauptgegner auf, der allein es verstand, diesen Wilden zu bändigen. Er war auch der einzige, dessen Gesichtsfarbe während des Zechens seine Blässe bewahrte. Nach einem langen Streit, währenddessen Angulimala ein paarmal in die Höhe fuhr und zum Schwerte griff, siegte schließlich – zu meinem Heile – der professionelle Gesichtspunkt.

Die Bande Angulimalas gehörte nämlich zu den »Absendern« – so genannt, weil es zu ihren Regeln gehört, von zwei Gefangenen den einen abzusenden, damit er das geforderte Lösegeld auftreibe. Wenn sie einen Vater und seinen Sohn gefangen nahmen, hießen sie den Vater gehen, das Lösegeld für den Sohn zu beschaffen; von zwei Brüdern schickten sie den älteren; war ein Lehrer mit seinem Jünger in ihre Hände gefallen, so wurde der Jünger abgesandt, hatten sie einen Herrn und seinen Diener gefangen, so mußte der Diener gehen – darum eben hießen sie »Absender«. Zu diesem Zwecke hatten sie, ihrer Sitte gemäß, jenen Diener meines Vaters geschont, während sie alle meine anderen Leute niedermetzelten; denn obschon etwas bejahrt, war dieser noch rüstig und sah klug und erfahren aus – wie er denn auch schon mehrmals Karawanen geführt hatte.

Er wurde nun seiner Fesseln entledigt und noch an demselben Abend abgeschickt, nachdem ich ihm eine vertrauliche Botschaft mitgegeben hatte, an der meine Eltern die Richtigkeit der Sache erkennen konnten. Bevor er sich auf den Weg begab, ritzte aber Angulimala einige Zeichen in ein Palmblatt und übergab es ihm. Es war eine Art Geleitbrief für den Fall, daß er auf dem Rückweg, wenn er die Summe bei sich trug, in die Hände anderer Räuber fallen sollte. Denn Angulimalas Name war so gefürchtet, daß selbst Räuber, die Königsgeschenke von der Straße entführten, sich nimmer vermessen hätten, etwas, das sein Eigentum war, auch nur anzurühren.

Auch mir wurden nun bald die Fesseln abgenommen, da man wohl wußte, daß ich nicht töricht genug sein würde, einen Fluchtversuch zu machen. Das erste, wozu ich meine Freiheit benutzte, war, daß ich nach der Stelle hinstürzte, wo ich die Asokablume hatte verschwinden sehen. Aber ach, nicht einmal mehr ein farbloses Restchen konnte ich von ihr entdecken! Diese zarte Blumenflamme schien unter den rohen Räuberfüßen gänzlich zu Asche zerstampft. War sie ein Wahrzeichen unseres Liebesglücks?

Ziemlich frei lebte und bewegte ich mich jetzt unter diesen gefährlichen Gesellen, in der Erwartung des Lösegeldes, das binnen zwei Monaten kommen mußte.

Da wir uns in der dunklen Hälfte des Monats befanden, gingen die Diebstähle und Räubereien lebhaft vonstatten. Denn diese Zeit, die der furchtbaren Göttin Kali gehört, wird fast ausschließlich zu den regelmäßigen Geschäften benutzt, so daß keine Nacht ohne irgend einen Überfall oder Einbruch verging. Mehrmals wurden auch ganze Dörfer geplündert. In der fünfzehnten Nacht des abnehmenden Mondes aber wurde Kalis Fest mit grauser Feierlichkeit begangen. Nicht nur Stiere und zahllose schwarze Ziegen, sondern auch einige unglückliche Gefangene wurden vor ihrem Bild geschlachtet; man stellte das Opfer vor den Altar und öffnete ihm eine Schlagader, so daß das Blut gerade in den aufgerissenen Mund der scheußlichen, mit Menschenschädeln behangenen Gestalt spritzte. Danach folgte eine wilde Orgie, wobei die Räuber sich im Rauschtrank bis zur Besinnungslosigkeit besoffen und sich mit den Bajaderen ergötzten, die man zu diesem Zwecke mit beispielloser Dreistigkeit aus einem großen Tempel entführt hatte. Angulimala, der in seiner Weinlaune großmütig wurde, wollte auch mich mit einer schönen, jungen Bajadere beglücken. Da ich aber in Erinnerung an Vasitthi das Mädchen verschmähte, so daß es ob dieser Schmach in Tränen ausbrach, geriet er darüber in eine solche Wut, daß er mich ergriff und auf der Stelle erdrosselt hätte, wäre mir nicht jener kahle, glattrasierte Räuber zu Hilfe gekommen. Wenige Worte von ihm genügten, um den eisernen Griff des Häuptlings erschlaffen zu lassen und ihn dann, brummend wie eine notdürftig bezähmte Bestie, fortzuschicken.

Dieser merkwürdige Mann, der jetzt zum zweitenmal mein Retter wurde – mit Händen, die von dem von ihm geleiteten schrecklichen Kaliopfer noch blutig waren – war der Sohn eines Brahmanen. Weil er aber unter einer Räuberkonstellation geboren war, wandte er sich dem Räuberhandwerke zu. Zuerst hatte er den »Würgern« angehört, trat aber auf Grund wissenschaftlicher Erwägungen zu den »Absendern« über. Vom väterlichen Hause her hatte er nämlich einen Hang zu religiösen Betrachtungen und nicht weniger zu gelehrten Erörterungen ererbt. So leitete er einerseits den Opferdienst als Priester – und man schrieb das seltene Glück dieser Bande fast ebensosehr seiner Priesterwissenschaft wie der Führertüchtigkeit Angulimalas zu – andererseits trug er auch die Wissenschaft des Räuberwesens in systematischer Form vor, und zwar sowohl die Technik wie die Moral; denn ich merkte zu meinem Erstaunen, daß die Räuber eine solche hatten, und sich keineswegs für schlechtere Menschen als andere hielten.

Diese Vorträge fanden besonders nachts in der lichten Hälfte des Monates statt, in der – abgesehen von zufälligen Vorkommnissen – die Geschäfte ruhten. Auf einer Waldwiese hockten die Zuhörer in mehreren halbkreisförmigen Reihen um den ehrwürdigen Vajaçravas, der mit untergeschlagenen Beinen dasaß. Sein mächtiger haarloser Schädel erglänzte im Mondlicht, und seine ganze Erscheinung war der eines vedischen Lehrers nicht unähnlich, der in der Stille der Mondnacht den Insassen der Waldeinsiedelei die Geheimlehre mitteilt – aber manches unheilig wilde Gesicht, ja manche Galgenphysiognomie war rings in der Runde zu schauen. Mir ist es in der Tat, als ob ich sie in diesem Augenblick sähe – als ob ich das tiefe auf und ab schwellende Brausen des ungeheuren Waldes hörte, manchmal durch das ferne Gebrüll eines Tigers oder das heisere Bellen des Panthers unterbrochen – und dazu, ruhig fließend wie ein

Strom, die Stimme Vajaçravas' – diesen tiefen, volltönenden Baß, eine köstliche Erbschaft ungezählter Generationen von Udgatars*.

Zu diesen Vorträgen hatte ich Zutritt, weil Vajaçravas eine Vorliebe für mich gefaßt hatte. Er behauptete sogar, ich sei unter einem Räuberstern geboren wie er, und ich würde mich einmal den Dienern Kalis zugesellen, weshalb es mir nützlich sei, seiner Rede zu lauschen, die unzweifelhaft den in mir noch schlummernden Trieb wachrufen würde. Ich habe da also sehr merkwürdige Vorlesungen von ihm gehört über die verschiedenen »Sekten Kalis« – gewöhnlich Diebe und Räuber genannt – und über ihre unterschiedlichen Gebräuche. Ebenso lehrreich wie unterhaltend waren seine Exkurse über Themata wie: »Die Nützlichkeit der Dirnen zum Hineinlegen der Polizei«, oder »Kennzeichen der für Bestechung zugänglichen Beamten höheren und niederen Ranges, nebst kurzer Anweisung über die in Frage kommenden Geldbeträge«. Von scharfsinnigster Menschenbeobachtung und strengster Schlußfolgerung zeugte seine Behandlung der Frage »Wie und warum die Spitzbuben sich auf den ersten Blick gegenseitig erkennen, während die ehrlichen Leute es nicht tun, und welche Vorteile aus diesem Umstände ersteren erwachsen«, nicht zu reden von den glänzenden Ausführungen: »Über die Stupidität der Nachtwächter im allgemeinen, eine anregende Betrachtung für Anfänger« – bei welchen der nächtliche Wald von einem Lachchor widerhallte, so daß man von allen Seiten des Lagers zusammenströmte, um zu hören, was los sei.

* Vedischer Opfersänger.

Aber auch trockene technische Fragen wußte der Meister interessant zu behandeln, und ich erinnere mich wirklich fesselnder Schilderungen, wie man geräuschlos eine Bresche in der Wand macht oder einen unterirdischen Gang kunstgerecht anlegt. Die richtige Verfertigung der verschiedenen Arten von Brecheisen, besonders des sogenannten »Schlangenmaules«, sowie des »krebsförmigen« Hakens wurde sehr anschaulich dargelegt; der Gebrauch des leisen Saitenspieles, um zu erkunden, ob jemand wacht, und des aus Holz gemachten Männerkopfes, den man zur Tür oder zum Fenster hereinsteckt, um zu sehen, ob dieser vermeintliche Einbrecher bemerkt wird – alles dies wurde gründlich besprochen. Seine Erörterungen, wie man bei Ausführung eines Diebstahls unbedingt jeden umbringen müsse, der später als Zeuge würde auftreten können, sowie die allgemeinen Betrachtungen, wie ein Dieb nicht mit einem moralischen Wandel behaftet sein dürfe, sondern rauh, hart und gewalttätig, gelegentlich dem Rauschtrank und den Dirnen ergeben sein müsse, zählen zu den gelehrtesten und geistreichsten Vorträgen, die ich je gehört habe.

Um dir aber eine richtige Vorstellung von diesem wahrhaft profunden Geiste zu geben, muß ich dir die berühmteste Stelle aus seinem in fast kanonischem Ansehen stehenden Kommentar zu den uralten Kali-Sutras, der Geheimlehre der Diebe, hersagen.*

* Über den indischen Sutrastil und das folgende Kapitel siehe die Note am Schlusse des Werkes.

Geheimlehre

Also: Das 476. Sutram lautet: »*Auch die göttliche, meint ihr? – Nein! – Unverantwortlichkeit – wegen des Raumes, der Schrift, der Tradition.*« Der ehrwürdige Vajaçravas kommentiert dies folgendermaßen:

»*Auch die göttliche* –« nämlich Strafe. Denn im vorhergehenden Sutram war von solchen Strafen die Rede, welche der Fürst oder die Obrigkeit über den Räuber verhängt, als da sind: Hand-, Fuß- und Nasenverstümmelung, der Breikessel, der Pechkranz, das Drachenmaul, das Spießrutenlaufen, der Marterbock, die siedende Ölbeträufelung, die Enthauptung, das Zerreißen durch Hunde, die Pfählung bei lebendigem Leibe – hinreichende Gründe, warum der Räuber sich womöglich nicht fangen lassen darf, wenn er aber doch gefangen worden ist, auf jede Weise zu entfliehen versuchen soll.

Nun meinen einige: auch göttliche Strafe drohe dem Räuber. »Nein«, sagt unser Sutram; und zwar deshalb nicht, weil Verantwortungslosigkeit statthat. Welches auf drei Weisen ersichtlich ist: durch Vernunft, durch den Veda und durch die überlieferten Heldenlieder.

»*Wegen des Raumes*« – hiermit ist folgende Vernunfterwägung gemeint. Wenn ich einem Menschen oder einem Tier den Kopf abhaue, so fährt das Schwert zwischen die unteilbaren Teilchen hindurch; denn diese selbst kann es, eben wegen ihrer Unteilbarkeit, nicht durchschneiden. Was es durchschneidet, ist der die Teilchen trennende leere Raum. Diesem aber kann man, eben wegen seiner Leerheit, keinen Schaden zufügen. Denn einem Nichts schaden ist gleich: nicht schaden. Folglich kann man durch dies Durchschneiden des Raumes keine Verantwortlichkeit auf sich laden, und eine göttliche Strafe kann nicht stattfinden. Wenn aber dies vom Töten gilt, wieviel mehr dann von Handlungen, die von den Menschen geringer bestraft werden!

Soweit die Vernunft, nunmehr die Schrift.

Der heilige Veda lehrt uns, daß das einzige wahrhaft Existierende, die höchste Gottheit, das Brahman ist. Wenn dies aber wahr ist, dann ist offenbar alle Tötung eine leere Täuschung. Dies sagt auch der Veda mit deutlichen Worten an der Stelle, wo Yama, der Todesgott, den jungen Naçiketas über dies Brahman belehrt und unter anderem sagt:

Wer, tötend, glaubt, daß er tötet,
Wer, getötet, zu sterben glaubt,
Irr geht dieser wie jener: –
Der stirbt nicht, und der tötet nicht.

Noch überzeugender aber wird diese abgründige Wahrheit im Heldenliede von Krishna und Arjuna uns offenbart. Denn Krishna, der an sich das ungewordene, unvergängliche, ewige, allgewaltige, unerdenkliche Wesen war, der höchste Gott, der sich zum Heil der Wesen als Mensch hatte gebären lassen – Krishna half in den letzten Tagen seines Erdenwandelns dem Könige der Panduinge, dem hochherzigen Arjuna, im Kriege gegen die Kuruinge, weil diese ihm und seinen Brüdern großes Unrecht getan hatten. Als nun die beiden Heere in Schlachtordnung ihre waffenstrotzenden Reihen einander gegenüberstellten, erblickte Arjuna auf der gegnerischen Seite manchen einstigen Freund, manchen Vetter und Gevatter der vergangenen Tage: denn die Panduinge und die Kuruinge waren Söhne von zwei Brüdern. Und Arjuna ward im Herzen innig gerührt, und er zögerte, das Zeichen zur blutigen Schlacht zu geben; denn er möchte nicht jene töten, die einst die Seinen gewesen. So stand er gesenkten Hauptes, von schmerzlichem Zaudern zernagt, unschlüssig auf seinem Streitwagen: und neben ihm der goldene Gott, Krishna, der sein Wagenlenker war. Und Krishna erriet die Gedanken des edlen Pandaverfürsten. Und er zeigte lächelnd auf die beiden Heeresmassen und belehrte ihn, wie alle jene Wesen nur scheinbar entstehen und vergehen, weil in ihnen allen nur das eine unerstandene und unvergängliche, von der Geburt und vom Tode unberührte Wesen besteht:

Wer einen für den Mörder hält,
Wer einen hier gemordet meint,
Der kennt und weiß von beiden nichts: –
Denn Keiner mordet, Keiner stirbt.
Wohlan, den Kampf beginne du!

Solchermaßen belehrt, gab der Pandaverfürst das Zeichen zum Beginn der ungeheuren Schlacht und siegte. Also machte Krishna, der menschgewordene höchste Gott, durch Offenbarung dieser großen Geheimlehre Arjuna von einem flachsinnigen und weichherzigen Mann zu einem tiefsinnigen und hartherzigen Weisen und Helden.

So gilt denn nun in Wahrheit folgendes:

Was Einer begeht und begehen läßt: wer zerstört und zerstören läßt, wer schlägt und schlagen läßt, wer Lebendiges umbringt, Nichtgegebenes nimmt, in Häuser einbricht, fremdes Gut raubt: Was Einer begeht, er ladet keine Schuld auf sich. – Und wer da gleich mit einer scharf geschliffenen

Schlachtscheibe alles Lebendige auf dieser Erde zu einer einzigen Masse Mus, zu einer einzigen Masse Brei machte, der hat darum keine Schuld, begeht kein Unrecht. Und wer auch am südlichen Ufer der Ganga verheerend und mordend dahinzöge, so hat der darum keine Schuld: und wer da auch am nördlichen Ufer der Ganga spendend und schenkend dahinzöge, so hat der darum kein Verdienst. Durch Milde, Sanftmut, Selbstverzicht erwirbt man kein Verdienst, begeht man nichts Gutes.

Und es folgt nun das erstaunliche, ja schreckliche

477. Sutram,

welches in seiner frappanten Kürze lautet:

»Vielmehr – wegen des Essers.«

Den Sinn dieser wenigen, in tiefstes Geheimnis sich hüllenden Worte erschließt uns der ehrwürdige Vajaçravas folgendermaßen:

Weit davon entfernt, daß göttliche Strafe dem Räuber und Totschläger droht, findet *»vielmehr«* das Entgegengesetzte statt: nämlich Gottähnlichkeit, was aus den Vedastellen hervorgeht, wo der höchste Gott als der *»Esser«* gepriesen wird, wie:

Der Krieger und Brahmanen ißt wie Brot,
Das mit des Todes Brühe er begießt.

Wie nämlich die Welt in Brahman ihren Ursprung hat, so auch ihr Vergehen, indem das Brahman sie immer wieder hervorgehen läßt und sie immer wieder vernichtet. Gott ist somit nicht nur der Schöpfer, sondern auch der Verschlinger aller Wesen, von denen hier nur »Krieger und Brahmanen« genannt werden, als die Vornehmsten, die für alle stehen. Wie es denn auch an einer anderen Stelle heißt:

> Ich esse Alle, aber mich ißt niemand.

Diese Worte sagte nämlich der höchste Gott, als er in der Gestalt eines Widders den Knaben Medhatithi zur Himmelswelt trug. Denn ungehalten über seine gewaltsame Entführung verlangte dieser zu wissen, wer sein Entführer sei: »Sage mir, wer du bist, sonst werde ich, ein Brahmane, dich mit meinem Zorn treffen.« Da gab nun der Widdergestaltige sich zu erkennen als jenes höchste Brahman, das Alles in Allem ist, mit den Worten:

> Wer ist's, der tötet und gefangen nimmt?
> Wer ist der Widder, der dich führt von dannen?
> Ich bin es, der in dieser Form erscheint,
> Ich bin es, der erscheint in allen Formen.
>
> Wenn Einer fürchtet sich vor was auch immer,
> Ich bin's, der fürchtet und der fürchten macht;
> Doch in der Größe ist ein Unterschied:
> Ich esse Alle, aber mich ißt niemand.
>
> Wer könnte mich erkennen, wer erklären?
> Ich schlug die Feinde alle, mich schlug niemand.

Hier muß es nun auch dem blödesten Auge klar werden, daß die Brahmanähnlichkeit nicht darin liegen kann, geschlagen und gegessen zu werden – wie es der Fall sein müßte, wenn Sanftmut und Selbstverzicht etwas Gutes wäre – sondern im Gegenteil darin, alle Anderen zu schlagen und zu essen – d. h. auszunutzen und zu vernichten – selbst aber von niemand Schaden zu leiden.

Es kann demnach keinem Zweifel unterliegen, daß jene Lehre – von der Höllenstrafe der Gewalttäter – von den Schwachen erfunden ist, um sich vor der Gewalttätigkeit der Starken zu schützen, indem sie dadurch die letzteren einschüchtern wollen.

Und wenn im Veda einige Stellen diese Lehre enthalten, so müssen sie – weil mit den Hauptsätzen unvereinbar – von jenen fälschlich eingeschoben worden sein.

Wenn also der Rigveda sagt, daß, obwohl die ganze Welt eigentlich das Brahman ist, der Gott dennoch den Menschen als das Brahmandurchdrungenste erkenne: – so muß nunmehr anerkannt werden, daß unter den Menschen wiederum der echte und wahre Räuber das Brahmandurchdrungenste Wesen ist und somit die Krone der Schöpfung darstellt. Was aber den Dieb anbelangt, der sich zur Räuberschaft nicht erhebt, so ist es, weil die Schrift des öfteren erklärt, daß die Meinung »dies gehört mir« eine Wahnvorstellung ist, die dem höchsten Zwecke des Menschen hinderlich ist, ohne weiteres klar, daß der Dieb, der eben die beständige tatsächliche Widerlegung jenes Wahnes »dies gehört mir« zu seiner Lebensaufgabe gemacht hat, die höchste Wahrheit vertritt. Doch steht, wegen seiner Gewalttätigkeit, der Räuber höher.

So ist denn nun das »Krone-der-Schöpfung-Sein« des Räubers erwiesen, sowohl durch Vernunfterwägung, wie mittelst der Schrift, und ist als unwiderlegbar zu betrachten.

Der Elefantenrüssel

Nach dieser Probe der seltsamen Denkweise dieses außerordentlichen Mannes – dem man wenigstens nicht, wie so vielen anderen berühmten Denkern, zur Last legen kann, daß er seine Theorie nicht in die Praxis umsetzte – nehme ich den Faden meiner Erzählung wieder auf.

Bei solchen mannigfachen Erlebnissen und neuen Geistesbeschäftigungen – ich versäumte selbstverständlich nicht, die Gaunersprache mir zu eigen zu machen – konnte die Wartezeit mir nicht lang werden. Je mehr sie sich aber ihrem Ende näherte, um so mehr wurde meine Seelenruhe durch drückende Besorgnisse erschüttert. Würde das Lösegeld überhaupt ankommen? Wenn auch jener Geleitbrief den Diener gegen Räuber schützte, so könnte ihn ja unterwegs ein Tiger zerreißen oder ein angeschwollener Fluß fortschwemmen, oder irgend einer der zahllosen, nicht vorauszusehenden Zufälle einer Reise ihn aufhalten, bis es zu spät war. Die Flammenblicke Angulimalas schossen oft so böswillig nach mir hin, als ob er diesen Fall erhoffte, und der Angstschweiß brach mir dann aus allen Poren. Wie wundervoll systematisch eingeleitet und scharf logisch begründet auch die Ausführung Vajaçravas' darüber war, daß in jedem Fall, in dem das Lösegeld nicht zur rechten Stunde gebracht würde, der Betreffende mit einer Baumsäge durchzusägen und beide Teile mitten auf die Landstraße hinzuwerfen seien – und zwar der Kopfteil nach der Seite des aufgehenden Mondes zu: so gestehe ich doch, daß meine Bewunderung für diese wissenschaftlich gewiß staunenswerte Leistung meines gelehrten Freundes durch eine eigentümliche Bewegung meines etwas »betroffenen« Bauchfelles einigermaßen beeinträchtigt wurde, zumal als wirklich die doppelzähnige Baumsäge, die bei solchen Gelegenheiten benutzt wurde, hergebracht und zur Veranschaulichung von zwei grimmigen Gesellen an einem einen Menschen vorstellenden Bündel in Wirksamkeit gesetzt wurde.

Vajaçravas, der bemerkte, wie mir übel wurde, klopfte mir aufmunternd auf die Schulter und meinte, das ginge mich ja nichts an. Dadurch schöpfte ich natürlich die Hoffnung, daß er mich im Notfalle zum dritten Male retten würde. Als ich aber in dankbarstem Tone etwas davon verlauten ließ, machte er ein gar ernstes Gesicht und sprach:

»Wenn dir dein Karma wirklich so gram sein sollte, daß das Lösegeld nicht zur rechten Zeit ankommt, und wäre es auch nur um einen halben Tag verspätet, dann kann dir freilich kein Gott und kein Teufel helfen, denn die Gesetze Kalis sind unverbrüchlich. Jedoch, sei getrost, mein Sohn! Du bist noch zu ganz anderen Dingen bestimmt. Und für dich fürchte ich eher, daß du einmal, nach einem ruhmreichen Räuberleben, auf einem öffentlichen Platze enthauptet oder gepfählt wirst – doch das hat ja noch gute Weile.«

Ich könnte nicht sagen, daß dieser Trost mich sehr aufgerichtet hätte, und so fühlte ich mich denn nicht wenig erleichtert, als eine volle Woche vor Ablauf der Frist unser getreuer alter Diener mit der geforderten Geldsumme eintraf. Ich nahm Abschied von meinem furchtbaren Wirt, der in Erinnerung an seinen erschlagenen Freund finster dreinblickte, als ob er mich lieber hätte durchsägen lassen, und drückte zärtlich die Hand des Brahmanen, der eine Träne der Rührung durch die Zuversicht bannte, wir würden uns sicher noch auf den nächtlichen Pfaden Kalis begegnen. So zogen wir beide denn ab, von vier Räubern begleitet, die mit ihrer Haut für unsere sichere Ankunft in Ujjeni hafteten. Denn Angulimala, der um seine Räuberehre sehr besorgt war, versprach ihnen, als er uns verabschiedete, wenn ich nicht heil in meiner Vaterstadt abgeliefert würde, ihnen die Haut über die Ohren zu ziehen und ihre Felle an den vier Ecken eines Kreuzweges aufzuhängen; und es war bekannt, daß er immer sein Versprechen hielt. Glücklicherweise wurde das hier nicht nötig, und die vier Gesellen, die sich unterwegs sehr wacker betrugen, mögen noch in diesem Augenblick im Dienste der schädelhalsbandschüttelnden Tänzerin sein.

Wir erreichten Ujjeni ohne weitere Abenteuer, und ich hatte in der Tat auch an den erlebten genug. Die Freude meiner Eltern, mich wiederzusehen, war unbeschreiblich. Um so unmöglicher war es, ihnen die Erlaubnis abzuringen, bald wieder eine Reise nach Kosambi zu unternehmen. Mein Vater hatte ja außer der nicht unbedeutenden Lösesumme auch alle Waren meiner Karawane und alle Leute verloren und war so bald nicht imstande, eine neue Karawane auszurüsten. Aber dies war nur ein kleines Hindernis im Verhältnis zu dem Schrecken, der meine Eltern beim Gedanken an die Gefahren des Weges befiel. Auch hörte man ab und zu immer wieder von furchtbaren Taten Angulimalas, und ich kann nicht leugnen, daß es mich wenig gelüstete, noch einmal in seine Hände zu fallen. Eine Botschaft nach Kosambi gelangen zu lassen, gab es in dieser Zeit durchaus keine Möglichkeit, und so mußte ich mich denn mit der Erinnerung begnügen und in fester Zuversicht auf die Treue meiner angebeteten Vasitthi mich auf bessere Zeiten vertrösten.

Diese kamen denn endlich auch. Eines Tages flog wie ein Lauffeuer die Nachricht durch die Stadt, der schreckliche Angulimala sei von Satagira, dem Sohne des Ministers in Kosambi, aufs Haupt geschlagen, die Bande niedergemetzelt oder zersprengt, der Häuptling aber mit vielen der hervorragendsten Räuber gefangen genommen und hingerichtet worden.

Nun konnten meine Eltern meinen stürmischen Bitten nicht mehr widerstehen. Man hatte in der Tat guten Grund, anzunehmen, daß jetzt für längere Zeit die Straßen frei sein würden, und mein Vater war nicht abgeneigt, wieder mit einer Karawane sein Glück zu versuchen. Da befiel mich plötzlich eine Krankheit, und als ich vom Lager wieder aufstand, war die Regenzeit schon so nahe herangerückt, daß man diese erst abwarten mußte. Dann stand aber auch meiner Abreise nichts mehr entgegen. Mit vielen Ermahnungen zur Vorsicht nahmen meine Eltern Abschied von mir, und ich befand mich wieder unterwegs an der Spitze einer wohlversehenen Karawane von dreißig Ochsenkarren, freudigen und mutigen Herzens und von brennender Sehnsucht getrieben.

Unsere Reise ging so glatt vonstatten, wie das erste Mal, und an einem schönen Morgen zog ich, halb närrisch vor Freude, in Kosambi ein. Hier gewahrte ich nun bald ein ungewöhnliches Menschengedränge in den Straßen. Ich kam infolgedessen immer langsamer vorwärts, bis mein Zug an einer Stelle, wo er eine Hauptverkehrsader der Stadt zu durchkreuzen hatte, endlich völlig zum Stillstehen gebracht wurde. Es war schlechterdings nicht möglich, durch die Menge hindurchzudringen, und ich bemerkte nun auch, daß jene Hauptstraße durch Fahnenstangen, von den Fenstern und Söllern herabhängende Teppiche und querüber gespannte Blumengewinde aufs prächtigste geschmückt war – wie für irgend einen Aufzug. Fluchend vor Ungeduld, fragte ich die vor mir Stehenden, was hier los sei.

»Ei«, riefen sie, »weißt du denn nicht, daß heute Satagira, der Sohn des Ministers, seine Hochzeit feiert? Du kannst dich glücklich preisen, gerade zu rechter Zeit eingetroffen zu sein, denn der Zug kommt jetzt vom Krishnatempel hier vorüber, und eine solche Pracht hast du gewiß noch nirgends gesehen.«

Daß Satagira Hochzeit hielt, war mir eine ebenso wichtige wie willkommene Nachricht, weil sein Werben um meine Vasitthi bei ihren Eltern eins der größten Hindernisse für unsere Vereinigung gewesen wäre. So ließ ich mir denn das Warten gefallen, um so mehr als es nicht lange dauern konnte; denn schon waren die Lanzenspitzen einer Reiterabteilung sichtbar, die unter ohrenbetäubendem Jubel vorüberzog. Diese Reiter genossen, wie man mir mitteilte, in Kosambi die größte Volksgunst, weil hauptsächlich sie es waren, die die Bande Angulimalas unschädlich gemacht hatten.

Fast unmittelbar hinter ihnen kam der Elefant, der die Braut trug – allerdings ein überwältigender Anblick. Die knorrige, hügelartige Stirn des Riesentieres war, dem Götterberg Meru ähnlich, mit einem Flor von mannigfarbigen Edelsteinen bedeckt. Wie bei einem brünstigen Ilfenstier der Saft an den Schläfen und Wangen herabträufeln, und Bienenschwärme, von seinem süßen Duft angelockt, darüber hängen, also erglänzten hier Schläfen und Wangen von den wundervollsten Perlen und darüber baumelten durchsichtige Gehänge von schwarzen Diamanten – eine Wirkung, die zum Aufschreien schön war. Die mächtigen Hauer waren mit dem feinsten Golde beschlagen; und aus demselben edlen Metalle war die mit großen Rubinen besetzte Brustplatte, von der der duftigste blaue Benaresmusselin herabhing und die kräftigen Beine des Tieres – wie Morgennebel die Baumstämme – leicht umwallte.

Aber es war der Rüssel des Staatselefanten, der vor allem meinen Blick fesselte. Auch zu Hause, in Ujjeni, hatte ich ja bei Prozessionen sehr prachtvolle Dekorationen der Elefantenrüssel gesehen, aber niemals eine, die so geschmackvoll gewesen wäre wie diese. Bei uns nämlich wurde der Rüssel in Felder eingeteilt, die irgend ein feines Muster bildeten, und war also ganz mit Farbe gedeckt. Hier aber war die Haut als Untergrund frei gelassen, und über diesen astähnlichen Grund war ein loses Laubgeranke von lanzettförmigen Asokablättern geschlungen, aus dem gelbe, orangefarbene und scharlachrote Blumen hervorleuchteten – Alles in köstlichster ornamentaler Stilisierung ausgeführt.

Während ich nun mit dem Blick eines Kenners dies Wunderwerk studierte, kam ein gar wehmütiges Gefühl über mich, indem ich gleichsam den ganzen Liebesduft jener seligen Nächte auf der Terrasse wieder einatmete. Mein Herz begann heftig zu pochen, da ich unwillkürlich an meine eigene Hochzeit denken mußte; denn welcher Schmuck konnte sinniger erfunden werden für das Tier, welches dereinst Vasitthi tragen sollte, als gerade dieser, da ja die »Terrasse der Sorgenlosen« wegen ihrer wunderbaren Asokablüten in ganz Kosambi berühmt war?

In diesem fast traumhaften Zustande vernahm ich, wie eine Frau neben mir zu einer anderen sagte:

»Aber die Braut – die sieht doch gar nicht fröhlich aus!«

Unwillkürlich blickte ich in die Höhe, und ein seltsam unheimliches Gefühl beschlich mich, als ich die Gestalt gewahr wurde, die dort unter dem purpurnen Baldachin saß. Gestalt, sage ich – das Gesicht konnte ich nicht sehen, weil der Kopf vornüber auf die Brust gesunken war – aber auch von einer Gestalt sah man wenig, und es schien, als ob in jener Masse von regenbogenfarbigen Musselins, wenn auch ein Körper, so doch kein mit lebendiger, widerstandsfähiger Kraft begabter steckte. Die Art und Weise, wie sie hin und her schwankte bei den Bewegungen des Tieres, dessen mächtige Schritte das Zelt auf seinem Rücken in starkes Schaukeln versetzten, hatte etwas unsagbar Trauriges, ja fast etwas Grauenerregendes an sich. Man konnte in der Tat befürchten, daß sie im nächsten Augenblick herunterstürzen würde. Eine solche Furcht mochte auch die hinter ihr stehende Dienerin bewegen, denn sie faßte die Braut an den Schultern und neigte sich zu ihr vor, um ihr aufmunternde Worte ins Ohr zu flüstern.

Ein eisiger Schreck lähmte mich, als ich in dieser vermeintlichen Dienerin – Medini erkannte. Und ehe mir diese Ahnung noch deutlich geworden war, hatte die Braut Satagiras den Kopf erhoben.

Es war meine Vasitthi.

Am Grabe des heiligen Vajaçravas

Ja, sie war es. Keine Möglichkeit, sich in diesen Zügen zu täuschen, – und doch ähnelten sie sich selber nicht, und ähnelten in der Tat nichts, das ich je gesehen hatte; in einem so namenlosen, übermenschlichen Jammer schienen sie versteinert zu sein.

Als ich wieder zur Besinnung kam, zogen gerade die Letzten des Zuges vorüber. Man schrieb meine plötzliche Ohnmacht der Hitze und dem Menschengedränge zu. Willenlos ließ ich mich in die nächste Karawanserei bringen.

Hier warf ich mich in der dunkelsten Ecke nieder, das Gesicht nach der Wand gekehrt, und blieb da, in Tränen gebadet und alle Speise verschmähend, tagelang liegen, nachdem ich jenem alten Diener und Karawanenführer, der mich schon auf der ersten Fahrt begleitet, Anweisung gegeben hatte, so schnell wie möglich und selbst unter schlechten Bedingungen unsere Waren loszuschlagen, da ich zu krank sei, um mich mit Geschäften abzugeben. In der Tat konnte ich nur an meinen unfaßbaren Verlust denken; auch wollte ich mich nicht in der Stadt zeigen, um von niemand erkannt zu werden. Denn ich wollte vor allem verhindern, daß Vasitthi von meiner Anwesenheit etwas erführe.

Ihr Bild, wie ich sie zuletzt gesehen, schwebte mir fortwährend vor der Seele. Wohl war ich über ihren Wankelmut oder eher ihre Schwäche entrüstet; denn ich sah wohl ein, daß nur die letzte in Frage kam, und daß sie dem Drängen der Eltern nicht hatte widerstehen können. Daß sie dem triumphierenden Ministersohn nicht ihr Herz zugewandt hatte, davon zeugten ihre Haltung und Miene deutlich genug. Wenn ich mich aber ihrer erinnerte, wie sie im Krishnahaine leuchtenden Blickes mir ewige Treue zugeschworen hatte, verstand ich nicht, wie es möglich war, daß sie so bald nachgegeben hatte, und ich sagte mir unter bitterem Seufzen, daß auf Mädchenschwüre kein Verlaß sei. Aber immer wieder tauchte jenes Gesicht voll tiefsten Jammers vor mir auf – und sofort war dann auch jeder Groll verscheucht, nur das innigste Mitleid wallte ihm entgegen; und so beschloß ich fest, ihren Kummer nicht dadurch noch zu vermehren, daß von meiner jetzigen Anwesenheit in Kosambi ihr etwas zu Gehör käme. Nie mehr sollte sie etwas von mir erfahren; sicher würde sie dann glauben, daß ich gestorben sei, und sich in ihr Schicksal, dem es ja an äußerem Glanz nicht fehlte, nach und nach ergeben.

Ein günstiger Umstand fügte es, daß mein alter Diener unerwartet schnell die Waren sehr vorteilhaft eintauschte oder verkaufte, so daß ich schon nach wenigen Tagen in früher Morgenstunde mit meiner Karawane Kosambi verlassen konnte.

Als ich nun durch das westliche Stadttor hinausgekommen war, wandte ich mich um und warf einen letzten Blick auf die Stadt, in deren Mauern ich so Unvergeßliches an Freude und Leid erlebt hatte. Vor einigen Tagen, als ich eingezogen, war ich dermaßen von ungeduldiger Erwartung erfaßt gewesen, daß ich für nichts in der Nähe ein Auge gehabt hatte. So wurde ich denn jetzt zum ersten Male gewahr, daß nicht nur die Zinnen des Tores, sondern auch der Mauerrand zu beiden Seiten mit aufgespießten Menschenköpfen schrecklich geschmückt war?

Kein Zweifel – es waren die Köpfe der hingerichteten Räuber aus der Bande Angulimalas!

Zum ersten Male, seitdem ich Vasitthis Gesicht unter dem Baldachin gesehen, erfüllte mich jetzt ein anderes Gefühl als das der Trauer, indem ich mit unaussprechlichem Schauder diese Köpfe betrachtete, von denen die Geier längst nur das Knochengerüst übrig gelassen hatten und höchstens noch die Zöpfe oder hier und dort einen Bart, dessen Urwüchsigkeit sein Gebiet geschützt hatte. So wären sie alle unerkennbar gewesen, wenn nicht einer durch den wilden, roten Bart, ein anderer durch die nach der Art der asketischen Flechtenträger am Scheitel aufgewundenen Zöpfe sich verraten hätte. Diese beiden und zweifelsohne auch viele der anderen hatten mir oft in der nächtlichen Runde kameradschaftlich zugenickt, und ich erinnerte mich mit entsetzlicher Anschaulichkeit, wie dieser rote Bart, im Mondesstrahle sprühend, bei jenem Vortrage über die Stupidität der Nachtwächter vor Lustigkeit gewackelt hatte, ja fast vermeinte ich aus dem lippenlosen Munde noch das dröhnende Gelächter zu hören.

Aber auf der mittleren Torzinne erglänzte, etwas über die anderen erhoben, ein mächtiger Schädel im Strahle der aufgehenden Sonne und zog gebieterisch meine ganze Aufmerksamkeit auf sich. Wie sollte ich diese Formen nicht wiedererkennen? Der war's, der uns damals zum Lachen gebracht hatte, ohne selbst eine Miene seines Brahmanengesichtes zu verziehen. Vajaçravas' Kopf dominierte hier, während der Angulimalas zweifelsohne über dem östlichen Stadttor aufgesteckt war. Und ein sonderbares Gefühl beschlich mich bei dem Gedanken, wie gründlich er einst die verschiedenen Arten von Todesstrafen expliziert hatte – das Vierteilen, das Zerreißen durch Hunde, die Pfählung, die Enthauptung – und wie sorgfältig er dadurch begründen wollte, daß der Räuber sich nicht fangen lassen dürfe; wenn er aber schon einmal gefangen sei, versuchen müsse, durch alle Mittel zu entfliehen. Ach! Was hatte ihm seine Wissenschaft geholfen? So wenig vermag der Mensch seinem Schicksal zu entgehen, das ja nur die Frucht unserer Taten ist – sei es in diesem, sei es in einem vorhergehenden Leben!

Und mir war es, als ob er durch seine leeren Augenhöhlen mich gar ernst betrachtete und sein halb geöffneter Mund mir zuriefe: »... Kamanita, Kamanita! betrachte mich genau, achte wohl auf diesen Anblick! Auch du, mein Sohn, bist unter einem Räubergestirn geboren, auch du wirst die nächtigen Pfade Kalis betreten, und ebenso wie ich hier, wirst auch du einmal irgendwo enden.«

Aber seltsam genug: diese Phantasie, die so lebhaft wie eine sinnliche Wahrnehmung war, erfüllte mich nicht mit Schrecken und Schaudern. Meine vermeintlich vorgeschriebene Räuberlaufbahn, der ich noch nie einen ernsten Gedanken geschenkt hatte, stand plötzlich nicht nur in ernstem, sondern sogar in verlockendem Lichte vor mir.

Räuberhäuptling! – Was konnte mir Elenden erwünschter sein? Denn daran zweifelte ich keinen Augenblick, daß ich mit meinen vielen Fähigkeiten und Kenntnissen, und besonders mit denen, die ich dem Unterricht des ehrwürdigen Vajaçravas verdankte, eine leitende Stellung einnehmen würde. Und welche Stellung käme denn für mich der eines Räuberhäuptlings gleich? War doch selbst die eines Königs dagegen gering zu schätzen. Denn konnte die mir Rache an Satagira verschaffen? Konnte *die* Vasitthi in meine Arme führen? Ich sah mich selbst mitten im Walde im Kampfe mit Satagira, dem ich mit einem wuchtigen Schwerthieb den Schädel spaltete; und wieder sah ich mich, wie ich die ohnmächtige Vasitthi in meinen Armen aus dem brennenden, von Räuberstimmen widerhallenden Palast entführte.

Zum ersten Male seit jenem jammervollen Anblick schlug mein Herz wieder mutig und hoffnungsvoll einer Zukunft entgegen; zum ersten Male wünschte ich mir nicht den Tod, sondern das Leben.

Von solchen Bildern erfüllt war ich kaum tausend Schritte weiter gezogen, als ich vor mir auf dem Wege eine von der entgegengesetzten Seite kommende Karawane halten sah, während der Führer an einem kleinen Hügel unmittelbar an der Landstraße offenbar ein Opfer darbrachte.

Ich ging auf ihn zu, grüßte ihn höflich und fragte ihn, welche Gottheit er hier verehrte.

»In diesem Grabe«, antwortete er, »ruht der heilige Vajaçravas, dessen Schutze ich es verdanke, daß ich, durch eine gefährliche Gegend ziehend, heil und unversehrt an Leib und Gut nach Hause komme. Und ich rate dir sehr, es ja nicht zu versäumen, hier ein passendes Opfer darzubringen. Denn wenn du auch beim Einziehen in das waldige Gebiet hundert Waldhüter mietetest, so würden die dir keine so gute Hilfe gegen Räuber sein, wie es der Schutz dieses Heiligen ist.«

»Mein lieber Mann!« entgegnete ich, »dieser Grabhügel scheint nur wenige Monate alt zu sein, und wenn in ihm ein Vajaçravas begraben liegt, so wird das gewiß kein Heiliger sein, sondern der Räuber dieses Namens.«

Der Kaufmann aber nickte ruhig zustimmend.

»Der nämliche – gewiß ... Ich sah, wie er an dieser Stelle gepfählt wurde. Und sein Kopf steckt noch über dem Tor. Nachdem er aber so die vom Fürsten verhängte Strafe erlitten hat, ist er, dadurch von seinen Sünden geläutert, fleckenlos in den Himmel eingegangen, und sein Geist schützt jetzt den Reisenden gegen Räuber. Auch sagt man übrigens, daß er schon während seines Räuberlebens ein gar gelehrter und fast heiliger Mann gewesen sei; denn er wußte selbst geheime Teile des Veda auswendig – wenigstens heißt es so.«

»Das verhält sich wirklich so«, versetzte ich, »denn ich habe ihn sehr gut gekannt und darf mich sogar seinen Freund nennen.«

Als der Kaufmann mich bei diesen Worten etwas erschrocken ansah, fuhr ich fort:

»Du mußt nämlich wissen, daß ich einst bei dieser Bande in Gefangenschaft geraten war, und daß Vajaçravas mir bei dieser Gelegenheit zweimal das Leben gerettet hat.«

Der Blick des Kaufmanns ging vom Schrecken zu bewunderndem Neid über:

»Nun, dann kannst du dich wahrlich glücklich preisen. Stünde ich so bei ihm in Gunst, dann würde ich in wenigen Jahren der reichste Mann in Kosambi sein. Und nun, eine glückliche Reise, Beneidenswerter!«

Damit ließ er seine Karawane sich wieder in Bewegung setzen.

Ich versäumte selbstverständlich nicht, am Grabe meines berühmten und verehrten Freundes eine Totenspende niederzulegen, mein Gebet ging aber, allen anderen hier abgehaltenen entgegen, darauf hinaus, daß er mich geradeswegs in die Arme der nächsten Räuberbande leiten sollte, der ich mich dann mit seiner Hilfe anschließen wollte und deren Führung, woran ich nicht zweifelte, bald von selber in meine Hände übergehen würde.

Es sollte sich aber deutlich zeigen, daß mein gelehrter und nunmehr durch Volksmund heilig gesprochener Freund sich geirrt hatte, als er annahm, eine Räuberkonstellation habe über meiner Geburt geleuchtet. Denn auf dem ganzen Weg nach Ujjeni trafen wir keine Spur von Räubern, und doch wurde, kaum eine Woche nachdem wir einen großen Wald hart an der Grenze Avantis gekreuzt hatten, eine Karawane, der wir begegnet waren, in eben diesem Walde von Räubern überfallen.

Es ist mir eine Quelle sonderbarer Betrachtungen gewesen, daß es anscheinend auf einem reinen Zufall beruhte, wenn ich im bürgerlichen Leben blieb, anstatt, wie mein Herz brennend begehrte, in das Räuberleben einzutreten. Freilich mag wohl von den nächtigen Pfaden Kalis auch einer auf den Weg der Pilgerschaft ausmünden, wie ja auch von den vom Herzen ausgehenden, mit fünffarbigem Safte erfüllten hundertundein Adern eine einzige nach dem Kopfe führt und diejenige ist, durch welche beim Tode die Seele den Körper verläßt. So könnte ich ja auch in dem Falle, daß ich Räuber geworden wäre, noch immer jetzt ein Pilger sein und mich auf dem Wege nach dem Ziele der Erlösung befinden. Wenn aber Einer die Erlösung erlangt, dann werden seine Werke, böse wie gute, zu nichts, durch die Glut des Wissens gleichsam zur Asche verbrannt.

Auch muß ich sagen, daß jene Zwischenzeit, im Räuberleben oder im bürgerlichen verbracht, vielleicht hinsichtlich der moralischen Früchte nicht so verschieden ausgefallen wäre, wie es dir, o Bruder, wohl scheinen mag. Denn ich habe, während ich unter den Räubern lebte, wohl bemerkt, daß es auch unter ihnen sehr verschiedenartige Leute gibt, und zwar einige mit sehr vortrefflichen Eigenschaften, und daß, wenn man von gewissen Äußerlichkeiten absieht, der Unterschied zwischen Räubern und ehrlichen Leuten nicht ganz so ungeheuer ist, wie die letzteren es sich gern vorstellen. Und andererseits habe ich in der reifen Periode meines Lebens, in die ich nunmehr eintrat, nicht umhin können zu bemerken, daß die ehrlichen Leute den Dieben und Räubern in das Handwerk pfuschen, einige gelegentlich und gleichsam improvisierend, andere beständig und mit großer und für sie sehr bekömmlicher Meisterschaft, so daß durch gegenseitige Annäherung sogar nicht wenig Berührung zwischen beiden Gruppen stattfindet.

Weshalb ich denn auch nicht weiß, ob ich durch das günstige Schicksal, das mich von den nächtigen Pfaden der schädelhalsbandschüttelnden Tänzerin fernhielt, eigentlich so sehr viel gewonnen habe.« – –

Nach dieser tiefsinnigen Betrachtung schwieg der Pilger Kamanita und richtete in Sinnen versunken seinen Blick nach dem Vollmond, der groß und glühend draußen über dem fernen Wald – dem Aufenthalt der Räuber – aufstieg und sein Licht gerade in die offene Halle des Hafners hereinströmen ließ, wo es den gelben Mantel des Erhabenen in lauteres Gold zu verwandeln schien, wie die Bekleidung eines Götterbildes.

Der Erhabene, auf den der Pilger, vom Glanze angezogen und dennoch ohne zu ahnen, wen er sah, unwillkürlich seinen Blick richtete, gab durch ein langsames Kopfnicken seine Teilnahme zu erkennen und sagte:

»Noch seh' ich dich, Pilger, vielmehr der Häuslichkeit als der Hauslosigkeit zuschreiten, obwohl der Weg in die letztere sich dir wahrlich deutlich genug eröffnet hatte.«

»So ist es, Ehrwürdiger! Blöden Auges sah ich diesen Ausweg nicht, sondern schritt eben, wie du sagtest, der Häuslichkeit zu.«

Und nach einem tiefen Seufzer fuhr der Pilger mit frischer und heiterer Stimme in dem Bericht seiner Erlebnisse fort.

Der Lebemann

So lebte ich denn im Elternhause zu Ujjeni. – Diese meine Vaterstadt, o Fremder, ist ja aber nicht weniger durch ihre Lustbarkeit und rauschende Lebensfreude als wegen ihrer glänzenden Paläste und prächtigen Tempel in ganz Indien berühmt. Ihre breiten Straßen hallen bei Tage vom Wiehern der Pferde und Trompeten der Elefanten wider, und bei Nacht vom Lautenspiele der Verliebten und von den Liedern fröhlicher Zecher.

Besonders aber erfreuen sich die Hetären Ujjenis eines außerordentlichen Rufes. Von den großen Kurtisanen, die in Palästen wohnen, Tempel den Göttern und öffentliche Gärten dem Volke stiften und in deren Empfangssälen man Dichter und Künstler, Schauspieler, vornehme Fremde, ja manchmal sogar Prinzen trifft – bis zu den gewöhnlichen Dirnen herab sind sie alle von schwellgliedriger Schönheit und unbeschreiblicher Anmut. Bei den großen Festlichkeiten, bei Aufzügen und Schaustellungen bilden sie den Hauptschmuck der blumenprangenden, wimpelumflatterten Straßen. In cochenilleroten Kleidern, duftende Kränze in den Händen, von Wohlgerüchen umwallt, von Diamanten funkelnd, siehst du sie dann, o Bruder, auf ihren besonderen Prachttribünen sitzen oder die Straßen dahinziehen, mit liebevollen Blicken, aufreizenden Gebärden und lachenden Scherzworten allerwärts die Sinnenglut der Lustverlangenden zu hellen Flammen schürend.

Vom König verehrt, vom Volke angebetet, von den Dichtern besungen, heißen sie ja »die bunte Blumenkrone des felsenragenden Ujjeni« und ziehen uns den Neid der weniger begünstigten Nachbarstädte zu. Öfters gastieren auch dort die hervorragendsten unserer Schönheiten, ja es kommt sogar vor, daß eine solche durch eine königliche Verordnung zurückgerufen werden muß.

Mir, der ich nun meinen lebenverzehrenden Kummer ertränken wollte, wurde von den Händen dieser fröhlichen Schwesterschaft der goldige Lustkelch des berauschenden Vergessenheitstrankes willig und reichlich an die Lippen geführt. Durch meine vielen Fähigkeiten und großen Kenntnisse der schönen Künste aller Art und nicht weniger aller geselligen Spiele wurde ich ein gern gesehener Gast der großen Kurtisanen, von denen eine sogar, deren Gunst mit Geld kaum aufzuwiegen war, sich zuletzt so leidenschaftlich in mich verliebte, daß sie sich meinetwegen mit einem Prinzen überwarf. Andererseits wurde ich durch meine völlige Beherrschung der Gaunersprache leicht vertraut mit den Dirnen der Gäßchen, deren Gesellschaft ich auf dem Wege derben Lebensgenusses keineswegs verschmähte, und von denen mehrere mir von Herzen ergeben waren.

So tauchte ich denn tief in den rauschenden Strudel der Vergnügungen meiner Vaterstadt, und es wurde, o Fremder, eine sprichwörtliche Redensart in Ujjeni: »Ein Lebemann wie der junge Kamanita.«

Nun zeigte es sich aber, daß schlechte Gewohnheiten, ja selbst Laster manchmal dem Menschen einen Glücksfall bringen, so daß der weltlich Gesinnte nicht leicht entscheiden kann, ob er am meisten seinen guten oder seinen schlechten Eigenschaften sein Gedeihen zu verdanken hat.

Jene Vertrautheit mit den niedrigeren Dirnen kam mir nämlich sehr zustatten. Im Hause meines Vaters wurde ein

Einbruch verübt, und Juwelen, die ihm zum großen Teil zur Schätzung anvertraut waren, gestohlen, und zwar in einem Betrage, der kaum mehr zu ersetzen war. Ich war außer mir, denn völliger Ruin drohte uns. Vergebens bot ich alle die Kenntnisse auf, die ich im Walde mir erworben hatte. Nach der Weise, wie der unterirdische Gang angelegt war, konnte ich wohl sagen, was für einer Art von Dieben die Täterschaft zuzuschreiben sei. Aber selbst dieser so nützliche Wink war zwecklos für die Polizei – die allerdings in Ujjeni nicht auf ähnlicher Höhe steht wie die; Hetärenwirtschaft, was vielleicht nicht ganz ohne inneren Zusammenhang sein mag. Habe ich doch in einem sehr gelehrten Vortrag über das Liebesleben der verschiedenen Stände folgenden Satz gehört: »Die Liebesabenteuer des Polizeimeisters haben während der nächtlichen Inspizierung stattzufinden und zwar mit den Stadtdirnen;« – was in Verbindung mit jener Vorlesung Vajaçravas' »Über die Nützlichkeit der Dirnen zum Hineinlegen der Polizei« in jener Zeit des ängstlichen Wartens mir manches zu denken gab.

Nun scheint es ja aber in dieser unserer sonderbaren Welt so eingerichtet zu sein, daß die linke Seite für das aufkommen muß, was die rechte versäumt. Und so geschah es denn auch hier, daß jene üppige Blüte Ujjenis mir die Frucht trug, welche der, vielleicht wegen dieser Üppigkeit etwas kümmerlich geratene Dornenhag des Polizeiwesens zu zeitigen nicht vermochte. Denn die guten Mädchen, als sie mich wegen der mir und den Meinigen drohenden Not untröstlich sahen, ermittelten die Täter und zwangen sie, durch Androhung völliger Entziehung ihrer Gunst, die Beute wieder herauszugeben, so daß wir glimpflich davon kamen, mit Verlust des Wenigen, das schon verpraßt gewesen, und mit einem Schrecken, der für mich nicht ohne gute Wirkung blieb.

Durch ihn wurde ich nämlich aus meinem Zeit und Jugendkraft unnütz vergeudenden Wüstlingsleben aufgerüttelt. Dieses war ohnehin zu einem Punkt gelangt, wo es mich entweder unter dem Joch der Gewohnheit völlig knechten und versumpfen lassen, oder aber mich anzuwidern anfangen mußte. Die letztere Wirkung wurde nun eben durch jenes Erlebnis gefördert. Ich hatte die Armut mir ins Gesicht starren sehen – die Armut, der mich jenes Leben wehrlos überliefert hätte, um mich dann treulos mit allen seinen kostspieligen Freuden zu verlassen. Nun besann ich mich auf jenes Wort des Kaufmannes am Grabe Vajaçravas: »Wenn ich so hoch in Gunst bei Vajaçravas stände wie du, dann würde ich in wenigen Jahren der reichste Mann in Kosambi sein.« Und ich beschloß, der reichste Mann in Ujjeni zu werden, und zu diesem Zwecke mich mit aller Kraft auf den Karawanenhandel zu verlegen.

Ob nun mein im Jenseits weilender Freund und Meister, Vajaçravas, mir bei meinen Unternehmungen in eigener Person beistand, wage ich nicht zu entscheiden, wiewohl ich es manchmal glaubte; sicher aber ist, daß seine Worte es jetzt nachträglich taten. Denn daß ich durch seine Belehrung mit allen Gewohnheiten und Gebräuchen der verschiedenen Räuberarten vertraut, ja selbst in ihre geheimen Regeln eingeweiht war, das setzte mich jetzt in den Stand, ohne törichte Waghalsigkeit Unternehmungen durchzuführen, die ein anderer nimmermehr hätte wagen dürfen. Gerade solche aber suchte ich mir jetzt aus und gab mich mit gewöhnlichen Reisen gar nicht mehr ab.

Wenn ich nun eine große Karawane nach einer Stadt führte, zu der monatelang keine andere hatte vordringen können, weil gerade zu der Zeit starke Räuberbanden die Gegend gleichsam abgesperrt hatten, so fand ich die Einwohner dermaßen auf meine Waren erpicht, daß ich diese manchmal mit dem zehnfachen Gewinn absetzen konnte. Aber damit nicht genug: einen unschätzbaren Vorteil zog ich aus jener Belehrung »über die Kennzeichen der für Bestechung zugänglichen Beamten höheren und niederen Ranges nebst Anweisung über die dabei in Frage kommenden Geldbeträge«; und was ich im Verlauf weniger Jahre durch geschickte Benutzung dieser Winke gewonnen habe, kommt für sich allein einem mäßigen Vermögen gleich. –

So vergingen denn einige Jahre in gesundem Wechsel zwischen allerlei Lebensgenüssen meiner freudigen Vaterstadt und gefahrreichen Geschäftsreisen, die übrigens bei allem Ernst auch nicht die Lust ausschlossen; denn ich stieg in den fremden Städten immer bei einer Hetäre ab, an die ich gewöhnlich von einer gemeinsamen Ujjenier Freundin empfohlen war, und die meine Kaufmannsgeschäfte oft gar schlau für mich einfädelte.

Eines Tages trat nun mein Vater vormittags in mein Zimmer, als ich gerade damit beschäftigt war, auf meine Lippen Lackfarbe aufzutragen, während ich gleichzeitig meinem Diener Anweisungen gab, der im Hofe vor meinem Fenster mein Lieblingspferd sattelte. Das mußte diesmal mit besonderer Sorgfalt geschehen, und es sollten durch eine eigenartige Vorrichtung Kissen angeschnallt werden, denn ich mußte unterwegs eine Gazellenäugige vor mir im Sattel halten. Ich hatte nämlich mit mehreren Freunden und Freundinnen einen Besuch in einem öffentlichen Garten verabredet.

Ich wollte sofort meinem Vater Erfrischungen bringen lassen; er lehnte es aber ab, und als ich ihm aus meiner goldenen Dose wohlriechende Mundkügelchen anbot, schlug er auch diese aus und nahm nur etwas Betel. Ich schloß daraus sofort, nicht ohne einige Beklemmung, daß er wohl etwas Ernstes vorhaben mochte.

»Ich sehe, daß du dich zu einem Vergnügungsausflug bereit machst, mein Sohn«, sagte er, nachdem er auf dem ihm von mir gebotenen Sitze Platz genommen hatte; »auch kann ich dies keineswegs tadeln, da du erst kürzlich von einer anstrengenden Geschäftsreise zurückgekehrt bist. Wo willst du heute hin, mein Sohn?«

»Ich will, Vater, mit einigen Freunden und Freundinnen nach dem Garten der hundert Lotusteiche reiten, wo wir uns mit Spielen belustigen wollen.«

»Gut, sehr gut, mein Sohn! Reizend, entzückend ist ja der Aufenthalt im Garten der hundert Lotusteiche – tiefer Schatten der Bäume und kühlender Hauch des Wassers laden da zum Verweilen ein. Auch sind artige und sinnige Spiele zu loben, denn sie beschäftigen Körper und Geist ohne sie anzustrengen. Ob wohl jetzt noch dieselben Spiele gebräuchlich sind, die wir in meiner Jugend spielten? Was meinst du, Kamanita, wird wohl heute dort gespielt werden?«

»Es kommt darauf an, Vater, wer von uns mit seinem Vorschlage durchdringt. Ich weiß, daß Nimi das Wasserspritzspiel vorschlagen will.«

»Das kenne ich nicht«, sagte mein Vater.

»Nein, Nimi hat es im Süden gelernt, wo es sehr Mode ist. Man füllt dabei Bambusrohre mit Wasser und bespritzt sich gegenseitig, und wer am nassesten wird, hat verloren.

Das ist sehr drollig. – Kolliya aber will den Kadambakampf in Vorschlag bringen.«

Mein Vater schüttelte den Kopf:

»Das kenn' ich auch nicht.«

»O, das ist jetzt sehr beliebt. Die Spielenden teilen sich in zwei Parteien, die einander bekämpfen, und dabei dienen eben die Zweige des Kadambastrauches mit ihren großen, goldigen Blüten als gar prächtige Schlagwaffen. Durch den Blütenstaub sind die Wunden kenntlich, so daß die Kampfrichter danach entscheiden können, welche Partei gewonnen hat. Das Ganze ist recht spannend und hat etwas Zierliches. Ich aber beabsichtige, das Hochzeitsspiel vorzuschlagen.«

»Das ist ein gutes altes Spiel«, sagte mein Vater mit einem auffallenden Schmunzeln, »und es freut mich recht, daß du dafür eintreten willst, denn das zeugt von deiner Gesinnung. Vom Spiel zum Ernst ist der Schritt nicht gar zu groß.«

Dabei schmunzelte er wieder selbstgefällig, und mir wurde recht gruselig zumute.

»Ja, mein Sohn«, fuhr er fort, »ich komme dabei gerade auf das, was mich heute zu dir geführt hat. Du hast bei deinen vielen Kaufmannsreisen durch Geschicklichkeit und Glück unser Vermögen vervielfacht, so daß das Gedeihen unserer Geschäfte in Ujjeni sprichwörtlich geworden ist. Andererseits hast du aber auch in vollen Zügen deine Jugendfreiheit genossen. Aus dem ersteren folgt, daß du wohl imstande bist, deinen eigenen Haushalt zu gründen. Aus dem zweiten, daß es jetzt auch für dich an der Zeit ist, dies zu tun und daran zu denken, den Faden des Geschlechts weiterzuspinnen. Um dir, meinem lieben Sohn, alles recht leicht zu machen, habe ich schon im Voraus eine Braut für dich ausgesucht. Es ist die älteste Tochter unseres Nachbars Sanjaya, des großen Kaufmannes, die erst kürzlich das heiratsfähige Alter erreicht hat. Sie stammt also, wie du siehst, aus einer ebenbürtigen, achtbaren und sehr begüterten Familie und hat großen Verwandtenanhang, sowohl von väterlicher wie von mütterlicher Seite. Ihr Körper ist makellos; sie hat Haare von der Schwärze der Biene, ein Gesicht wie der Mond, die Augen eines Gazellenlammes, eine der Sesamblüte ähnelnde Nase, Zähne wie Perlen und Bimbalippen, von denen eine Stimme so süß wie die der Kokila ertönt. Ihr Schenkelpaar ist herzerfreuend wie ein Pisangstamm, und durch die Fülle der Hüften beschwert, hat ihr Gang die lässige Majestät des Ilfen. Du wirst also unmöglich etwas gegen sie einwenden können.«

Ich hatte in der Tat nichts gegen sie einzuwenden, außer etwa, daß ihre vielen mir so poetisch angepriesenen Reize mich völlig kalt ließen. Und ich gestehe, daß von allen Hochzeitszeremonien mir diejenige der drei Nächte der Enthaltsamkeit, in denen ich der Satzung gemäß mit meiner jungen Gattin, nichts Scharfgewürztes essend, auf dem Boden schlafend und das Hausfeuer unterhaltend, die Keuschheit zu bewahren hatte, die am wenigsten lästige war.

Eine ungeliebte Frau, o Bruder, macht das Heim nicht lieb und das Haus nicht fesselnd, und so begab ich mich von jetzt ab fast noch williger als zuvor auf Reisen und kümmerte mich in der Zwischenzeit nur um meine Geschäfte. Und da ich – um der Wahrheit die Ehre zu geben – bei diesen nicht gar zu skrupelhaft zu Werke ging, sondern ohne viel Bedenken meinen Vorteil nahm, wo ich ihn sah, so wuchs mein Reichtum dermaßen, daß ich mich nach wenigen Jahren dem Ziel meines Ehrgeizes nahe fand und einer der reichsten Bürger meiner Vaterstadt war.

Nun wollte ich aber auch als Hausherr und Familienvater – denn meine Gattin hatte mir zwei Töchter geboren – meines Reichtums recht genießen und besonders auch vor meinen Mitbürgern damit prunken. Ich erwarb mir deshalb ein großes Grundstück in der Vorstadt, wo ich einen gar prächtigen Lustgarten anlegte und in seiner Mitte ein geräumiges, mit marmornen Säulenhallen versehenes Haus errichten ließ. Dies Besitztum wurde zu den Wundern Ujjenis gerechnet, und selbst der König kam, um es zu besichtigen.

Hier veranstaltete ich nun märchenhafte Gartenfeste und gab die üppigsten Gastmähler. Denn ich hatte mich mehr und mehr auf die Freuden der Tafel geworfen. Die leckersten Speisen, die zur betreffenden Jahreszeit überhaupt für Geld zu haben waren, mußten auf meinem Tische sein, selbst zu den täglichen Mahlzeiten. Damals war ich nicht, wie du mich jetzt siehst, durch lange Wanderungen, durch Waldaufenthalt und Askese hager und abgezehrt, sondern von blühender Körperfülle; ja ein Bäuchlein hatte schon angefangen sich zu runden.

Und es wurde, o Fremder, eine sprichwörtliche Redensart in Ujjeni: »Man ißt bei ihm, wie beim Kaufmann Kamanita.«

Der Ehemann

Eines Morgens ging ich in den Anlagen mit meinem Obergärtner, um zu erwägen, welche neue Verbesserungen anzubringen wären, als mein Vater auf seinem alten Esel in den Hof ritt. Ich eilte hin, um ihm beim Absteigen behilflich zu sein, und wollte ihn in den Garten führen, da ich glaubte, er käme, um dessen Blumenpracht zu genießen. Er zog es aber vor, ins erste beste Zimmer zu treten, und als ich dem Diener befahl, Erfrischungen zu bringen, schlug er auch diese aus – er wolle ungestört mit mir sprechen.

Etwas unheimlich berührt, eine drohende Gefahr witternd, nahm ich neben ihm auf einem niedrigen Sitze Platz.

»Mein Sohn«, fing er nun sehr ernst an, »deine Frau hat dir nur zwei Töchter geboren, und es ist keine Aussicht, daß sie dir einen Sohn schenken wird. Nun heißt es ja aber sehr richtig, daß der Mann erbärmlich stirbt, für den kein Sohn das Totenopfer vollziehen kann. Ich tadle dich nicht, mein Sohn«, fügte er hinzu, als er bemerken mochte, daß ich etwas unruhig wurde; und obwohl ich nicht wußte, wodurch ich mir in diesem Handel hätte Tadel verdienen können, dankte ich ihm mit geziemender Demut für seine Milde und küßte seine Hand.

»Nein, ich muß mich selber tadeln, weil ich bei der Wahl deiner Frau mich durch weltliche Rücksichten auf Familie und Güter zu sehr habe blenden lassen und nicht genügend auf die Zeichen achtete. Das Mädchen, das ich jetzt für dich im Auge habe, ist zwar aus einer wenig hervorragenden und keineswegs begüterten Familie; auch kann man ihr das, was der oberflächliche Betrachter ›Schönheit‹

nennt, nicht nachrühmen. Dafür aber hat sie einen tief sitzenden und nach rechts gedrehten Nabel; sowohl Hände wie Füße weisen Lotus-, Krug- und Radmal auf; ihr Haar ist ganz glatt, nur im Nacken hat sie zwei nach rechts gewundene Locken. Von einem Mädchen, das solche Zeichen besitzt, sagen ja die Weisen, daß es fünf Heldensöhne gebären wird.«

Ich erklärte mich mit dieser Aussicht vollkommen befriedigt, dankte meinem Vater für die Güte, mit der er für mich sorgte, und sagte, ich sei bereit, das Mädchen sofort heimzuführen. Denn ich dachte: wenn es doch sein muß! ...

»Sofort?« rief mein Vater erschrocken aus. »Aber, mein Sohn! Dämpfe dein Ungestüm! Wir sind ja jetzt im südlichen Laufe der Sonne. Wenn diese Gottheit in ihren nördlichen Lauf eintritt, und wir dann die Monatshälfte, in welcher der Mond zunimmt, erreichen, dann wollen wir einen günstigen Tag zur Handergreifung erwählen – aber eher nicht – eher nicht, mein Sohn! Was würden uns sonst alle guten Eigenschaften der Braut nützen?«

Ich bat meinen Vater, unbesorgt zu sein. Ich würde mich so lange gedulden und mich in allen Punkten von seiner Weisheit leiten lassen; worauf er meinen Gehorsam lobte, mir seinen Segen erteilte und mir gestattete, daß ich Erfrischungen kommen ließ.

Endlich nahte der von mir nicht sehr ersehnte Tag, auf den sich alle glückverheißenden Zeichen vereinten. Die Zeremonien wären diesmal noch viel umständlicher; ich hatte vorher volle vierzehn Tage gebraucht, um alle notwendigen Sprüche genau einzustudieren. Welche Angst ich während der Handergreifung im Hause meines Schwiegervaters ausgestanden habe, läßt sich mit Worten kaum beschreiben. Ich zitterte fortwährend vor Furcht, daß ich irgend einen Vers nicht ganz richtig oder genau bei der Bewegung, zu der er gehörte, hersagen möchte; denn mein Vater hätte mir das ja nie vergeben. Und darüber hätte ich beinahe die Hauptsache vergessen, denn anstatt ihren Daumen zu ergreifen, faßte ich nach ihren vier Fingern, als ob ich wünschte, daß sie mir Töchter gebären sollte – aber glücklicherweise hatte die Braut Geistesgegenwart genug, um mir den Daumen in die Hand zu schieben.

Ich war ganz in Schweiß gebadet, als ich endlich zur Abfahrt die Stiere einspannen konnte, während meine Braut in die Kummetlöcher der Geschirre je einen Zweig von einem fruchttragenden Baume steckte. Ich sprach aber den betreffenden Halbvers mit dem Bewußtsein, daß jetzt das Schlimmste vorüber sei. Die Gefahren waren jedoch keineswegs überstanden.

Zwar erreichten wir mein Haus, ohne daß irgend einer von den vielen kleinen Unfällen, die bei einer solchen Gelegenheit wie auf der Lauer liegen, unterwegs sich ereignet hätte. Vor der Tür angekommen, wurde die Braut von drei Brahmanenfrauen unbescholtenen Wandels, die alle nur Knaben geboren hatten, und deren Männer noch lebten, vom Wagen gehoben. So weit ging Alles gut. Nun aber kannst du dir, Bruder, meinen Schrecken denken, als beim Eintreten ins Haus der Fuß meiner Frau *beinahe* die Schwelle berührt hätte. Ich weiß noch heute nicht, woher ich die Entschlossenheit nahm, sie in meinen Armen hoch empor zu heben und dadurch zu verhüten, daß eine Berührung wirklich stattfände. Immerhin war eine solche Unregelmäßigkeit beim Hineingehen schlimm genug, und dazu kam, daß ich nun selber vergaß, mit dem rechten Fuß zuerst einzutreten. Glücklicherweise waren Alle, und besonders mein Vater, über die drohende Berührung der Schwelle dermaßen entsetzt, daß mein Fehltritt fast gänzlich unbeachtet blieb.

In der Mitte des Hauses nahm ich zur Linken meiner Frau auf einem roten Stierfell Platz, das mit der Nackenseite nach Osten und mit der Haarseite nach oben lag. Nun hatte mein Vater nach langem Suchen und mit unendlicher Mühe ein männliches Wunderkind ausfindig gemacht, das selber nur Brüder und keine Schwester – auch keine gestorbene – hatte und von einem Vater stammte, der sich in demselben Fall befand, nur Brüder zu haben, was sogar auch noch von dessen Vater galt – alles gerichtlich bescheinigt. Dies Knäblein sollte nun meiner Braut auf den Schoß gesetzt werden. Schon stand an ihrer Seite die kupferne Schüssel bereit mit den im Schlamme gewachsenen Lotusblumen, die sie dem Kinde in die zusammengelegten Hände geben sollte; – da war das Unglücksmenschlein nirgends zu finden. Erst nachher, als es schon zu spät war, entdeckte ein Diener, daß der Kleine das Opferbett zwischen den Feuern gar zu verlockend gefunden und sich in dem weichen Grase gewälzt hatte, bis er fast gänzlich darin begraben war. Nun mußte natürlich das Opferbett neu geschichtet und dazu frisches Kuçagras geschnitten werden – was schon an sich verkehrt war, weil ja das Gras bei Sonnenaufgang geschnitten sein muß.

Diese Krone des ganzen Werkes fahren lassend, mußten wir uns mit einem in aller Hast herbeigeschafften Knäblein begnügen, dessen Mutter nur Söhne geboren hatte. Mein Vater war aber über das Mißlingen dieser Maßregel, auf die er so große Hoffnung gesetzt hatte, dermaßen erregt, daß ich fürchtete, der Schlag könne plötzlich seinem teuren Leben ein Ende machen. Freilich wäre er unter keinen Umständen jetzt gestorben, um nur nicht dadurch den Zeremonien den allerverderblichsten Abbruch zu tun. Diese tröstliche Betrachtung stellte ich aber damals nicht an. Während ich von entsetzlicher Furcht gequält wurde, mußte ich die Wartezeit bis zur Ankunft des Ersatzknaben damit ausfüllen, daß ich ununterbrochen geeignete Sprüche hersagte, damit ja nicht eine leere Pause entstände.

In dieser Stunde aber gelobte ich mir fest, daß ich, was auch kommen möchte, nie wieder heiraten würde.

Nachdem endlich Alles erledigt war, mußte ich mit meiner Gemahlin – die gar nicht ein solcher Ausbund von Häßlichkeit war, wie ich nach der Empfehlung meines Vaters erwartet hatte – zwölf Nächte in gänzlicher Enthaltsamkeit und unter strengem Fasten, auf dem Fußboden schlafend, zubringen. Diesmal waren es nämlich *zwölf* Nächte, weil mein Vater meinte, wir müßten lieber zuviel, denn zuwenig des Guten tun. Dabei empfand ich nun freilich recht schmerzlich, daß ich während der ganzen Zeit alle meine gewürzten Lieblingsgerichte entbehren mußte.

Indessen auch diese Probe wurde überstanden, und das Leben ging in dem alten Geleise weiter – jedoch mit einem sehr wesentlichen Unterschied. Es sollte sich mir nämlich nun bald zeigen, wie berechtigt meine Scheu vor dem neuen Heiratsvorschlag meines Vaters gewesen war. Wohl hatte ich mich sofort damit getröstet, daß man, wenn man *eine* Frau hatte, auch zwei haben konnte. Aber, ach! wie hatte ich mich darin getäuscht!

Meine erste Frau hatte immer einen sanftmütigen Charakter gezeigt, der eher zum Stumpfsinn als zu auffahrender

Heftigkeit neigte; und auch meiner zweiten Frau rühmte man eine echt weibliche Milde nach, So sind ja auch, o Bruder, das Wasser und das Hausfeuer alle beide gar wohltätige Dinge; wenn sie aber auf dem Kochherd zusammentreffen, dann zischt's. Und so hat es denn von jenem Unglückstage an in meinem Hause gezischt. Aber wie wurde es erst, als meine zweite Frau mir nun wirklich den ersten jener fünf verheißenen Heldensöhne gebar! Nun beschuldigte mich meine erste Frau, ich hätte mit ihr keine Söhne haben wollen und nicht die rechten Opfer gebracht, um so einen Vorwand zu haben, eine andere zu heiraten; während meine zweite Frau, wenn sie von der ersten gereizt wurde, es an bitterem Hohn ihr gegenüber nicht fehlen ließ. Auch herrschte ein fortwährender Rangstreit; meine erste Frau forderte als solche den Vorrang, während meine zweite als Mutter meines Sohnes dieselbe Forderung erhob.

Aber bald sollte es noch schlimmer kommen. Eines Tages stürzte meine zweite Frau ganz zitternd vor Erregung zu mir herein und verlangte, ich sollte die erste fortschikken, da diese meinen Sohn vergiften wolle – der Knabe hatte nämlich Leibschneiden bekommen, weil er genascht hatte. Ich wies sie streng zurecht, kaum aber war ich sie los geworden, als die erste hereinstürzte und rief, ihre beiden Lämmchen wären ihres Lebens nicht mehr sicher, solange jenes niederträchtige Weib im Hause bliebe – ihre Nebenbuhlerin wolle meine Töchterchen aus dem Wege räumen, damit deren Mitgift nicht das Erbe ihres Sohnes vermindern sollte.

So war denn unter meinem Dach kein Frieden mehr zu finden. Wenn du, o Bruder, vorhin vielleicht am Gehöfte des reichen Brahmanen unweit von hier stehen geblieben bist und gehört hast, wie drinnen die beiden Frauen des Brahmanen keiften, mit lauten, schreienden Stimmen sich zankten und sich gegenseitig mit groben Schimpfworten bewarfen – dann bist du sozusagen auch an meinem Hause vorübergekommen.

Und es wurde nun leider auch eine sprichwörtliche Redensart in Ujjeni: »Die beiden vertragen sich wie die Frauen Kamanitas.«

Der kahle Pfaff

So waren die Verhältnisse in meinem Hausstande, als ich mich eines Vormittags in dem geräumigen, auf der Schattenseite gelegenen Zimmer befand, das ich zum Besorgen aller geschäftlichen Angelegenheiten benutzte, und das deswegen dem Hofe zugekehrt war; denn es war mir bequem, von dort aus die wirtschaftlichen Vorgänge im Auge behalten zu können. Vor mir stand ein bewährter Diener, der alle meine Fahrten während einer Reihe von Jahren mitgemacht hatte, und ich gab ihm genaue Anweisungen über die Führung einer Karawane nach einem ziemlich entfernten Orte, sowie über die Art und Weise, wie er dort am besten die Waren würde absetzen können, welche Produkte er von dort aus zurückbringen müsse, welche Geschäftsverbindungen er dort anzuknüpfen habe und was dergleichen mehr war – denn ich wollte ihm die ganze Sache anvertrauen.

Allerdings war meine Häuslichkeit weniger anheimelnd als je, und man könnte glauben, daß ich mit Freuden jede Gelegenheit ergriffen hätte, um in der Fremde umherzuschweifen. Aber ich fing jetzt an, etwas bequem und verwöhnt zu werden und scheute eine längere Reise, nicht nur wegen der Strapazen der Fahrt, sondern vor allem wegen der kargen Kost, mit der man, wenigstens unterwegs, vorlieb nehmen mußte. Ja, wenn man auch an Ort und Stelle angekommen, das Verlorene nachholen und sich recht gütlich tun wollte, so erlitt man doch oft Enttäuschungen, und jedenfalls, so gut wie am eigenen Tische aß ich dort nirgends.

So hatte ich denn angefangen, meine Karawanen unter zuverlässigen Führern auszusenden, während ich selber zu Hause sitzen blieb.

Als ich nun mitten in meinen sehr umständlichen und gar wohlüberlegten Anweisungen war, erschallten vom Hofe her die zänkischen Stimmen meiner beiden Frauen, und zwar ungewöhnlich laut und mit einem Redefluß, der nicht aufhören zu wollen schien. Ärgerlich über diese lästige Störung sprang ich schließlich auf, und nachdem ich vergebens durchs Fenster geblickt hatte, trat ich in den Hof hinaus.

Ich sah meine beiden Frauen am Eingangstor stehen. Aber weit davon entfernt, sie in gegenseitigem Zank zu finden – wie ich es erwartet hatte –, traf ich sie zum ersten Male einig, indem sie sich einen gemeinsamen Gegner ausgesucht hatten, über den sich ihr vereinigter Zorn ergoß. Dieser Unglückliche war ein wandernder Asket, der an den Torpfosten gelehnt dastand, und ruhig diesen Strom von Beschimpfungen über sich ergehen ließ. Was der eigentliche Grund ihres Angriffes war, habe ich nie erfahren, vermute aber, daß der bei beiden stark entwickelte mütterliche Instinkt in diesem Entsager einen Verräter gegen die heilige Sache der menschlichen Vermehrung und einen Feind ihres Geschlechts gewittert hatte, und daß sie sich so unwillkürlich über ihn geworfen hatten wie zwei Ichneumons über eine Cobra.

»Pfui über ihn, den kahlen Pfaffen, den schamlosen Bettler! – Sieh nur, wie er dasteht, mit gebeugten Schultern und gesenktem Blick – Frömmigkeit, Beschaulichkeit atmet er aus, der Heuchler, der Gleißner! Nach dem Kochtopf späht er hin, schaut nach und schnüffelt und schnuppert – wie der Esel, vom Karren losgeschnallt, im Hofe zum Kehrichthaufen geht und hinspäht, und nachschaut, und schnüffelt und schnuppert ... Pfui über ihn, den faulen Tagedieb, den schamlosen Bettler, den kahlen Pfaffen!«

Der Gegenstand dieser und ähnlicher Schmähreden, jener wandernde Asket, ein Mann von auffallend hohem Wuchse, stand unterdessen immer noch an den Türpfosten gelehnt, in gelassener Haltung da. Sein Mantel, von der gelben Farbe der Kanikarablume und dem deinigen nicht unähnlich, fiel in malerischen Falten über seine linke Schulter bis zu den Füßen hinab und ließ einen kräftigen Körperbau erraten. Der schlaff herabhängende rechte Arm war unbedeckt, und ich konnte nicht umhin, das gewaltige Geflecht der Muskeln zu bewundern, das eher der wohlerworbene Besitz eines Kriegers als das müßige Erbteil eines Asketen zu sein schien; auch die tönerne Almosenschale mutete mich in seiner nervigen Hand ebenso sonderbar und unangemessen an, wie eine eiserne Keule mir dort an rechter Stelle erschienen wäre. Sein Kopf war geneigt, der Blick zu Boden gesenkt, keine Miene verzog sich um den Mundwinkel, und so stand er regungslos da, als ob ein tüchtiger Künstler das Bild eines wandernden Asketen in Stein gehauen und fein bemalt und bekleidet hätte, und ich nun dieses Bildwerk an meinem Tor hätte aufstellen lassen – etwa als Wahrzeichen meiner Freigebigkeit.

Diese seine Ungestörtheit, die ich für Sanftmut hielt, meine beiden Frauen aber als Verachtung auffaßten, spornte natürlich diese zu immer größeren Anstrengungen an, und so wäre es wohl schließlich zu Tätlichkeiten gekommen, wenn ich nicht dazwischen getreten wäre, meinen bösen Frauen ihr schändliches Betragen verwiesen und sie ins Haus gejagt hätte.

Dann trat ich zum Asketen hin, verneigte mich ehrerbietig und sprach:

»Wolle, Ehrwürdigster, dir nicht zu Herzen nehmen, was diese Frauen, deren Verstand ja kaum zwei Finger breit ist, an Ungebührlichem, Unziemlichem gesagt haben mögen! Wolle, Ehrwürdigster, nicht deshalb mit deinem Asketenzorn dies mein Haus vernichtend treffen! Ich will ja, Ehrwürdigster, selber deine Almosenschale mit dem Besten füllen, was das Haus vermag – welch ein Glück, daß sie noch leer ist! Ich will sie füllen, daß kein Bissen mehr hineingeht, und kein Nachbar sich heute dadurch, daß er dich ernährt, Verdienst erwerben kann. Du bist auch wahrlich nicht vor die unrechte Schmiede gekommen, Ehrwürdigster, und ich denke, das Essen wird dir munden, denn es ist sogar eine sprichwörtliche Redensart hier in Ujjeni: ›Man ißt bei ihm, wie beim Kaufmann Kamanita‹ – und der bin ich. Wolle also, Ehrwürdiger, nicht über das Vorgefallene zürnen und meinem Hause fluchen.«

Der Asket aber antwortete darauf, mit nicht eben unfreundlicher Miene:

»Wie könnte ich wohl, o Hausvater, über solche Schimpfereien zürnen, da es mir doch zusteht, wegen viel gröberer Behandlung sogar dankbar zu sein. Denn einst, o Hausvater, begab ich mich, zeitig gerüstet, mit Mantel und Schale versehen, in eine Stadt, um Almosenspeisen zu sammeln. In dieser Stadt aber hatte Mara, der Teufel, gerade damals die Brahmanen und Hausväter gegen den Orden der Heiligen aufgehetzt. ›Geht mir mit euren tugendhaften, edelgearteten Asketen! Beschimpft sie, beleidigt sie, verjagt sie, verfolgt sie.‹ Und so geschah es, Hausvater, als ich nun die Straßen daherging, daß bald ein Stein mir an den Kopf flog, bald ein Scherben mich im Gesicht traf, bald ein Stock meinen Arm halb zerquetschte. Als ich nun mit zerschnittenem, von Blut überströmtem Kopfe, mit zerbrochener Schale und zerrissenem Mantel zum Meister zurückkam, sagte dieser: ›Dulde nur, Asket, dulde nur! Um welcher Tat Vergeltung du viele Jahre Höllenqual erlitten hättest, dieser Tat Vergeltung findest du noch bei Lebzeiten.‹

Bei den ersten Lauten seiner Stimme zuckte mir ein jäher Schreck durch den Leib vom Scheitel bis zur Sohle, und mit jedem Wort durchdrang ein eisiges Erstarren tiefer mein ganzes Wesen. Denn das war ja, o Bruder, die Stimme Angulimalas, des Räubers – wie konnte ich daran zweifeln? Und als mein krampfhafter Blick sich an sein Gesicht heftete, erkannte ich auch dieses wieder, obschon ihm früher der Bart fast bis an die Augen gegangen und das Haar ihm tief in die Stirn gewachsen war, während er jetzt kahl und rasiert vor mir stand. Nur zu gut erkannte ich die Augen unter den buschigen, zusammengewachsenen Brauen wieder, obwohl sie mir nicht wie damals Zornesblitze entgegensprühten, sondern mit tiefer Verstellungskunst mich vielmehr freundlich anblickten; und die sehnigen Finger, die die Almosenschale umspannten – gewiß waren es dieselben, die einst wie Teufelskrallen meine Kehle umklammert hatten.

»Wie sollte ich wohl, o Hausvater« – fuhr mein unheimlicher Gast fort –, »wie sollte ich wohl über Schimpfreden in Zorn geraten? Denn der Meister hat ja gesagt: ›Wenn auch, ihr Jünger, Räuber und Mörder euch mit einer Baumsäge Gelenke und Glieder abtrennten, so würde, wer da in Wut geriete, nicht meine Weisung erfüllen.‹«

Als ich aber, o Bruder, diese Worte mit ihrer so teuflisch versteckten und mir so deutlichen Drohung vernahm, zitterten mir die Beine dermaßen, daß ich mich an der Wand festhalten mußte, um nicht umzusinken. Nur mit Mühe vermochte ich mich so weit zusammenzunehmen, daß ich, mehr noch durch Gebärden als mit einigen hergestammelten Worten, dem als Asketen verkleideten Räuber bedeuten konnte, er möchte sich gedulden, bis ich die Speisen beschafft hätte.

Dann eilte ich, so schnell wie meine wackeligen Beine mich tragen wollten, quer über den Hof in die große Küche, wo gerade das Mittagsmahl für meine Familie und die ganze Haushaltung zubereitet wurde, und es in allen Pfannen und Töpfen briet und brodelte. Hier wählte ich nun ebenso schnell wie sorgfältig das Beste und Schmackhafteste aus. Mit einer goldenen Kelle bewaffnet und von einer ganzen Schar schüsseltragender Diener gefolgt, stürzte ich wieder in den Hof, um meinen furchtbaren Gast zu bedienen und womöglich zu versöhnen.

Angulimala aber war verschwunden.

Kampfbereit

Halb ohnmächtig sank ich auf eine Bank nieder. Doch fingen meine Gedanken sofort wieder zu arbeiten an. Angulimala war dagewesen, dessen war kein Zweifel; und auch der Grund seines Kommens war mir nur zu klar. Wie viele Geschichten hatte ich nicht über seine Unversöhnlichkeit und Rachsucht gehört! Nun hatte ich ja aber das Unglück gehabt, seinen besten Freund zu erschlagen, und von meinem Aufenthalt unter den Räubern wußte ich wohl, daß die Freundschaft bei ihnen nicht weniger gilt als bei einer ehrsamen Bürgerschaft, wenn nicht sogar weit mehr. Als ich aber sein Gefangener war, konnte Angulimala mich nicht töten, ohne sich gegen die Regeln der »Absender« zu versündigen; und trotzdem hätte er es zweimal beinahe getan und damit einen unauslöschlichen Fleck auf seine Räuberehre gesetzt. Nun aber hatte er endlich dieses, von dem sonstigen Gebiete seiner Tätigkeit weit abseits gelegene Land aufsuchen können und wollte jetzt das Versäumte nachholen. In der Verkleidung eines Asketen hatte er die Örtlichkeiten bequem in Augenschein nehmen können und ohne Zweifel wollte er noch in derselben Nacht handeln. Wenn er auch bemerkt haben mochte, daß ich ihn wieder erkannte, durfte er doch nicht zögern, denn diese Nacht war die letzte der dunklen Hälfte des Monats, und ein Unternehmen wie dieses in der lichten Hälfte auszuführen, wäre ein Verstoß gegen die heiligen Räubergesetze gewesen, der ihm den strafenden Zorn der schrecklichen Göttin Kali hätte zuziehen müssen.

Sofort ließ ich mein bestes Pferd satteln und ritt in die Stadt nach dem Palast des Königs. Leicht hätte ich bei ihm

Zutritt erhalten, aber zu meiner Enttäuschung erfuhr ich, daß er sich gerade in einem seiner fernen Jagdschlösser aufhielt. Ich mußte mich also damit begnügen, den Minister aufzusuchen. Dieser war gerade derselbe Mann, der einst jene Gesandtschaft nach Kosambi geführt hatte und in dessen Obhut, wie du dich erinnern wirst, ich wohl hin- aber nicht zurückgereist war. Seit jenem Tage nun, an dem ich mich geweigert hatte, ihm zu folgen, war er mir nicht sehr gewogen, was ich bei verschiedenen Begegnungen gespürt hatte, wie ich denn auch wußte, daß er sich des öfteren über meinen Lebenswandel aufgehalten hatte. Bei ihm meine Sache vorbringen zu müssen, war mir nicht gerade angenehm; indessen ihre Berechtigung, ja sogar Verdienstlichkeit war so augenscheinlich, daß hier, wie mir schien, für persönliche Ab- oder Zuneigung wenig Spielraum war.

Ich erzählte ihm also so kurz und klar wie möglich, was sich in meinem Hofe zugetragen hatte, und fügte die fast selbstverständliche Bitte hinzu, eine Truppenabteilung möge für die Nacht in meinem Haus und Garten aufgestellt werden, um mein Besitztum gegen den sicher zu erwartenden Angriff der Räuber zu verteidigen und so viele wie möglich von diesen gefangenzunehmen.

Der Minister hörte mich schweigend und mit einem unergründlichen Lächeln an. Dann sagte er:

»Mein guter Kamanita! Ich weiß nicht, ob du heute schon einen recht kräftigen Frühtrunk zu dir genommen hast, oder noch unter dem Einfluß einer deiner in Ujjeni sprichwörtlich berühmten nächtlichen Gelage stehst, oder ob du dir gar überhaupt durch deine ebenfalls sprichwörtlich berühmten scharf gewürzten Leckereien dermaßen den Magen verdorben hast, daß du nicht nur bei Nacht, sondern auch am hellen Tag böse Träume hast. Denn nur als einen solchen kann ich diese hübsche Geschichte betrachten, zumal wir wissen, daß Angulimala längst nicht mehr unter den Lebenden weilt.«

»Das war aber ein falsches Gerücht, wie wir jetzt sehen«, rief ich ungeduldig.

»Ich sehe das keineswegs«, versetzte er in scharfem Ton. »Von falschem Gerücht kann hier keine Rede sein, denn kurze Zeit nach der Begebenheit hat Satagira selber mir in Kosambi erzählt, daß Angulimala in den unterirdischen Gewölben des Ministerpalastes unter den Folterwerkzeugen gestorben sei, und ich habe noch seinen Kopf über dem östlichen Stadttor aufgespießt gesehen.«

»Ich weiß nicht, wessen Kopf du dort gesehen hast«, sagte ich – »das aber weiß ich genau, daß ich noch vor einer Stunde den Kopf Angulimalas wohlbehalten auf seinen Schultern gesehen habe, und daß ich so wenig deinen Spott verdiene, daß du mir vielmehr danken solltest, weil du durch mich Gelegenheit bekommst – –«

»Einen toten Mann totzuschlagen und aus mir selbst einen Narren zu machen«, unterbrach mich der Minister – »ich danke!«

»Dann bitte ich wenigstens zu bedenken, daß es sich hier nicht um den ersten besten Besitz handelt, sondern um ein Haus und um Gartenanlagen, die zu den Wundern Ujjenis gerechnet werden, und die unser gnädiger König selber mit großer Bewunderung besichtigt hat. Er wird dir's nicht danken, wenn Angulimala diese Herrlichkeiten seiner Hauptstadt einäschert.«

»O, das kümmert mich wenig«, sagte der Minister lachend. »Folge meinem Rat, gehe nach Hause, beruhige dich durch ein Schläfchen und laß die Sache dich nicht weiter kümmern. Das Ganze kommt übrigens daher, daß du dich damals in Kosambi in ein galantes Abenteuer gestürzt hast und töricht genug warst, meine Worte in den Wind zu schlagen und nicht mit mir abzureisen. Hättest du das getan, dann wärest du nie in Angulimalas Hände gefallen und würdest jetzt nicht von einer grundlosen und leeren Angst geplagt. Auch ist dein monatelanges Zusammenleben mit dem Räubergesindel für deine Sitten nicht günstig gewesen, wie wir ja alle hier in Kosambi gesehen haben.«

Er erging sich noch in einigen moralisierenden Gemeinplätzen und entließ mich dann.

Schon unterwegs überlegte ich mir, was nun, da ich auf mich selber angewiesen war, zu tun sei. In meinem Hause angekommen, ließ ich sofort alle beweglichen Schätze, die sich da fanden, bis auf solche Dinge wie kostbare Teppiche, eingelegte Tische und ähnliches in den Hof bringen und dort auf Karren verladen, um diesen Teil meiner Güter in der inneren Stadt in Sicherheit zu bringen. Gleichzeitig ließ ich an alle meine Leute Waffen verteilen – sowohl Karren wie Waffen waren ja reichlich wegen der beabsichtigten Karawanenfahrt vorhanden. Aber dabei ließ ich es nicht bewenden. Das Allererste, was ich zu tun hatte, war, einige vertraute Diener in die Stadt zu schicken, um dort gegen Versprechen eines ansehnlichen Lohnes mutige und waffentüchtige Kerle für die Nacht zu Werben. Für jeden anderen wäre dies nun freilich ein gar gefährliches Wagestück gewesen; denn wie leicht konnten solche Leute im entscheidenden Augenblick mit den Angreifern gemeinsame Sache machen! Ich vertraute aber gewissen Freundinnen, die meinen Dienern nur zuverlässige Spitzbuben empfahlen – nämlich solche, die zwar sonst zu Allem fähig sind, denen aber doch ihr feierlich gegebenes Wort und das genommene Handgeld heilig sind. Da ich dies Gesindel und seine sonderbaren Gewohnheiten kannte, wußte ich wohl, was ich tat.

Während dieser Vorbereitungen schickte ich, da ich selber nicht Zeit hatte, zu meinen Frauen zu gehen, einen Diener zu einer jeden von ihnen und ließ ihnen sagen, sie müßten sich bereit halten – die erste mit ihren beiden Töchterchen, die zweite mit ihrem Söhnlein – noch heute nach der Stadt ins Vaterhaus zu ziehen. Daß es nur für die eine Nacht sein sollte, ließ ich sie nicht wissen, weil ich wohlweislich bedacht hatte, wenn sie erst einmal dort wären, könnten sie auch eine Woche oder länger dort bleiben, und ich würde unterdessen zu Hause einen ungeahnten Frieden genießen – vorausgesetzt natürlich, daß es mir gelänge, den Angriff abzuschlagen. Ebensowenig ließ ich sie den Grund zu dieser Maßregel erfahren, weil man ja überhaupt Weibern gegenüber sich nicht auf Gründe berufen soll.

Ich war nun gerade im Begriff, meiner bewaffneten Dienerschaft eine anfeuernde Rede zu halten, wie ich das bei gefahrdrohenden Gelegenheiten während einer Karawanenreise immer und mit großem Erfolg getan hatte. Da stürzten gleichzeitig, wie auf Verabredung, aus zwei verschiedenen Türen meine beiden Frauen in den Hof, mit verstörten Mienen und lautem Schreien, so daß Alle sich nach ihnen umsahen, und ich meine kaum angefangene Rede unterbrechen mußte. Die erste schleppte die beiden Töchterlein, die zweite mein Söhnchen mit sich.

Vor mir angelangt, zeigte die eine auf die andere und beide schrien:

»So ist es denn endlich diesem schlechten Weib gelungen, dein Herz gegen mich zu wenden, daß du mich verstoßen willst, und mir, deiner getreuen Ehefrau, die Schande antust, mich ins Vaterhaus zurückzuschicken mit deinen unschuldigen Töchterlein – (mit deinem armen Söhnlein) –.«

Die überschäumende Wut, unterstützt von ihrem angeborenen kurzen Verstande, verursachte, daß keine von ihnen merkte, wie die andere sie genau derselben Sache beschuldigte, die sie selbst dieser zur Last legte, und sich genau über das gleiche Schicksal beklagte, das sie selbst als das ihrige beweinte, und daß also jedenfalls ein Irrtum vorliegen mußte. Aber weit entfernt davon, so etwas zu ahnen, schrien und heulten sie immer weiter, wobei sie sich die Haare rauften und ihre Brüste mit den Fäusten schlugen, bis sie dann, wie zur Erholung, sich gegen die vermeintliche siegreiche Gegnerin in Schimpfreden ergingen, die an Grobheit Alles, was ich je in der Gesellschaft übelberufener Weiber gehört hatte, weit übertrafen.

Endlich gelang es mir doch, zu Wort zu kommen und ihnen, wenn auch mit großer Mühe, klar zu machen, daß sie meine Diener gänzlich mißverstanden hätten, daß keine von ihnen zu ihren eigenen Eltern zurückgeschickt werden sollte, sondern daß sie beide in das Haus meiner Eltern gebracht würden, und zwar nicht zur Strafe oder als Zeichen meiner Ungnade, sondern lediglich um ihrer und der Kinder Sicherheit willen. Als ich nun aber sah, daß sie dies vollkommen begriffen hatten, ließ ich mich hinreißen und rief:

»Das habt ihr von eurer Unart, nun lernet endlich euch anständig zu betragen! Da habt ihr euren »kahlen Pfaffen«! Wer, glaubt ihr wohl, daß das war? *Angulimala* war es, der

Räuber, der Schreckliche, der die Menschen tötet und sich ihre Daumen um den Hals hängt! *Den* habt ihr beschimpft, den habt ihr gereizt! Ein Wunder, daß er euch nicht mit der Almosenschale totgeschlagen hat. Wir anderen, wenn jemand von uns in seine Hände fällt, wir werden es ausbaden müssen, und wer weiß, ob ihr noch im Hause meines Vaters vor ihm sicher seid.«

Als meinen Frauen der Sinn dieser Rede völlig aufging, fingen sie alsbald an zu schreien, als ob sie schon die Messerschneide an der Kehle spürten, und wollten mit den Kindern zum Tor hinausstürzen. Ich ließ sie jedoch zurückhalten und setzte ihnen umständlich auseinander, daß vorläufig noch gar keine Gefahr zu befürchten sei, da Angulimala, wie ich wohl wußte, uns auf keinen Fall vor Mitternacht angreifen würde. Dann hieß ich sie in die Wohnung zurückkehren und Alles zusammenpacken, was sie und die Kinder während der Zeit, die sie, der Räubergefahr wegen, in der Stadt bleiben mußten, nötig haben könnten. Das taten sie denn auch sofort.

Dabei hatte ich nun allerdings die Wirkung nicht bedacht, die meine Worte auf meine Leute haben könnten. Und diese erwies sich bald als wenig günstig. Denn als sie erfuhren, daß es der schreckliche, für tot gehaltene Angulimala war, der mein Haus ausgekundschaftet hatte und es sicher in der Nacht angreifen wollte, schlich erst der eine und andere still davon, dann aber warfen sie zu Dutzenden die Waffen von sich und erklärten, mit einem solchen Teufel nicht anbinden zu wollen: das könne man keineswegs von ihnen verlangen. Auch die in der Stadt Angeworbenen, von denen gerade jetzt die ersten ankamen und hörten, wie die Dinge standen, meinten, so hätten sie nicht gewettet und zogen wieder ab. Nur etwa zwanzig meiner eigenen Leute, an ihrer Spitze mein braver Hausmeier, erklärten, sie wollten mich nicht verlassen, sondern bis zum letzten Blutstropfen das Haus verteidigen, denn sie sahen wohl, daß ich entschlossen war, diesen herrlichen Besitz, an dem mein Herz hing, nicht preiszugeben, sondern, wenn es sein müßte, mit ihm unterzugehen.

Mehrere entschlossene Kerle aus der Stadt, die die Aussicht auf einen tüchtigen Kampf fast noch mehr als das Geld lockte und die sich nicht einmal vor dem Namen Angulimala fürchteten, ja sich wohl gar einredeten, daß sie, nachdem sie sich brav geschlagen und gefangengenommen worden, der Bande einverleibt werden würden – mehrere solche verzweifelte Gesellen schlossen sich an, und so gebot ich doch zuletzt über gegen vierzig wohlbewaffnete und tapfere Männer.

Unterdessen war es fast Abend geworden, und der Wagen für meine Frauen fuhr vor. Diese kamen mit den Kindern einigermaßen beruhigt heraus; aber ein neues Geheul erhob sich sofort, als sie merkten, daß ich nicht mitfahren wollte, ja überhaupt nicht beabsichtigte, das Haus zu verlassen. Sie warfen sich auf die Knie, ergriffen mein Gewand und beschworen mich unter strömenden Tränen, mich mit ihnen zu retten: »Unser Gebieter, unser Beschützer, verlaß uns nicht, stürze dich nicht in den Rachen des Todes!« Ich erklärte ihnen, daß, wenn ich meinen Posten verließe, dies Haus sicher ein Raub der Flammen und plündernder Hände werden, und mein Sohn den Hauptteil seines Erbes verlieren würde, während es jetzt noch vielleicht durch tapferes Ausharren zu retten sei, da man nicht wisse, ob Angulimala mit großer Starke angreifen würde.

»Ach, weh uns!« riefen sie, »unser Herr und Beschützer verläßt uns! Und der schreckliche Angulimala wird ihn umbringen und seine Daumen an der Halskette tragen! Zu Tode martern wird er unseren Gemahl in seinem furchtbaren Grimm, und unsere Schuld wird es sein! Um unserer Schimpfreden willen muß unser Gatte leiden, und uns wird es deshalb in der Hölle übel ergehen!«

Ich versuchte sie zu beruhigen so gut es ging, und als sie sahen, daß ich unerschütterlich war, mußten sie sich dazu bequemen, den Wagen zu besteigen. Kaum aber hatten sie ihre Plätze eingenommen, so fingen sie an sich mit gegenseitigen Beschuldigungen anzufeinden.

»Du warst's, die anfing.« – »Nein, du – du hast mich auf ihn aufmerksam gemacht, wie er dort am Torpfosten stand. Jawohl – gerade dort, du zeigtest mit Fingern auf ihn.«

»Und du hast nach ihm ausgespuckt – roten Speichel – ich hatte noch keinen Betel gekaut, das tu ich morgens nie.« – »Aber du nanntest ihn einen Landstreicher, einen faulen Bettler.« – »Und du einen kahlen Pfaffen ...«

Und so ging's weiter; aber das Knarren der Räder, als die Ochsen jetzt anzogen, übertäubte ihre Stimmen.

In die Heimatlosigkeit

Welch ungekannte Stille umfing mich jetzt, o Bruder, als ich, nachdem ich den Leuten ihre Posten angewiesen hatte, wieder ins Haus trat! Daß ich die Stimmen meiner Frauen nicht hörte – das war es nicht allein, sondern daß ich diese Stimmen sich zum Torweg hinaus hatte entfernen hören, daß keine Möglichkeit da war, aus irgend welchen Ecken plötzlich die keifenden Stimmen zu vernehmen, bis sie, gegenseitig sich steigernd, sich schließlich zu einem mißtönigen Zankduett vereinigten oder vielmehr entzweiten: – das war es, was meinem Hause eine für mich fast unbegreifliche und unsagbar wohltuende Ruhe verlieh.

So erschien mir nun mein von weiten Parkanlagen umfriedeter Palast herrlicher denn je, und ich zitterte bei dem Gedanken, daß diese Herrlichkeit in wenigen Stunden durch verruchte Räuberhände vernichtet werden sollte. Weit weniger kümmerte mich die Angst um mein eigenes Leben, als die beständige, lebhafte Vorstellung, wie diese wohlgepflegten Baumgänge verwüstet, diese kunstfertig ausgehauenen Marmorsäulen gestürzt werden würden, und daß all dies, dessen Herrichtung mir so viele Überlegung und so langwierige Mühe gekostet, dessen Vollendung mir so große Freude gemacht hatte, ein Trümmerhaufen sein würde, wenn die Sonne wieder aufging. Denn nur zu gut kannte ich ja die Spuren Angulimalas.

Indessen war nun für mich nichts anderes mehr zu tun als zu warten; und bis zur Mitternacht blieben noch mehrere Stunden.

Nun hatte ich aber stets in einer immerfort rollenden Kette von Vergnügungen und Geschäften gelebt, so daß ich nie zur Besinnung kam; und wie ich hier, ohne irgend etwas zu tun zu haben, allein in einem nach der Säulenhalle und dem Garten sich öffnenden Zimmer, mitten im totenstillen Palast, dasaß, erlebte ich gewissermaßen seit meiner frühesten Jugend die ersten Stunden, die gänzlich mir selbst gehörten. Da fingen nun auch meine freigelassenen Gedanken an, sich zum erstenmal auf mich selber zu richten; und mein ganzes Leben zog an mir vorüber. Und indem ich es so gleichsam als ein Fremder betrachtete, konnte ich keinerlei Gefallen daran finden.

Diese Betrachtungen unterbrach ich ein paarmal, um einen Gang durch Haus, Hof und Garten zu machen und mich so zu vergewissern, daß die Leute wachten. Als ich zum dritten- oder viertenmal zwischen die Säulen hinaustrat, bemerkte mein durch so viele Karawanenfahrten geübtes Auge am Stande der Sternbilder, daß es nur noch eine halbe Stunde bis Mitternacht war. Ich machte eilig die Runde und ermahnte meine Leute zur äußersten Wachsamkeit. Ich selbst fühlte mein Blut in allen Adern hämmern, und die Kehle wollte sich vor angstvoller Spannung zusammenschnüren. Nach dem Zimmer zurückgekehrt, setzte ich mich nieder wie zuvor. Aber kein Gedanke wollte sich regen; ich spürte einen starken Druck vor der Brust, und bald war es mir, als ob ich ersticken müßte.

Ich sprang auf und trat, um Luft zu schöpfen, zwischen die Säulen hinaus. Ein weichfächelnder Hauch strich mir plötzlich über die Wange und gleich danach ertönte das Geschrei einer Eule; in demselben Augenblick wehte mir von den Gartenteichen ein starker Duft von Nachtlotusblüten entgegen. Ich hatte den Blick erhoben, um wiederum nach den Sternen die Zeit zu bemessen: da sah ich quer über dem tiefblauen Ausschnitt des Himmels zwischen den schwarzen Baumwipfeln den mild leuchtenden Streifen der Milchstraße.

»Die himmlische Ganga«, murmelte ich unwillkürlich. Da war es auf einmal, als ob jener Druck vor der Brust sich auflöste und in einer warmen Welle emporstiege, um sich schließlich in einem heißen Tränenstrom durch die Augen zu ergießen.

Wohl hatte ich vorher, als mein Leben an meinem inneren Blicke vorüberzog, auch an Vasitthi und an die Zeit meiner Liebe gedacht – aber wie an etwas Fernes und Fremdes, das mir fast wie ein törichter Traum erschien. Jetzt aber *dachte* ich nicht mehr daran, sondern erlebte es wieder; ich war auf einmal ich selber von damals und ich selber von jetzt, und mit wahrem Entsetzen wurde ich den ganzen Unterschied inne. Damals besaß ich nichts außer mir selbst und meiner Liebe; wie wären die zu trennen gewesen? *Jetzt* – o, was besaß ich jetzt nicht alles! Frauen und Kinder, Elefanten, Rosse und Rinder, Zugochsen, Diener und Sklaven, reich gefüllte Warenhäuser, Gold und Juwelen, einen Lustpark und einen Palast, um die mich meine Mitbürger beneideten – wo aber war ich selber geblieben? Wie in einer mißratenen Frucht war der Kern eingetrocknet, verschwunden, und Alles war zur Schale geworden! …

Wie erwachend sah ich mich um.

Der weitgedehnte Park, der seine schwarzen Baumkronen gegen den sternenbesäten, von der Milchstraße durchzogenen Nachthimmel erhob, und die stolze Halle, wo alabasterne Lampen zwischen den Säulen leuchteten: sie erschienen mir jetzt in einem ganz neuen Licht; feindselig und drohend umgaben sie mich, wie prächtig schimmernde

Vampyre, die schon fast mein ganzes Herzblut ausgesogen hatten und begierig gähnten, um sich noch an den letzten Tropfen zu laben und nur den dürren Leichnam eines verfehlten Menschenlebens übrig zu lassen.

Ein ferner undeutlicher Lärm – Murmeln oder Tritte, wie mir schien – schreckte mich auf. Das entblößte Schwert in der Hand, sprang ich ein paar Stufen hinunter, und blieb dann stehen, um zu lauschen. Die Räuber! – Doch nein! Alles war still, Alles blieb still; weit und breit rührte sich nichts. Es war nur einer jener unergründlichen Laute der Nachtstille, die mich so oft am Wachtfeuer der Karawane hatten aufspringen lassen. – Draußen war nichts! Aber was war das *in mir*? Das war nicht mehr Angst, was mir jetzt das Blut in den Schläfen pochen ließ; und auch der Mut der Verzweiflung war es nicht; nein, das war frohlockender Jubel:

»Willkommen, ihr Räuber! Nur her, Angulimala! Verwüstet, äschert ein! Das sind ja meine Todfeinde, die ihr vernichtet! Was mich erdrücken würde, nehmt ihr von mir! Her zu mir! Die Schwerter in mein Blut getaucht! Das ist ja mein ärgster Feind, den ihr durchbohrt, dieser Leib, der der Wollust ergebene, der Völlerei verfallene! Das ist ja mein schlimmster Besitz, dies Leben, das ihr mir nehmt. – Willkommen, Räuber, gute Freunde, alte Kameraden!«

Es konnte ja nicht lange dauern; Mitternacht war vorüber. Und wie freute ich mich jetzt auf den Kampf! Angulimala würde mich suchen: ich wollte doch sehen, ob er mir auch diesmal das Schwert aus der Hand schlagen könnte! O, wie süß würde das sein, zu sterben, nachdem ich ihn durchbohrt – ihn, der allein die Schuld an meinem ganzen Unglück trug.

»Es kann nicht mehr lange dauern« – wie oft mag ich mir in jenen Nachtstunden diesen Trost wiederholt haben!

Jetzt – endlich! Nein, es war ein Rauschen der Baumwipfel, das in der Ferne dahinstarb, um sich wieder zu erheben. Es klang als ob ein großes zottiges Tier sich schüttelte. Immer wieder geschah es, und einmal ertönte der kurze Schrei irgend eines Vogels.

Waren das nicht Zeichen des herannahenden Tages?

Mir wurde kalt vor Schrecken. War es möglich, daß ich enttäuscht werden sollte? Ja, ich zitterte jetzt bei dem Gedanken, daß die Räuber schließlich *nicht* kämen. Wie greifbar nahe war mir das Ende erschienen – ein kurzer, aufregender Kampf und dann der Tod, kaum gespürt. Nichts schien mir nun so trostlos, als die gemeine Aussicht, am Morgen hier angetroffen zu werden, in der alten Umgebung, selbst wieder der alte und dem alten Leben verschrieben. Sollte das wirklich geschehen? – Kämen sie nicht, die Befreier! Es mußte sicher die höchste Zeit sein – ich wagte nicht einmal nachzuforschen. Aber wie war das möglich? War ich am Ende doch das Opfer einer Sinnestäuschung geworden, als ich in jenem Asketen Angulimala erkannte? Wieder und wieder warf ich diese Frage auf, jedoch ich konnte das nicht glauben. Dann aber mußte er ja noch kommen – ohne Zweck hatte er sich doch gewiß nicht in dieser sehr geschickten Verkleidung bei mir eingefunden, um sofort wieder zu verschwinden, als ob ihn die Erde verschlungen hätte. Denn ich hatte Nachforschungen angestellt und wußte, daß er nirgends sonst um Almosenspeise vorgesprochen hatte.

Das schlaftrunkene Krähen eines jungen Hahnes im nahen Hofe weckte mich aus meinem Grübeln. Das Sternbild, das ich suchte, konnte ich kaum mehr finden; einige seiner Sterne waren schon hinter die Baumwipfel gesunken, und die Gestirne hatten, mit Ausnahme der am höchsten stehenden, ihr klares Funkeln eingebüßt. Es war kein Zweifel: das Tagesgrauen kündigte sich schon an, und ein Angriff Angulimalas war völlig ausgeschlossen.

Von allem Wunderlichen, was ich in dieser Nacht erlebte, kam aber jetzt das Wunderlichste.

Diese Erkenntnis war nämlich von keinem Gefühl der Enttäuschung begleitet, noch weniger freilich von einer Erleichterung durch das Verschwinden aller Gefahr. Sondern ein neuer Gedanke war da und erfüllte mich ganz:

»Was habe ich denn auch diese Räuber nötig?

Ihre Fackeln und Pechkränze wollte ich, um von der Last dieses prächtigen Besitztums befreit zu werden. Aber es gibt ja Männer, die freiwillig sich ihres Besitzes entäußern und als Pilger umherziehen. Wie ein Vogel, wohin er auch fliegt, nur mit seinen Fittichen versehen fliegt, ebenso ist auch der Pilger mit dem Gewande zufrieden, das seinen Leib deckt, mit der Almosenspeise, die sein Leben fristet. Und ich habe sie ja preisend sagen hören: ›Ein Gefängnis, ein Schmutzwinkel ist die Häuslichkeit, der freie Himmelsraum ist die Pilgerschaft.‹

Und die Schwerter der Räuber rief ich an, um diesen Leib zu töten. Wenn aber dieser Leib zerfällt, bildet sich ja ein neuer, und aus diesem Leben geht ein neues als seine Frucht hervor. – Was für eins würde wohl aber aus dem meinigen hervorgehen? Freilich haben wir ja, Vasitthi und ich, uns bei jener, himmlischen Ganga, deren Silberwellen die Lotusteiche des westlichen Paradieses speisen, feierlich zugeschworen, uns in jenen seligen Gefilden zu finden –

und mit jenem Schwur hat sich, wie sie sagte, dort im heiligen, kristallklaren See für jeden von uns eine Lebensknospe gebildet; durch jeden reinen Gedanken, jede gute Tat müsse sie wachsen, alles Böse und Nichtswürdige aber werde wie ein Wurm an ihr nagen. Ach, längst muß ja die meinige zernagt sein! Ich habe ja auf mein Leben zurück geblickt: nichtswürdig hat es sich gestaltet, Nichtswürdiges würde aus ihm hervorgehen. Was hätte ich denn durch einen solchen Tausch gewonnen?

Nun gibt es ja aber Männer, die schon in diesem Leben jede irdische Wiedergeburt vernichten und die unerschütterliche Gewißheit ewiger Seligkeit gewinnen. Und das sind eben dieselben Männer, die, Alles hinter sich lassend, frei umherpilgern.

Was sollen mir also die Brandfackeln der Räuber, was ihre Schwerter?«

Und ich, der ich zuerst vor den Räubern angstvoll gezittert und nachher mich ungeduldig nach ihnen gesehnt und meine Hoffnung auf sie gesetzt hatte – ich fürchtete mich weder vor ihnen, noch erhoffte ich von ihnen irgend etwas; von Furcht und Hoffnung frei, empfand ich eine große Ruhe. In dieser Ruhe kostete ich aber einen Vorgeschmack der Wonne, die denjenigen zu eigen ist, die das Ziel der Pilgerschaft erreicht haben; denn wie ich den Räubern gegenüberstand, so mögen sie wohl allen Mächten der Welt gegenüberstehen: weder fürchten sie solche, noch hoffen sie etwas von ihnen, sondern verharren in Frieden.

Und ich, der ich noch vor vierundzwanzig Stunden mich scheute, eine kurze Reise anzutreten wegen der Strapazen und der kargen Kost des Karawanenlebens, ich beschloß jetzt, ohne Zagen und Wanken, bis an das Ende meiner Tage obdachlos zu Fuß zu wandern, mein Leben fristend »so wie es eben kommt«.

Ohne auch nur noch einmal in das Haus zurückzukehren, ging ich geradenwegs nach einer zwischen Garten und Hof gelegenen Scheune, wo allerlei Geräte aufbewahrt wurden. Dort nahm ich den Stock eines Ochsentreibers und schnitt die Spitze ab, um ihn als Wanderstab zu benutzen, und eine Kürbisflasche, wie die Gärtner und Feldarbeiter sie bei sich tragen, hängte ich um.

Am Brunnen im Hofe füllte ich die Flasche.

Da trat der Hausmeier an mich heran.

»Angulimala und seine Räuber kommen wohl jetzt nicht mehr, o Herr?«

»Nein, Kolita, sie kommen nicht mehr.«

»Aber wie, o Herr? Gehst du schon aus?«

»So ist es, Kolita, ich gehe aus, und eben davon wollte ich mit dir sprechen. Denn ich gehe jetzt den Weg, den sie den Weg der höchsten Zugvögel nennen. Von diesem Weg, Kolita, gibt es aber für einen, der auf ihm ausharrt, keine Rückkehr. Keine Rückkehr nach dem Tode in diese Welt, wieviel weniger während des Lebens nach diesem Hause. Dies Haus aber gebe ich in deine Obhut, denn du hast dich treu bewährt bis in den Tod. Verwalte Haus und Vermögen, bis mein Sohn das Mannesalter erreicht. Grüße meinen Vater und meine Frauen, und gehab dich wohl!«

Nachdem ich also gesprochen, und meine Hand, die der gute Kolita mit Küssen und Tränen bedeckte, frei gemacht hatte, schritt ich dem Tore zu. Und beim Anblick des Pfostens, an dem die Gestalt des Asketen gelehnt hatte, dachte ich: wenn ihre Ähnlichkeit mit Angulimala nur eine Erscheinung war, so habe ich nun diese Erscheinung richtig gedeutet.

Schnell, ohne mich umzusehen, durchschritt ich den Vorort mit seinen Gärten; und vor mir erstreckte sich, wie in die Unendlichkeit fortlaufend, im ersten Schimmer des Tagesgrauens, die öde Landstraße.

So bin ich, Ehrwürdiger, in die Heimatlosigkeit gegangen.

In der Halle des Hafners

Als der Pilger Kamanita mit diesen Worten seine Erzählung zu Ende geführt hatte, schwieg er und sah sinnend in die Landschaft hinaus.

Und auch der Erhabene schwieg und sah sinnend in die Landschaft hinaus. Große Bäume waren da sichtbar, nähere und fernere, einige sich in schattige Massen sammelnd, andere sich duftig in wolkenartige Gebilde auflösend, um nebelhaft in der Ferne zu zerfließen.

Der Mond stand jetzt über dem Dachvorsprung, und sein Licht drang in den vorderen Teil der Halle, wo es wie drei auf die Bleiche gebreitete weiße Tücher auf dem Boden lag, während die linken Seiten der Pfeiler glänzten, als ob sie mit Silber beschlagen wären.

In der tiefen Stille der Nacht hörte man, wie eine Büffelkuh irgendwo in der Nähe mit regelmäßigen kurzen Rucken das Gras abrupfte.

Und der Erhabene überlegte bei sich:

»Sollte ich wohl jetzt diesem Pilger sagen, was ich alles von Vasitthi weiß? Wie treu sie ihm war, wie sie ohne eigene Schuld, durch schnöden Betrug, dahin gebracht wurde, Satagira zu heiraten? Wie es *ihr* Werk war, daß Angulimala in Ujjeni erschien, und daß dadurch auch er, Kamanita, selber sich auf diesem Pilgerwege befindet, anstatt in schmutzigem Wohlleben zu verkümmern. Sollte ich ihm offenbaren, auf welchem Wege sich jetzt Vasitthi befindet?«

Und er entschied sich dahin, daß die Zeit dafür noch nicht gekommen sei, und daß ein solches Wissen dem Streben des Pilgers nicht förderlich sein könne.

Da sprach der Erhabene:

»Von Liebem getrennt sein, ist Leiden, mit Unliebem vereint sein, ist Leiden. Wurde dies gesagt, so wurde es darum gesagt.«

»O wie wahr!« rief Kamanita mit bewegter Stimme – »wie überaus tief und wahr! Wer hat denn, o Fremder, diesen trefflichen Ausspruch getan?«

»Laß es gut sein, Pilger. Gleichviel, wer ihn getan hat, wenn du nur seine Wahrheit fühlst und erkennst.«

»Wie sollte ich nicht! Enthält er doch in wenigen Worten den ganzen Jammer meines Lebens. Hätte ich mir nicht schon einen Meister erwählt, ich würde keinen anderen als den Trefflichen, von dem diese Worte stammen, aufsuchen.«

»So hast du also, o Pilger, einen Meister, zu dessen Lehre du dich bekennst, in dessen Namen du ausgezogen bist?«

»Zwar bin ich nicht, Ehrwürdiger, in irgend jemandes Namen ausgezogen, vielmehr dachte ich damals allein das Ziel zu erringen. Und wenn ich tagsüber in der Nähe eines Dorfes, am Fuße eines Baumes oder im tiefen Walde rastete, dann lag ich inbrünstig dem tiefsten Denken ob. Und ich hing, o Ehrwürdiger, Gedanken wie den folgenden nach: ›Was ist die Seele? Was ist die Welt? Ist die Welt ewig? Ist die Seele ewig? Ist die Welt zeitlich? Ist die Seele zeitlich? Ist die Welt ewig und die Seele zeitlich? Ist die Seele ewig und die Welt zeitlich?‹ Oder: ›Warum hat der höchste Brahma diese Welt aus sich hervorgehen lassen? Und wenn der höchste Brahma vollkommen und reine Wonne ist, wie kommt es dann, daß die von ihm erschaffene Welt unvollkommen und mit Leiden behaftet ist?‹

Und indem ich, Ehrwürdiger, solchen Gedanken nachhing, kam ich zu keiner befriedigenden Lösung. Es erhoben sich vielmehr immer neue Zweifel, und dem Ziel, um dessen willen edle Söhne für immer das Haus verlassen und in die Heimatlosigkeit gehen, schien ich mich um keinen Schritt genähert zu haben.«

»Ebenso, o Pilger, wie wenn Einer dem Horizonte nachliefe: ›O, daß ich doch heute oder morgen den Horizont erreichen könnte!‹ – ebenso entflieht das Ziel demjenigen, der solchen Fragen nachgeht.«

Kamanita nickte nachdenklich und fuhr dann fort:

»Da geschah es eines Tages, als die Schatten der Bäume schon länger zu werden begannen, daß ich in der Lichtung eines Waldes auf eine Klause stieß. Und ich sah da junge, weiß gekleidete Männer, von denen einige die Kühe molken, während andere Holz spalteten und wieder andere die Eimer an der Quelle spülten. Auf einer Matte vor der Halle saß ein alter Brahmane, bei dem diese jungen Leute offenbar die Lieder und Sprüche lernten. Er begrüßte mich freundlich, und obwohl es, wie er sagte, nur eine knappe Stunde bis zum nächsten Dorfe sei, bat er mich, ihr Mahl zu teilen und bei ihnen zu übernachten. Das tat ich denn auch dankbar genug, und bevor ich mich zum Schlafen hinlegte, hatte ich manche gute und beherzigenswerte Rede gehört. Als ich nun am folgenden Tage weitergehen wollte, fragte mich der Brahmane: ›Wer ist dein Meister, o Pilger, und in wessen Namen bist du ausgezogen?‹ Und ich antwortete, wie ich dir geantwortet habe.

Da sagte denn der Brahmane: ›Wie wirst du, o Pilger, jenes hohe Ziel erreichen, wenn du allein wanderst wie das Nashorn, anstatt wie der weise Elefant in einer Herde, von einem erfahrenen Führer geleitet?‹

Dabei blickte er beim Worte ›Herde‹ wohlwollend auf die umherstehenden jungen Leute, beim Worte ›Führer‹ schien er selbstgefällig in sich hineinzulächeln.

›Denn‹, fuhr er dann fort, ›gar zu hoch ist ja dies für eigenes, tiefes Denken, und ohne einen Lehrer gibt es hier gar keinen Zugang. Andererseits aber sagt auch der Veda in der Belehrung Çvetaketus: ›Gleichwie, o Teurer, ein Mann, den sie aus dem Lande der Gandharer mit verbundenen Augen hergeführt und dann in die Einöde losgelassen haben, nach Osten oder nach Norden, oder nach Süden verschlagen wird, weil er mit verbundenen Augen hergeführt und mit verbundenen Augen losgelassen worden war; aber nachdem ihm jemand die Binde abgenommen und zu ihm gesprochen: ›Dort hinaus wohnen die Gandharer, dort hinaus gehe‹, von Dorf zu Dorf sich weiterfragend, belehrt und verständig zu den Gandharern heimgelangt: also auch ist ein Mann, der hienieden einen Lehrer gefunden hat, sich bewußt: diesem Welttreiben werde ich nur so lange angehören, bis ich erlöst sein werde, und dann werde ich heimgehen.«

Nun merkte ich wohl, daß dieser Brahmane darauf ausging, mich zum Schüler zu gewinnen. Aber eben diese Begehrlichkeit erweckte bei mir kein Zutrauen. Gar wohl aber gefiel mir jenes Vedawort, das ich im Weitergehen mir immer wiederholte, um es zu behalten. Dabei fiel mir ein Spruch ein, den ich einmal über einen Meister gehört hatte: ›Den Vollendeten verlangt es nicht nach Jüngern, aber die Jünger verlangt es nach dem Vollendeten.‹ Wie muß *der*, dachte ich mir, ein ganz anderer Mann sein als dieser Waldbrahmane! Und es verlangte mich, Ehrwürdiger, nach jenem nicht verlangenden Meister.«

»Wer war wohl aber der Meister, den du also hattest preisen hören, und wie nennt er sich?«

»Es ist, o Bruder, der Asket Gautama, der Sakyersohn, der dem Erbe der Sakyer entsagt hat. Diesen Meister Gautama aber begrüßt man allenthalben mit dem frohen Ruhmesruf: ›Das ist der Erhabene, der Heilige, der Wissens- und Wandelsbewährte, der Meister der Götter und Menschen, der vollkommen Erwachte, der Buddha.‹ Um des Erhabenen willen pilgere ich nun; zu seiner Lehre will ich mich bekennen.«

»Wo aber, Pilger, weilt er jetzt, der Erhabene, vollkommen Erwachte?«

»Es liegt, o Bruder, oben im nördlichen Reiche Kosala, eine Stadt, die Savatthi heißt. Und vor der Stadt ist der Waldpark Jetavana, mit mächtigen, tiefen Schatten spendenden Bäumen, worunter Menschen lärm entrückt sitzen und denken können, mit klaren, Kühlung aushauchenden Teichen, mit smaragdenen Matten, mit zahllosen Blumen in mannigfaltigen Farben. Diesen Hain aber hat der reiche Kaufmann Anathapindika schon vor Jahren vom Prinzen Jeta um so viel Gold erstanden, daß damit der ganze Boden bedeckt werden könnte, und hat ihn dann dem Buddha übergeben. Dort also in Jetavana, dem lieblichen, Weisenscharendurchwandelten, hat er, der Erhabene, der vollkommen Erwachte, gegenwärtig seinen Aufenthalt. Und im Verlaufe von etwa vier Wochen hoffe ich, wenn ich rüstig ausschreite, den Abstand von hier nach Savatthi bewältigt zu haben und zu seinen, des Erhabenen, Füßen zu sitzen.«

»Hast du aber, Pilger, ihn, den Erhabenen, schon einmal gesehen, und würdest du ihn, wenn du ihn sähest, erkennen?«

»Nein, Bruder, ich habe ihn, den Erhabenen, noch nicht gesehen, und sähe ich ihn, so würde ich ihn nicht erkennen.«

Da dachte denn der Erhabene bei sich: »Um meinetwillen pilgert dieser Pilger, zu meinem Namen bekennt er sich; wie, wenn ich ihm nun die Lehre darlegte?« Und der Erhabene wandte sich an Kamanita und sprach:

»Der Mond hat sich erst gerade über den Dachvorsprung erhoben, wir sind noch nicht tief in der Nacht, und langer Schlaf ist dem Geiste nicht gut. Wohlan, wenn es dir recht ist, will ich als Gegengeschenk für deine Erzählung dir die Lehre des Buddha darlegen.«

»Es ist mir recht, Bruder, und ich bitte dich, es zu tun.«

»So höre, Pilger, und achte wohl auf meine Rede.«

Der Meister

Und der Erhabene sprach: »Der Vollendete, Bruder, der vollkommen Erwachte hat zu Benares, am Sehersteine im Gazellenhain, das Rad der Lehre ins Rollen gesetzt. Und dawiderstellen kann sich kein Asket und kein Priester, kein Gott und kein Teufel, noch irgendwer in der Welt. Sie ist die Enthüllung, die Offenbarung der vier heiligen Wahrheiten. Welcher vier? Der heiligen Wahrheit vom Leiden, der heiligen Wahrheit von der Leidensentstehung, der heiligen Wahrheit von der Leidensvernichtung, der heiligen Wahrheit von dem zur Leidensvernichtung führenden Pfad.

Was ist aber, Bruder, die heilige Wahrheit vom Leiden? Geburt ist Leiden, Alter ist Leiden, Krankheit ist Leiden, Sterben ist Leiden; Kummer, Jammer, Schmerz, Gram und Verzweiflung sind Leiden; von Liebem getrennt sein, ist Leiden, mit Unliebem vereint sein, ist Leiden; das, was man begehrt, nicht erlangen, ist Leiden; kurz, die verschiedenen Formen des Anhangens sind Leiden. Das heißt man, Bruder, die heilige Wahrheit vom Leiden.

Was ist aber, Bruder, die heilige Wahrheit von der Leidensentstehung? Es ist dieser Durst, der von Wiedergeburt zu Wiedergeburt führende, von Lust und Leidenschaft begleitete, bald da, bald dort sich ergötzende, ist der Lüstedurst, der Werdedurst, der Vergänglichkeitsdurst. Das nennt man, Bruder, die heilige Wahrheit von der Leidensentstehung.

Was ist aber, Bruder, die heilige Wahrheit von der Leidensvernichtung? Es ist eben dieses Durstes vollkommene, restlose Vernichtung, das Verlassen, das Sichlosmachen, die

Befreiung, die Erlösung von ihm. Das nennt man, Bruder, die heilige Wahrheit von der Leidensvernichtung.

Was ist aber, Bruder, die heilige Wahrheit von dem zur Leidensvernichtung führenden Wege? Dieser heilige, achtfältige Pfad ist es, der da besteht in rechtem Erkennen, rechtem Entschließen, rechter Rede, rechtem Handeln, rechtem Wandeln, rechtem Streben, rechtem Gedenken, rechtem Sichversenken. Das nennt man, Bruder, die heilige Wahrheit von dem zur Leidensvernichtung führenden Wege.«

Nachdem nun der Meister auf solche Weise die vier Ecksteine errichtet hatte, ging er daran, das ganze Lehrgebäude aufzuführen, zu einem wohnlichen Heim für die Gedanken und Gesinnungen seines Schülers; er erläuterte jeden einzelnen Satz, wie man jeden einzelnen Stein behaut und glättet, und so wie man Stein auf Stein legt, fügte er Satz zu Satz, überall sorgfältig grundlegend und Alles genau aneinander passend. Der Säule des Leidensgedankens zur Seite stellte er die Säule des Vergänglichkeitsgedankens; beide verbindend und von beiden getragen, schloß sich aber als Gebälk der schwerwiegende Gedanke von der Wesenlosigkeit aller Erscheinungen an. Durch solch mächtiges Portal stieg er, seinen Schüler behutsam führend, Schritt für Schritt die wohlgefügte Stufenleiter des Grundfolgegesetzes mehrmals auf und ab, überall befestigend und vervollkommnend.

Und wie ein geschickter Baumeister beim Errichten eines Prachtgebäudes an passenden Stellen Bildwerke einfügt, und zwar so, daß sie nicht nur als Schmuck, sondern auch als tragende oder stützende Teile dienen, also brachte der Erhabene auch manchmal ein gefälliges und sinniges Gleichnis an, da ja durch ein Gleichnis oft der dunkle Sinn einer tiefgedachten Rede klar wird.

Schließlich aber faßte er das Ganze zusammen, indem er ihm gleichsam die deckende, weithin leuchtende Kuppel aufsetzte, und sprach:

»Durch Haften, o Pilger, kommst du zum Entstehen; durch Nichthaften kommst du nicht zum Entstehen.

Ein Mönch aber, der nirgend anhänglich haftet, dem geht in der ungetrübten Heiterkeit seines Gleichmutes dieses Schauen auf: Unerschütterlich ist meine Erlösung, dies ist die letzte Geburt, nicht gibt es ferner ein neues Sein.

So ist nun ein dahin gelangter Mönch mit dieser höchsten Weisheit belehnt. Das ist ja, Pilger, die höchste, heilige Weisheit: alles Leiden versiegt zu wissen. Wer ihrer teilhaftig geworden, der hat eine Freiheit gefunden, die wahrhaft, unantastbar besteht. Denn das, Pilger, ist ja falsch, was eitel und vergänglich ist: und das ist wahr, was echt und unvergänglich ist: die Wahnerlöschung.

Und er, der von Hause aus der Geburt, dem Altern und dem Tode unterworfen war, er hat nun, das Unheil dieses Naturgesetzes merkend, sich die geburtlose, alterslose, todlose Sicherheit errungen; er, der der Krankheit, dem Schmutze, der Sünde unterworfen war, hat die unvergängliche, reine, heilige Sicherheit erreicht:

Im Erlösten ist die Erlösung, versiegt ist das Leben, gewirkt das Werk, nicht mehr ist für mich diese Welt da.

Ein solcher, o Pilger, wird ›Endiger‹ genannt, denn er hat dem Leiden ein Ende gemacht.

Ein solcher, o Pilger, wird ›Auslöscher‹ genannt, denn den Wahn von ›Ich‹ und ›Mein‹ hat er ausgelöscht.

Ein solcher, o Pilger, wird ›Ausroder‹ genannt, denn den Lebenstrieb hat er mit der Wurzel ausgerodet, so daß kein Leben mehr keimen kann.

Ein solcher, solange er im Leibe ist, sehen ihn die Menschen und Götter; nachdem aber sein Leib im Tode zerfallen ist, sehen ihn die Menschen und Götter nicht mehr. Und auch die Natur, die Alles erspähende, sieht ihn nicht mehr: geblendet hat er das Auge der Natur, entschwunden ist er der bösen.

Den Strom des Werdens durchkreuzend, hat er die Insel erreicht, die einzige, das Jenseits von Alter und Tod – das Nirvana.«

Das unvernünftige Kind

Nachdem der Erhabene seine Belehrung also beschlossen hatte, blieb der Pilger Kamanita lange Zeit stumm und regungslos sitzen, in widerstreitenden und zweifelnden Gedanken befangen. Endlich sagte er: »Du hast mir da, Ehrwürdiger, gar vieles davon gesagt, wie der Mönch dem Leiden schon bei Lebzeiten ein Ende macht, aber nichts davon, was aus ihm wird, wenn dann sein Leib im Tode zerfällt und zu den Elementen zurückkehrt, ausgenommen, daß von da ab weder Menschen noch Götter, noch die Natur selber ihn sehen. Aber von einem ewigen Leben, von höchster Wonne und himmlischer Seligkeit – davon habe ich nichts vernommen. Hat denn der Erhabene darüber nichts offenbart?«

»So ist es, Bruder, so ist es. Der Erhabene hat darüber nichts offenbart.«

»Dann heißt das so viel, als daß der Erhabene von dieser wichtigsten Frage nicht mehr weiß als ich selber«, versetzte Kamanita unmutig.

»Meinst du? So höre denn, Pilger. In jenem Sinsapawalde bei Kosambi, wo du und deine Vasitthi euch ewige Treue und Wiedersehen im Paradiese des Westens zugeschworen habt, weilte auch zu einer Zeit der Erhabene. Und der Erhabene trat aus dem Walde, ein Bündel Sinsapablätter in der Hand, und sprach zu den Jüngern: ›Was meint ihr, ihr Jünger, ist mehr, diese Sinsapablätter, die ich in die Hand genommen habe, oder die anderen Blätter droben im Sinsapawalde?‹ Und ohne sich lange zu besinnen, antworteten sie: ›Die Blätter, Herr, die der Erhabene in die Hand genommen hat, sind wenige, und viel mehr sind jene Blätter droben im Sinsapawalde.‹ ›Ebenso auch, ihr Jünger‹, sprach der Erhabene, ›ist das viel mehr, was ich erkannt und euch nicht verkündet, als das, was ich euch verkündet habe. Und warum, ihr Jünger, habe ich euch jenes nicht verkündet? Weil es nicht heilsam, nicht urasketentümlich ist, nicht zur Abkehr, nicht zur Wendung, nicht zur Auflösung, nicht zum Erwachen, nicht zum Nirvana führt.‹«

»Wenn der Erhabene im Sinsapawalde vor Kosambi also gesprochen hat«, antwortete Kamanita, »dann dürfte die Sache noch schlimmer stehen. Denn er hat dann über diesen Punkt geschwiegen, um die Jünger nicht zu entmutigen, oder gar abzuschrecken, indem er ihnen die letzte Wahrheit enthüllte: nämlich die Vernichtung. Diese scheint mir denn auch als notwendige Folge aus dem hervorzugehen, was du mir auseinandergesetzt hast. Denn nachdem alle Gegenstände der fünf Sinne und des Denkens als vergänglich, wesenlos und leidvoll abgewiesen und verneint sind, bleiben eben keine Bestimmungen übrig, mittelst welcher irgend etwas zu fassen wäre. Und so verstehe ich denn, Ehrwürdiger, die mir von dir dargelegte Lehre, dahin, daß ein Mönch, der alle Unreinheit von sich abgetan hat, wenn sein Leib zerbricht, der Vernichtung anheimfällt, daß er vergeht, daß er nicht mehr ist jenseits des Todes.«

»Sagtest du mir nicht, Pilger«, fragte dann der Buddha, »daß du binnen eines Monats zu Füßen des Erhabenen im Waldparke Jetavana bei Savatthi sitzen würdest?«

»Das hoff ich sicher zu tun, Ehrwürdiger; warum fragst du mich?«

»Wenn du nun also zu Füßen des Erhabenen sitzest, was meinst du dann, Freund – die Körperform, die du dann siehst, die du mit den Händen berühren kannst – ist die der Vollendete, siehst du es also an?«

»Das tue ich nicht, Ehrwürdiger.«

»Wenn nun aber der Erhabene mit dir spricht, – das Bewußtsein, das dann zum Vorschein kommt, mit seinen Empfindungen, Wahrnehmungen und Vorstellungen – ist denn das der Vollendete? Siehst du es also an?«

»Das tue ich nicht, Ehrwürdiger.«

»So sind wohl, Freund, der Körper und das Bewußtsein zusammengenommen der Vollendete?«

»Auch so sehe ich es nicht an, Ehrwürdiger.«

»Ist denn der Vollendete geschieden von dem Körper? oder vom Bewußtsein? oder von beiden? Siehst du es so an, Freund?«

»Er ist insofern von ihnen geschieden, als sein Wesen durch diese Bestimmungen noch nicht erschöpft ist.«

»Welche Bestimmungen hast du denn nun, Freund, außer denen der Körperlichkeit mit allen ihren sinnlich wahrnehmbaren Eigenschaften und dem Bewußtsein mit seinem ganzen Inhalt von Empfindungen, Wahrnehmungen und Vorstellungen – welche Bestimmungen hast du noch außerdem, mittelst welcher du das noch nicht Erschöpfte im Wesen des Vollendeten erschöpfen kannst?«

»Solcher anderer Bestimmungen, Ehrwürdiger, habe ich freilich keine.«

»So ist also, Freund Kamanita, schon hier in der Sinnenwelt der Vollendete nicht in Wahrheit und Wesenhaftigkeit für dich zu erfassen. Hast du da also ein Recht, zu sagen, daß der Vollendete – oder der Mönch, der alle Unreinheit von sich abgetan hat – wenn sein Leben zerbricht, der Vernichtung anheimfällt, daß er nicht ist jenseits des

Todes; lediglich, weil du kein Mittel besitzest, um ihn dort in Wahrheit und Wesenhaftigkeit zu erfassen?«

Solchermaßen befragt, saß der Pilger Kamanita eine Weile, gebeugten Rumpfes, gesenkten Kopfes, schweigend da.

»Wenn ich auch kein Recht habe, das zu behaupten«, sagte er schließlich, »so scheint es mir doch deutlich genug eben aus jenem Schweigen des Vollendeten hervorzugehen. Denn gewiß hätte er nicht geschwiegen, wenn er etwas Erfreuliches mitzuteilen gehabt hätte, was ja der Fall wäre, wenn er wüßte, daß den Mönch, der dem Leiden ein Ende gemacht hat, nach dem Tode keineswegs Vernichtung, sondern ewiges, seliges Leben erwartet. Denn eine solche Mitteilung könnte ja die Jünger nur anspornen und ihnen in ihrem rechten Streben förderlich sein.«

»Wähnst du, Freund? Wie nun aber, wenn der Vollendete als letztes Ziel nicht die Vernichtung des Leidens hingestellt hätte – ebenso wie er mit dem Leiden selbst anfing – sondern noch darüber hinaus ein ewiges, seliges Leben jenseits des Todes gepriesen hätte? Und gar viele von den Jüngern hätten an dieser Vorstellung Gefallen gefunden, hingen ihr anhänglich an, ersehnten ihre Erfüllung mit heißer Sucht, die alle Heiterkeit der Gedenkenruhe trübte: hätten sie sich dann nicht wieder unversehens in das gewaltige Fangnetz der Lebenslust verstrickt? Und indem sie sich an ein Jenseits hielten, hierfür aber notwendigerweise alle Farben vom Diesseits nähmen, würden sie da nicht, je mehr sie dem Jenseits nachjagten, eben am Diesseits festkleben? Gleichwie etwa ein Kettenhund, der an einen festen Pfahl gebunden ist und loszukommen versucht, sich um diesen Pfahl im Kreise dreht: – ebenso würden jene lieben Jünger aus Abscheu vor dem diesseitigen Leben sich gerade um das diesseitige Leben im Kreise drehen.«

»Wenn ich auch diese Gefahr zugeben muß«, gab Kamanita zur Antwort, »so halte ich doch das andere Übel, die durch das Schweigen hervorgerufene Unsicherheit, für viel gefährlicher, weil es von vornherein den Eifer lähmt. Denn wie kann wohl der Jünger entschlossen und mutig mit allen Kräften streben, dem Leiden ein Ende zu machen, wenn er nicht weiß, was darauf folgt – ob ewige Seligkeit oder Nichtsein?«

»Was meinst du, Freund, wenn da ein Haus wäre, das vom Feuer ergriffen würde, und der Diener liefe, den Herrn zu wecken: ›Steh auf, Herr! Flieh! Das Haus brennt! Schon flammen die Balken, und das Dach will einstürzen‹ – würde wohl dann der Herr erwidern: ›Geh, mein Lieber, und sieh nach, ob es draußen regnet und stürmt, oder ob es eine liebliche Mondnacht ist; und ist letzteres der Fall, dann wollen wir uns ins Freie begeben.‹«

»Wie könnte wohl, Ehrwürdiger, der Herr also antworten? Denn der Diener hat ihm ja angstvoll zugerufen: ›Flieh, Herr! Das Haus brennt! Schon flammen die Balken, und das Dach will einstürzen.‹«

»Freilich hat der Diener ihm das zugerufen. Wenn nun aber dennoch der Herr antwortete: ›Geh, mein Lieber, und sieh nach, ob es draußen regnet und stürmt, oder ob es eine liebliche Mondnacht ist; und ist letzteres der Fall, dann wollen wir uns ins Freie begeben‹ – würdest du dann nicht daraus schließen, daß der Herr gar nicht richtig gehört hat, was ihm der getreue Diener zurief? daß es ihm keineswegs klar geworden ist, welche tödliche Gefahr über seinem Kopfe schwebt?«

»Freilich müßte ich ja diese Schlußfolgerung ziehen, Ehrwürdiger, da es anderenfalls undenkbar wäre, daß der Mann eine solche törichte Antwort geben könnte.«

»Ebenso nun auch, Pilger – wandere, als ob dein Haupt von Flammen umgeben wäre! denn das Haus brennt. Und welches Haus? Die Welt! Durch welches Feuer entflammt? Durch der Begierde Feuer, durch des Hasses Feuer, durch der Verblendung Feuer. Die ganze Welt wird von Flammen verzehrt, die ganze Welt ist von Rauch umwölkt, die ganze Welt erbebt.«

Solchermaßen angerufen, zitterte der Pilger Kamanita, wie ein junger Büffel zittert, wenn er zum erstenmal aus dem Dickicht den Ruf des Löwen vernimmt. Gebeugten Rumpfes, gesenkten Kopfes, das Gesicht von brennender Röte übergossen, saß er eine Weile schweigend da. Dann sagte er mit mürrischer, obwohl etwas bebender Stimme:

»Das will mir aber dennoch nicht gefallen, daß der Erhabene darüber nichts offenbart hat, wenn er etwas Verheißungsvolles darüber hätte mitteilen können. Und auch wenn er geschwiegen hat, weil das, was er wußte, eben trostlos und abschreckend ist, oder weil er überhaupt nichts wußte: so will mir das auch nicht gefallen. Denn des Menschen Sinnen und Trachten geht auf Glückseligkeit und Wonne, was auch in der Natur begründet ist und nicht anders sein kann. Und so habe ich ja auch die Brahmanischen Priester verkünden hören:

›Gesetzt, es sei ein Jüngling, ein wackerer Jüngling, ein lernbegieriger, der schnellste, kräftigste, stärkste, und ihm gehörte die ganze Erde mit all ihrem Reichtum: so ist das eine menschliche Wonne. Aber hundert menschliche Wonnen sind *eine* Wonne der himmlischen Genien. Und hundert Wonnen der himmlischen Genien sind *eine* Wonne der Götter. Und hundert Wonnen der Götter sind *eine* Wonne des Indra. Und hundert Wonnen des Indra sind *eine* Wonne des Prajapati, und hundert Wonnen des Prajapati sind eine Wonne des Brahman. Dies ist die höchste Wonne, dies ist der Weg zur höchsten Wonne!‹«

»Gleichwie, o Pilger, wenn da ein unerfahrenes Kind wäre, der vernünftigen Erwägung unfähig. Dieses Kind empfände in einem Zahne brennenden, stechenden, bohrenden Schmerz; und es liefe zu einem kundigen, bewährten Arzt und klagte ihm seine Not: ›Wolle, Ehrwürdigster, durch deine Kunst schaffen, daß ich in diesem Zahn anstatt des Schmerzes ein wonniges Hochgefühl empfinde.‹ Und der Arzt antwortete: ›Liebes Kind, meine Kunst befaßt sich nur damit, den Schmerz zu beseitigen.‹ – Aber das unvernünftige Kind finge an zu klagen: ›Habe ich doch, ach! in diesem Zahne nun so lange brennenden, stechenden, bohrenden Schmerz empfunden; wie billig ist es da, daß ich jetzt statt dessen ein wonniges Gefühl, süße Lust darin genösse. Auch gibt es ja, habe ich gehört, kundige, bewährte Ärzte, deren Kunst so weit reicht, und ich glaubte, daß du ein solcher wärest!‹ Und dies unvernünftige Kind liefe nun zu einem Heilzauberer, einem Wunderarzt aus dem Lande der Gandarer, einem Marktschreier, der durch einen öffentlichen Ausrufer zum Schall von Trommeln und Muschelhörnern auf den Straßen verkünden ließe: ›Gesundheit ist das höchste Gut, Gesundheit ist des Menschen Ziel. Blühende, üppige Gesundheit, wohliges, wonniges Hochgefühl in allen Gliedern, in allen Adern und Fasern des Körpers, wie es die seligen Götter genießen, kann auch der Kränkste um eine geringe Opfergabe durch meine Hilfe erlangen.‹ Zu diesem Wunderarzt liefe das Kind und klagte ihm seine Not: ›Wolle, Ehrwürdigster, durch deine Kunst schaffen, daß ich in diesem Zahn anstatt des Schmerzes ein wohliges, wonniges Hochgefühl genieße.‹ Und der Zauberer antwortete: ›Liebes Kind, gerade darin besteht meine Kunst.‹ Und nachdem er das ihm vom Kinde dargereichte Geld eingestrichen, berührte er den Zahn mit seinem Finger und brächte eine magische Wirkung hervor, wodurch ein wonniges Lustgefühl sofort den Schmerz verdrängte. Und das unvernünftige Kind liefe erfreut und hochbeglückt nach Hause. – Nach einer kurzen Weile aber ließe das Lustgefühl nach, und der Schmerz stellte sich wieder ein. Und warum? *Weil ja die Ursache des Übels nicht beseitigt war.*

Aber, o Pilger, ein verständiger Mann empfände in einem Zahn brennenden, stechenden, bohrenden Schmerz. Und er ginge zu dem kundigen, bewährten Arzt und klagte ihm seine Not: ›Wolle, Ehrwürdigster, durch deine Kunst mich von diesem Schmerz befreien.‹ Und der Arzt antwortete: »Wenn du, mein Lieber, nichts weiter von mir verlangst, so viel vertraue ich meiner Kunst.‹ ›Was könnte ich wohl weiter verlangen?‹ fragte der verständige Mann. Und der Arzt untersuchte den Zahn und fände die Ursache des Schmerzes in einer Entzündung an der Zahnwurzel. ›Geh nach Hause, mein Lieber, und lasse dir an dieser Stelle einen Blutegel setzen. Wenn er sich vollgesogen hat und abfällt, dann lege diese Kräuter auf die Wunde. Dann wird der Eiter und das ungesunde Blut entfernt sein, und der Schmerz wird aufhören.‹ Und der verständige Mann ginge nach Hause und täte, wie der Arzt ihm gesagt. Und der Schmerz verginge und kehrte nicht wieder. Und warum nicht? *Weil ja die Ursache des Übels beseitigt war.*«

Als nun der Erhabene nach Beendigung dieses Gleichnisses schwieg, saß der Pilger Kamanita verstummt und verstört, gebeugten Rumpfes, gesenkten Hauptes, das Antlitz von brennender Röte übergossen, wortlos da, und der Angstschweiß tröpfelte ihm von der Stirn herab und rieselte ihm aus den Achselhöhlen herunter. Fühlte er sich doch von diesem Ehrwürdigen mit einem unvernünftigen Kinde verglichen und ihm gleichgestellt. Und da er trotz aller Anstrengung keine Antwort zu finden vermochte, war er dem Weinen nahe.

Endlich, als er seine Stimme beherrschen konnte, fragte er kleinlaut:

»Hast du, Ehrwürdiger, dies alles aus dem Munde des Erhabenen, des vollendeten Buddha selber?«

Selten geschieht es, daß Vollendete lächeln. Bei dieser Frage jedoch umspielte ein Lächeln die Lippen des Erhabenen.

»Das freilich nicht, Bruder.«

Als der Pilger Kamanita dies vernahm, richtete er freudig seinen Körper empor, blickte leuchtenden Auges auf und sprach mit frisch belebter Stimme:

»Dachte ich's doch! O, ich wußte ja, daß dies nicht die ureigene Lehre des Vollendeten sein könne, sondern nur deine eigene mißverständlich ergrübelte Auslegung derselben. Heißt es ja doch, daß die Lehre des Buddha im Anfange beseligend, in der Mitte beseligend und am Ende beseligend sei. Wie aber könnte jemand das von einer Lehre sagen, die mir nicht ein ewiges, seliges Leben in höchster Wonne verheißt? Nun, in wenigen Wochen werde ich ja zu Füßen des Vollendeten sitzen und von seinen eigenen Lippen die Heilslehre empfangen, wie ein Kind aus der

Mutterbrust seine süße Nahrung saugt. Und auch du wirst da sein und richtig belehrt von deiner irrigen, verderblichen Auffassung zurückkommen. Aber sieh, jene Streifen des Mondlichtes haben sich fast bis zur Schwelle der Halle zurückgezogen; wir müssen tief in der Nacht sein. Wohlan, wir wollen uns jetzt schlafen legen.«

»Wie es dir, Bruder, belieben mag«, antwortete der Erhabene freundlich.

Und sich fester in seinen Mantel hüllend, legte der Erhabene sich auf der Matte in der Stellung des Löwen hin, auf den rechten Arm gestützt, den linken Fuß auf dem rechten ruhen lassend.

Und der Stunde des Erwachens gedenkend, schlief er sofort ein.

Mitten im Laufe

Als der Erhabene beim ersten Morgengrauen erwachte, sah er, wie der Pilger Kamanita emsig seine Matte zusammenrollte, seine Kürbisflasche umhängte und sich nach dem Stabe umsah, den er nicht gleich in der Ecke bemerkte, weil er umgefallen war. Dabei hatte er in allen seinen Bewegungen das Gepräge eines Menschen, der es sehr eilig hat.

Der Erhabene setzte sich auf und grüßte ihn freundlich.

»Willst du schon aufbrechen, Bruder?«

»Freilich, freilich«, rief Kamanita erregt. »Denke dir, es ist wirklich kaum zu glauben – rein zum Lachen, und doch so wunderbar – ein wahres Glück! Vor wenigen Minuten erwachte ich und fühlte mich, nach dem vielen Reden von gestern, recht trocken im Halse. Ich sprang sofort auf und lief zum Brunnen – unter den Tamarinden, quer über den Weg. Dort stand schon ein Mädchen und schöpfte Wasser. Und was meinst du wohl, was ich von ihr höre? – Der Vollendete ist gar nicht in Savatthi! Und wo ist er denn, glaubst du? Gestern ist er, von dreihundert Mönchen begleitet, hier in Rajagaha angekommen! Und er weilt jetzt in seinem Mangohaine jenseits der Stadt. In einer Stunde, in weniger vielleicht, werde ich ihn gesehen haben – ich, der ich glaubte, noch vier Wochen pilgern zu müssen! Was sage ich – in einer Stunde? – Es ist nur eine gute halbe Stunde bis dahin, sagte das Mädchen, wenn man nicht durch die Hauptstraßen geht, sondern durch die Gäßchen und Höfe nach dem Westtor läuft ... ich kann mir's kaum denken! Mir brennt der Boden unter den Sohlen – leb' wohl, Bruder! Du hast es gut mit mir gemeint, und ich werde nicht unterlassen, auch dich zum Erhabenen zu führen – jetzt aber kann ich mich wahrlich keinen Augenblick mehr aufhalten.«

Und der Pilger Kamanita stürzte aus der Halle hinaus und lief die Straße dahin, so schnell ihn die Beine nur tragen wollten. Als er aber das Stadttor Rajagahas erreichte, war es noch nicht geöffnet, und er mußte eine kleine Weile warten, die ihm wie eine Ewigkeit vorkam und seine Ungeduld aufs höchste steigerte.

Indessen benutzte er die Zeit, um von einer alten Frau, die einen Korb voll Gemüse nach der Stadt trug und, wie er selbst, dort warten mußte, genaue Erkundigungen über den kürzesten Weg einzuziehen – wie er durch jene Gäßchen, rechts an einem Tempelchen und links an einem Brunnen vorübergehen müsse und dann einen Turm ja nicht aus den Augen verlieren dürfe, so daß er die vor der Stadtmauer verlorene Zeit vielleicht innerhalb derselben einholen könne.

Als nun das Tor sich geöffnet hatte, stürzte er unaufhaltsam in der ihm bezeichneten Richtung fort. Manchmal rannte er ein paar Kinder über den Haufen, rempelte eine Frau an, die am Rinnstein Geschirr spülte, so daß eine Schüssel ihr klirrend davonrollte und zerbrach, oder er stieß mit einem Wasserträger zusammen. Aber die Schimpfworte, die hinter ihm herflogen, erreichten verschlossene Ohren, so ganz war er von dem einen Gedanken erfüllt, daß er bald, ganz bald den Buddha sehen würde.

»Welches Glück!« sagte er zu sich selber. »Wie viele Geschlechter leben dahin, ohne daß ein Buddha auf der Erde mit ihnen zusammen wandert; und von dem Geschlecht, das einen Buddha zum Zeitgenossen hat – o wie so wenige sind es, die ihn sehen! Mir aber ist jetzt dies Glück gewiß! – Immer habe ich ja gefürchtet, daß auf dem weiten, gefahrvollen Wege wilde Tiere oder Räuber mich um dies Glück bringen könnten, jetzt aber kann es mir nicht mehr geraubt werden!«

Während er so dachte, war er in ein sehr enges Gäßchen eingebogen. In seinem törichten Vorwärtsstürmen sah er nicht, daß vom anderen Ende her eine Kuh, die aus irgend einem Grunde scheu geworden war, ihm entgegenstürzte, bemerkte auch nicht, wie ein paar Leute vor ihm sich eiligst in ein Haus flüchteten, und andere sich hinter einem vorspringenden Mauerstück verbargen; er hörte nicht den Ruf, durch den eine auf einem Söller stehende Frau ihn warnen wollte – er spähte nur hinauf nach den Turmzinnen, die ihn am Verfehlen des Weges hindern sollten.

Erst als es zum Ausweichen zu spät war, sah er entsetzt, gerade vor sich, die dampfenden Nüstern, die mit Blut unterlaufenen Augen und das blanke Horn, das ihm unmittelbar danach tief in die Seite drang.

Mit einem lauten Schrei fiel er an der Mauer nieder. Die Kuh stürzte weiter und verschwand in einer anderen Straße.

Sofort eilten nun Leute herbei, teils aus Neugier, teils um zu helfen. Das Weib, das ihn gewarnt hatte, brachte Wasser, um die Wunde zu reinigen. Man zerriß seinen Mantel, um ihm einen Verband anzulegen und womöglich das Blut zu stillen, das wie ein Quell hervorbrach.

Kamanita hatte fast keinen Augenblick das Bewußtsein verloren. Es war ihm sofort klar, daß dies seinen Tod bedeute. Aber weder diese Vorstellung, noch die Schmerzen quälten ihn so sehr, wie die Angst, daß er den Buddha jetzt nicht zu sehen bekäme. Mit bewegter Stimme flehte er die

Umstehenden an, ihn nach dem Mangohaine zum Buddha zu tragen:

»So weit bin ich gepilgert, ihr lieben Leute! – So nahe war ich schon am Ziel! O, habt Erbarmen mit mir, zögert nicht, mich dahin zu tragen! Denkt nicht an die Schmerzen, fürchtet nicht, daß ich ihnen unterliege – ich werde nicht sterben, bevor ihr mich dem Vollendeten zu Füßen niedergelegt habt, und dann werde ich selig sterben, selig auferstehen.«

Einige liefen nun, Stangen und eine Matratze zu holen. Eine Frau brachte ein stärkendes Getränk, von dem Kamanita ein paar Löffel voll nahm. Die Männer waren uneinig, welcher Weg zur Versammlungshalle im Mangohaine der kürzeste sei, da es wohl auf jeden Schritt ankommen konnte. Denn es war jedem klar, daß es mit dem Pilger bald zu Ende ging.

»Da kommen Jünger des Vollendeten!« rief einer der Umstehenden, das Gäßchen hinanzeigend, »die werden uns das am besten sagen können.«

Wirklich nahten sich einige Mönche aus dem Orden des Buddha, in gelbe Mäntel gehüllt, die den rechten Arm frei ließen, und die Almosenschale in der Hand. Die meisten waren jüngere Leute; aber zuvörderst schritten zwei ehrwürdige Gestalten: ein Greis, dessen ernstes, etwas strenges Gesicht mit dem durchdringenden Blick und dem kräftigen Kinn unwillkürlich die Aufmerksamkeit auf sich lenkte, und ein Mann in mittleren Jahren, aus dessen Zügen eine so herzgewinnende Milde leuchtete, daß er dadurch fast das Aussehen eines Jünglings bekam. Auch konnte ein erfahrener Beobachter in seiner Haltung und in den etwas lebhaften Bewegungen, wie auch im feurigen Blicke, die unveräußerlichen Merkmale der Kriegerkaste entdecken, während die bedächtige Ruhe des Älteren den geborenen Brahmanen verriet. An hohem Wuchs und fürstlichem Anstand kamen aber beide einander gleich.

Als diese Mönche bei der Gruppe, die sich um den verwundeten Mann gebildet hatte, Halt machten, erzählten ihnen viele redselige Zungen sofort, was vorgefallen war, und daß man im Begriff sei, diesen verwundeten Pilger auf einer Bahre – die gerade gebracht wurde – nach dem Mangohaine zum Buddha zu tragen, um dadurch seinen sehnlichen Wunsch zu erfüllen; – ob nicht einer der jüngeren Mönche mit zurückkehren wolle, um ihnen den kürzesten Weg nach der Stelle zu weisen, wo der Erhabene sich augenblicklich aufhielt?

»Der Erhabene«, antwortete der Greis mit dem strengen Gesicht, »ist nicht im Mangohaine, und wir wissen selbst noch nicht, wo er sich aufhält.«

Bei dieser Antwort entrang ein verzweifeltes Stöhnen sich der wunden Brust Kamanitas.

»Aber freilich kann er nicht weit von hier sein«, fügte der Jüngere hinzu. »Der Erhabene hat gestern die Mönchsgemeinschaft vorausgeschickt und ist allein weitergegangen. Er wird sich wohl verspätet haben und irgendwo, vielleicht im Vororte, eingekehrt sein. Wir sind jetzt unterwegs, ihn zu suchen.«

»O, suchet eifrig, findet ihn!« rief Kamanita.

»Wenn wir auch wüßten, wo der Erhabene ist, so ginge es doch nicht an, diesen Verwundeten hinzutragen«, meinte der strenge Mönch. »Denn die Erschütterung auf der Bahre würde seinen Zustand schnell verschlimmern, und wenn er es auch überstände, so würde er doch sterbend ankommen, und sein Geist würde nicht fähig sein, die Worte des Erhabenen zu erfassen. Wenn er sich aber jetzt schont, und von einem kundigen Wundarzt behandelt und sorgfältig gepflegt wird, dann ist doch immer noch Hoffnung vorhanden, daß er so weit zu Kräften kommen kann, um der Rede des Erhabenen zu lauschen.

Aber Kamanita zeigte ungeduldig auf die Bahre:

»Keine Zeit – sterben – mich mitnehmen – ihn sehen – berühren – selig sterben – mitnehmen – eilet!«

Achselzuckend wandte sich der Mönch an die jüngeren Brüder:

»Dieser arme Mann hält den siegreich Vollendeten für ein Götzenbild, bei dessen Berührung man entsühnt wird.«

»Er hat Vertrauen zum Vollendeten gefaßt, Sariputta, wenn ihm auch das tiefere Verständnis fehlt«, sagte der andere und beugte sich über den Verwundeten, um den Grad seiner Kräfte festzustellen; »vielleicht könnte man es doch wagen. Der Arme dauert mich, und ich glaube, man kann ihm nichts Besseres antun, als den Versuch zu machen.«

Ein dankbarer Blick des Pilgers belohnte ihn für seine Fürsprache.

»Wie es dir beliebt, Ananda«, antwortete Sariputta freundlich.

In diesem Augenblick kam von der Seite, von welcher auch Kamanita gekommen war, ein Hafner gegangen, der auf dem Rücken einen Korb mit allerlei Töpferwaren trug. Als er den Pilger Kamanita bemerkte, den man soeben mit großer Vorsicht, aber nicht ohne ihm heftige Schmerzen zu verursachen, auf die Bahre gelegt hatte, blieb er erschrokken stehen – und zwar so plötzlich, daß die aufeinandergetürmten Schüsseln, die er auf dem Kopfe trug, zu Boden fielen und zerbrachen.

»Ihr Götter! Was ist denn hier vorgefallen? Das ist ja der fromme Pilger, der meiner Halle die Ehre angetan hat, dort zu übernachten. In der Gesellschaft eines Mönches, der dasselbe Gewand trug, wie diese Ehrwürdigen, hat er in meinem Hause die Nacht zugebracht.«

»War jener Mönch ein alter Mann und von hoher Gestalt?« fragte Sariputta.

»Gewiß, Ehrwürdiger – und er schien mir dir selber nicht unähnlich zu sein.«

Da wußten nun die Mönche, daß sie nicht länger zu suchen brauchten, und daß der Erhabene im Hause des Hafners war. Denn »der Jünger, der dem Meister ähnelt« – also wurde ja Sariputta genannt.

»Ist es möglich?« sagte Ananda und blickte von dem Verwundeten auf, der durch die Schmerzen, die ihm das Emporheben verursacht hatte, fast bewußtlos geworden war und die Ankunft des Hafners gar nicht bemerkt hatte. – »Ist es möglich? Dieser arme Mann hätte das Glück, nach dem er so sehnlich trachtet, die ganze Nacht genossen, ohne es auch nur im geringsten zu ahnen?«

»Das ist die Art des Toren«, sagte Sariputta. »Aber gehen wir; jetzt kann er ja hingebracht werden.«

»Einen Augenblick!« rief Ananda, »die Schmerzen haben ihn überwältigt.«

In der Tat zeigte der leere Blick Kamanitas, daß er kaum bemerkte, was um ihn vorging. Es fing an, ihm schwarz vor den Augen zu werden. Aber der lange Streifen des Morgenhimmels, der oben zwischen den hohen Mauern leuchtete, drang doch noch bis zu seinem Bewußtsein durch und mochte ihm wohl als die den Nachthimmel durchquerende Milchstraße erscheinen. Seine Lippen bewegten sich:

»Die Ganga –«, murmelte er.

»Seine Sinne wandern«, sagte Ananda.

Die Zunächststehenden, die das Wort vernommen hatten, faßten es anders auf.

»Er wünscht jetzt an die Ganga gebracht zu werden, damit die heiligen Wogen seine Sünden abspülen. – Aber Mutter Ganga ist ja weit von hier – wer könnte ihn wohl dahin tragen?«

»Erst der Buddha, dann die Ganga!« – murmelte Sariputta mit dem halb verächtlichen Mitleid des Weisen einem Toren gegenüber, der unrettbar von einem Aberglauben in den anderen fällt.

Aber plötzlich belebten die Augen Kamanitas sich wunderbar. Ein seliges Lächeln verklärte seine Züge. Sein Körper wollte sich aufrichten. Ananda stützte ihn.

»Die himmlische Ganga«, flüsterte er mit schwacher, aber freudiger Stimme, und zeigte mit der rechten Hand nach dem Himmelsstreifen über seinem Haupte: »Die himmlische Ganga! – wir schwuren – bei ihren Wellen – Vasitthi – – – –«

Sein Körper zitterte, Blut quoll ihm aus dem Munde, und in den Armen Anandas verschied er. – – –

Kaum eine halbe Stunde später traten Sariputta und Ananda, von den Mönchen begleitet, in die Halle des Hafners ein, begrüßten den Erhabenen ehrerbietig und setzten sich ihm zur Seite nieder.

»Nun, mein lieber Sariputta«, fragte da der Erhabene, nachdem er ihnen freundlichen Gruß entboten, – »hat die junge Mönchsgemeinde unter deiner Führung die weite

Wanderung gut und ohne Unfälle überstanden? Habt ihr Mangel an Nahrung oder Arznei für die Kranken unterwegs gehabt? Ist die Jüngerschaft fröhlich beflissen?«

»Glücklich bin ich, Ehrwürdigster, sagen zu können, daß es uns an nichts gefehlt hat, und daß die jungen Mönche voll Eifer und Zuversicht, sich nur danach sehnen, den Erhabenen von Angesicht zu Angesicht zu sehen. Diese edlen Jünglinge, Kenner des Wortes, Nachfolger der Lehre, habe ich mitgenommen, um sie schon jetzt dem Meister vorzustellen.«

Bei diesen Worten erhoben sich drei junge Mönche und begrüßten den Erhabenen mit zusammengelegten Händen:

»Heil dem Erhabenen, dem vollendeten Buddha – Heil!«

»Seid mir willkommen«, sprach der Erhabene und lud sie mit einer Handbewegung wieder zum Sitzen ein.

»Und ist auch der Erhabene«, fragte Ananda, »nach der gestrigen Wanderung ohne Übermüdung oder üble Folgen gut hier angekommen? Und hat der Erhabene in dieser Halle die Nacht leidlich zugebracht?«

»So ist es, Brüder. Ich bin bei einbrechender Dunkelheit zwar recht müde, doch ohne üble Folgen der Wanderung hier angekommen und habe in der Gesellschaft eines fremden Pilgers die Nacht nicht eben schlecht zugebracht.«

»Dieser Pilger«, nahm Sariputta das Wort, »ist in den Straßen Rajagahas durch eine Kuh des Lebens beraubt worden.«

»Und nicht ahnend, mit wem er die Nacht hier zugebracht hatte«, fügte Ananda hinzu, »begehrte er sehnlich, zu Füßen des Erhabenen gebracht zu werden.«

»Bald danach freilich verlangte er, man möchte ihn nach der Ganga tragen«, bemerkte Sariputta.

»Nicht doch, Bruder Sariputta!« – berichtigte Ananda. »Denn er sprach von der *himmlischen* Ganga. Leuchtenden Blickes gedachte er eines Schwures und nannte dabei einen Frauennamen – Vasitthi, glaube ich – und so verschied er.«

»Irgend einen Frauennamen auf den Lippen, ging er von dannen«, sagte Sariputta. – »Wo ist er wohl wieder ins Dasein getreten?«

»Töricht, ihr Jünger, war der Pilger Kamanita, einem unvernünftigen Kinde vergleichbar. Diesem Pilger, ihr Jünger, der in meinem Namen umherzog und sich zur Lehre des Erhabenen bekennen wollte, habe ich die Lehre ausführlich und eingehend dargelegt. Und er hat an der Lehre Anstoß genommen. Auf Seligkeit und Himmelswonnen war das Sehnen und Trachten seines Herzens gerichtet. Der Pilger Kamanita, ihr Jünger, ist in Sukhavati, im Paradiese des Westens, wieder ins Dasein getreten, tausend- und abertausendjährige Himmelswonnen zu genießen.«

Im Paradiese des Westens

Als der Erhabene in der Halle des Hafners zu Rajagaha diese Worte sprach, erwachte der Pilger Kamanita im Paradiese des Westens.

In einen roten Mantel gehüllt, der zart und glänzend wie ein Blumenblatt in reichem Faltenwurf um ihn herabfloß, fand er sich mit untergeschlagenen Beinen, auf einer mächtigen, gleichfarbigen Lotusrose sitzend, die mitten auf einem großen Teiche schwamm. Auf der weiten Wasserfläche waren überall solche Lotusblumen zu sehen, rote, blaue und weiße, einige noch als Knospen, andere, obwohl ziemlich entwickelt, doch immer noch geschlossen, aber unzählige offen wie die seine; und fast auf einer jeden thronte eine menschliche Gestalt, deren faltiges Gewand aus den Blumenblättern emporzuwachsen schien.

Auf den schrägen Ufern des Teiches, im grünsten Gras, lachte ein Blumenflor, als ob alle Edelsteine der Erde hier in Blumengestalt wiedergeboren wären, ihren Glanz und ihr durchleuchtetes Farbenspiel beibehaltend, aber den harten Panzer, den sie in ihrem Erdenleben getragen, gegen die weiche, schmiegsame, lebendige Pflanzenhülle eintauschend. So war auch der Duft, den sie aushauchten, mächtiger als die herrlichste Essenz, die je in ein kristallenes Fläschchen eingeschlossen wurde, und hatte doch die ganze herzhafte Frische des natürlichen Blumenduftes.

Von diesem fesselnden Ufersaum schweifte nun der entzückte Blick weiter zwischen hohen und breitwipfeligen, smaragdlaubigen und juwelenblühenden Bäumen, die bald einzeln sich erhoben, bald in Gruppen zusammen standen, bald tiefe Haine bildeten, hinüber nach den anmutigsten Felsenhügeln, die bald nackt ihre kristallenen, marmornen und alabasternen Formen zeigten, bald sie mit dichtem Gebüsch bedeckten oder mit duftigem Blütenflor verhüllten. An einer Stelle aber wichen Haine und Felsen gänzlich zur Seite, um einem schönen Fluß Raum zu geben, der sich still, wie ein Strom von Sternenglanz, in den Teich ergoß.

Über die ganze Gegend wölbte sich ein Himmel, dessen Ultramarinblau nach unten zu eher noch tiefer wurde, und unter dieser Kuppel schwebten weiße, geballte Wölkchen, auf welchen liebliche Genien gelagert waren, deren Instrumente den ganzen Raum mit den Zauberklängen wonniger Weisen erfüllten.

Aber an diesem Himmel war keine Sonne zu sehen, noch bedurfte es einer solchen. Denn von den Wölkchen und den Genien, von Felsen und Blumen, vom Wasser und von den Lotusrosen, von den Gewändern der Seligen, noch mehr aber von ihren Gesichtern strahlte ein wundersames Licht aus. Und wie dies Licht von strahlender Helligkeit war, ohne doch im mindesten zu blenden, so wurde die weiche, duftgesättigte Wärme durch den ständigen Hauch des Wassers erfrischt, und schon diese Luft einzuatmen war eine Lust, der nichts auf Erden gleichkommt.

Als Kamanita den ersten Anblick dieser Herrlichkeiten so weit verwunden hatte, daß sie ihn nicht mehr überwältigten, sondern anfingen, sich ihm als seine natürliche Umgebung unterzuordnen, richtete er seine Aufmerksamkeit auf jene anderen Wesen, die, wie er selber, ringsum auf den schwimmenden Lotusthronen saßen. Er bemerkte bald, daß die rot gekleideten männlichen, die weiß gekleideten weiblichen Geschlechts waren, während von den in blaue

Mäntel gehüllten Gestalten, wie ihm schien, einige diesem, einige jenem Geschlechte angehörten. Alle miteinander aber standen sie in vollster Jugendblüte, und alle schienen von freundlichster Gesinnung erfüllt zu sein.

Ein Nachbar in blauem Mantel flößte ihm besonderes Vertrauen ein, und die Lust, ein Gespräch mit ihm anzuknüpfen, regte sich in ihm.

»Ob es wohl angeht, von selber und unaufgefordert diesen Ehrwürdigen zu fragen?« dachte er. »Gar zu gern möchte ich doch wissen, wo ich bin.«

Zu seiner größten Verwunderung erfolgte die Antwort sofort, lautlos und ohne daß der Blaue die Lippen auch nur leise bewegt hätte:

»Du bist in Sukhavati, dem Orte der Seligkeit.«

Unwillkürlich fragte Kamanita in Gedanken weiter:

»Du warst hier, Ehrwürdigster, als ich die Augen aufschlug, denn mein Blick fiel sofort auf dich. Bist du vielleicht gleichzeitig mit mir erwacht, oder warst du schon lange hier?«

»Seit undenklichen Zeiten bin ich hier«, antwortete der Blaue, »und ich würde glauben, daß ich von Ewigkeit her hier wäre, wenn ich nicht so oft gesehen hätte, wie eine Lotusblume sich öffnete und ein neues Wesen zum Vorschein kam – und wenn nicht der Duft des Korallenbaumes wäre.«

»Was ist's denn mit diesem Duft?«

»Das wirst du selber bald entdecken. Der Korallenbaum ist das größte Wunder dieses Paradieses.«

Die Musik der himmlischen Genien, die wie von selber dieses lautlose Gespräch zu begleiten schien, mit ihren Weisen und Klängen sich jedem Satz desselben anschmiegend, gleichsam um seinen Sinn zu vertiefen und das klar zu machen, was die Worte nicht fassen konnten, wob bei diesen Worten ein seltsam mystisches Tongebilde, und es schien dem lauschenden Kamanita, als ob in seinem Geiste unendliche Tiefen sich öffneten, in deren Schatten formlose Erinnerungen sich regten, ohne erwachen zu können.

»Das größte Wunder!« sagte er nach einer Pause. »Ich meinte, von allem Wunderbaren hier sei das Wunderbarste jener herrliche Strom, der sich in unsern Teich ergießt.«

»Die himmlische Ganga«, nickte der Blaue.

»Die himmlische Ganga!« – wiederholte Kamanita träumerisch, und wiederum überkam ihn, nur in verstärktem Maße, jenes Gefühl von etwas, das er kennen müsse und doch nicht kennen konnte, während die geheimnisvollen Töne in den tiefsten Abgründen seines eigenen Selbstes die Quellen jenes Stromes zu suchen schienen.

Selige Reigen

Mit Verwunderung bemerkte Kamanita jetzt, wie eine nicht weit von ihm auf ihrer Lotusrose thronende weiße Gestalt plötzlich in die Höhe wuchs. Die aufgehäufte Masse der eckigen Mantelfalten wickelte sich auseinander, bis das Gewand geradlinig von den Schultern bis zum goldigen Saume hinabfloß. Und dieser berührte schon nicht mehr die Blumenblätter – die Gestalt schwebte frei über den Teich hin, über das Ufer hinauf, und verschwand zwischen den Bäumen und hinter dem Gebüsch.

»Wie herrlich muß das sein!« – dachte Kamanita. »Aber das ist wohl eine sehr schwierige Kunst, obschon es aussieht, als ob es gar nichts wäre. Ob ich das wohl jemals lernen kann?«

»Du kannst schon, wenn du nur willst«, antwortete der Blaue, an den die letzte Frage gerichtet war.

Sofort hatte Kamanita die Empfindung, als ob etwas seinen Körper in die Höhe höbe. Er schwebte schon quer über den Teich nach dem Ufer zu, und bald war er mitten im Grünen. Wohin er seinen Blick wünschend richtete, dorthin ging sein Flug, schnell oder langsam, je nach Verlangen. Er sah nun andere Lotusteiche, ebenso herrlich wie der, den er eben verlassen hatte, durchstreifte liebliche Haine, wo bunte Vögel von Zweig zu Zweig hüpften und ihr melodisches Zwitschern mit dem leisen Rauschen der Wipfel mischten, strich über blumenreiche Auen hin, wo niedliche Antilopen ihr Spiel trieben, ohne sich im geringsten vor ihm zu fürchten, und ließ sich endlich auf dem sanften Abhang eines Hügels nieder. Zwischen Baumstämmen und blühendem Gebüsch sah er die Ecke eines Teiches, wo das Wasser rings um die großen Lotusblüten glitzerte, deren Blumenthrone hier und dort eine selige Gestalt trugen, während mehrere selbst von den ganz entfalteten leer waren.

Es war nämlich offenbar gerade ein Augenblick des allgemeinen Schwärmens. Wie an einem warmen Sommerabend die Leuchtkäfer unter den Bäumen und um das Gebüsch hin und her kreisen, ein stilles, leuchtendes Treiben, also schwebten hier die seligen Gestalten, einzeln und paarweise, in ganzen Gruppen oder Reihen durch die Haine und um die Felsen. Dabei sah man es ihren Mienen und Blicken an, daß sie sich lebhaft miteinander unterhielten und man ahnte die unsichtbaren Fäden des Gespräches, die sich zwischen den lautlos Dahinziehenden hinüber und herüber spannen.

In süßer, traumhafter Befangenheit genoß Kamanita dies reizende Schauspiel. Nach und nach entstand in ihm ein Verlangen, sich mit diesen Fröhlichen zu unterhalten.

Sofort war er von einer ganzen Gesellschaft umringt, die ihn freundlich begrüßte als den Neuangekommenen, den soeben Erwachten.

Kamanita wunderte sich sehr und fragte, ob denn das Gerücht von seinem Entstehen sich schon überall in Sukhavati verbreitet hätte.

»O, wenn ein Lotus sich öffnet, regen sich alle Lotusblumen in den Paradiesteichen, und jedes Wesen fühlt, wenn hier irgendwo ein neues Wesen zur Seligkeit erwacht.«

»Aber wie könnt ihr wissen, daß gerade ich der Neue bin?«

Die ihn Umschwebenden lächelten lieblich.

»Du bist noch nicht so ganz erwacht.«

»Du blickst uns an, als ob du Traumgestalten sähest und dich davor fürchtetest, daß sie plötzlich verschwinden könnten und daß eine rauhe Wirklichkeit dich wieder umgeben möchte.«

Kamanita schüttelte den Kopf.

»Ich verstehe euch nicht so recht. Was sind Traumgestalten?«

»Ihr vergeßt«, sagte eine Weißgekleidete, »daß er gewiß noch nicht am Korallenbaume war.«

»Nein, dort war ich noch nicht. Aber ich habe doch schon von ihm gehört. Mein Nachbar im Teiche sprach mir davon; der Baum soll solch ein Wunder sein. Was ist's denn mit ihm?«

Aber sie lächelten alle geheimnisvoll, sich gegenseitig anblickend und den Kopf schüttelnd.

»Ich möchte gern sofort hin. Will mir niemand den Weg zeigen?«

»Den Weg findest du schon selber, wenn die Zeit gekommen ist.«

Kamanita strich sich mit der Hand über die Stirn.

»Noch ein Wunderding war da, von dem er sprach. … Ja! Die himmlische Ganga … Von ihr wird unser Teich gespeist. Ist das mit dem eurigen auch so?«

Die Weißgekleidete zeigte nach dem klaren Flüßchen, das sich um den Fuß des Hügels wand und in gemächlichen Krümmungen sich dem Teiche zuschlängelte.

»Das ist unser Zufluß. Unzählige solcher Adern durchziehen diese Gefilde, und auch das, was du gesehen hast, ist nur eine solche, wenn auch eine größere. Aber die himmlische Ganga selber umschließt das ganze Sukhavati.«

»Hast du auch sie selber gesehen?«

Die Weiße schüttelte den Kopf.

»So kann man denn nicht dorthin kommen?«

»Man kann schon«, antworteten sie alle. »Aber keiner von uns war dort. Warum sollten wir auch? Nirgends kann es schöner sein als hier. Einige andere freilich waren da – aber sie sind nie wieder hingeflogen.«

»Warum denn nicht?«

Die Weiße zeigte nach dem Teiche:

»Siehst du den Roten dort, fast am anderen Ufer? – Er war dort, es ist lange, lange her. Wollen wir ihn fragen, ob er später noch einmal nach dem Gestade der Ganga geflogen ist?«

»Nimmermehr«, klang sofort die Antwort des Roten.

»Und warum denn nicht?«

»Fliege selber hin und hole dir Antwort.«

»Wollen wir? Mit dir zusammen darf ich schon.«

»Ich möchte wohl hin – aber jetzt nicht.«

Aus einem nahen Hain schwebte ein Zug seliger Gestalten hervor, schlang sich zu einem Reigen um das Wiesengebüsch, und indem die Reihe sich ausdehnte, ergriff die äußerste Gestalt – eine hellblaue – die Hand der Weißen. Diese reichte einladend ihre andere Hand Kamanita hin.

Er dankte ihr lächelnd, schüttelte aber leise den Kopf: – »Noch möchte ich lieber zusehen.«

»Ja, ruhe nur, und erwache. Auf Wiedersehen!«

Und von der Hellblauen sanft fortgezogen, schwebte sie von dannen, im luftigen Ringeltanz.

Und auch die anderen zogen mit freundlichem, aufmunterndem Gruß davon, um ihm Ruhe zur Sammlung zu geben.

Der Korallenbaum

Kamanita folgte ihnen lange mit dem Blick und wunderte sich. Und dann wunderte er sich über sein Wundern. »Wie kommt es denn, daß Alles mich hier so seltsam anmutet? Wenn ich hierher gehöre, warum scheint mir dann nicht Alles selbstverständlich? – Aber jede neue Erscheinung hier ist mir rätselhaft und setzt mich in Erstaunen. Zum Beispiel dieser Duft, der jetzt plötzlich an mir vorüberweht. Wie ist er doch so ganz verschieden von allem anderen Blumendufte hier – viel voller und mächtiger, anziehend und beunruhigend zugleich. Wo mag er wohl herkommen?

… Aber wo mag ich wohl selber herkommen? Es scheint, als ob ich vor kurzem noch ein Nichts gewesen bin. Oder habe ich doch ein Dasein gehabt, nur nicht hier? Aber wo dann? Und wie bin ich denn hierhergekommen?«

Während diese Fragen in ihm aufstiegen, hatte sich sein Körper, ohne daß er es bemerkte, vom Rasen losgelöst, und er schwebte schon weiter – aber in keiner von den Richtungen, denen die anderen gefolgt waren. Kamanita stieg aufwärts, gegen eine Einsattelung im Gipfel des Hügels. Als er über sie hinstrich, wurde er von einem noch stärkeren Hauch jenes neuen, seltsamen Duftes empfangen.

Kamanita flog weiter.

Jenseits des Hügels verlor die Gegend etwas an Lieblichkeit. Der Blumenflor war spärlicher, das Gebüsch dunkler, die Haine dichter, die Felsen schroffer und höher. Herden von Gazellen weideten da, aber nur ganz vereinzelt zeigte sich eine selige Gestalt.

Das Tal verengte sich und mündete in eine Kluft. Hier war jener Duft noch stärker. Immer schneller wurde seine Flucht, immer nackter, steiler und höher schlossen sich die Felsenwände zusammen, bis nirgends mehr ein Ausgang zu sehen war.

Die Schlucht machte ein paar scharfe Wendungen und öffnete sich plötzlich.

Um Kamanita breitete sich ein von himmelstrebenden Malachitfelsen eingeschlossener Talkessel, und mitten in diesem stand der Wunderbaum.

Stamm und Äste waren von blanker, roter Koralle; ein wenig gelblicher war die Röte des krausen Laubwerkes, aus dem die Blüten tief karmesinfarbig hervorglühten.

Über Felsenzinnen und Baumwipfel spannte der Himmel sich dunkelblau, ohne daß ein einziges Wölkchen zu sehen war. Auch drang die Musik der Genien kaum hierher – was noch in der Luft zitterte, war wie eine Erinnerung an längst gehörte Melodien.

Nur drei Farben waren da: das Ultramarinblau des Himmels, das Malachitgrün der Felsen, das Korallenrot des Baumes. Und nur *ein* Duft – jener geheimnisvolle, allen anderen unähnliche Duft der karmesinroten Blumen, der Kamanita hierher geführt hatte.

Und alsbald zeigte sich nun auch die Wunderart dieses Duftes:

Als Kamanita ihn hier einsog, wo er verdichtet den ganzen Kessel füllte, erweiterte sich plötzlich sein Bewußtsein und überschwemmte und durchbrach die Schranke, die bis jetzt hinter seinem Erwachen im Teiche errichtet gewesen war.

Sein vorheriges Leben lag offen vor ihm:

Er sah die Halle des Hafners, wo er mit jenem törichten Buddhamönch im Gespräche saß; er sah das Gäßchen in Rajagaha, das er durcheilte, und die ihm entgegenstürmende Kuh – dann die bestürzten Gesichter ringsum und die gelbgekleideten Mönche. ... Und er sah die Waldungen und Landstraßen seiner Pilgerschaft, seinen Palast und seine beiden Frauen, die Hetären Ujjenis, die Räuber, den Krishnahain und die Terrasse der Sorgenlosen mit Vasitthi, das Elternhaus und die Kinderstube. ...

Und dahinter sah er ein anderes Leben und noch eins und noch eins – und immer noch andere, wie man die Baumreihe einer Landstraße sieht, bis die Bäume zu Punkten werden und die Punkte in einen einzigen Schattenstreifen zusammenschmelzen.

Bei diesem Anblick schwindelte ihm. Und sofort befand er sich wieder in der Kluft, wie ein Blatt, das vom Winde getrieben wird. Denn das erstemal hält niemand den Duft des Korallenbaumes lange aus, und der Selbsterhaltungstrieb führt Jeden beim ersten Schwindel von dannen.

Als er nun ruhiger durch das offene Tal schwebte, erwog Kamanita:

»Jetzt verstehe ich, warum die Weiße sagte, ich sei wohl noch nicht am Korallenbaume gewesen. Denn freilich konnte ich damals nicht verstehen, Was sie mit ›Traumgestalten‹ meinten; jetzt aber weiß ich es, denn in jenem Leben habe ich ja solche gesehen. Und jetzt begreife ich auch, warum ich hier bin. Ich wollte ja im Mangohaine bei Rajagaha den Buddha aufsuchen. Freilich wurde das durch meinen plötzlichen, gewaltsamen Tod vereitelt, aber mein guter Wille ist mir angerechnet worden, und so bin ich an diesen Ort der Seligkeit gelangt, als ob ich zu seinen Füßen gesessen und in seiner beseligenden Lehre gestorben wäre. Also ist mein Pilgergang nicht vergebens gewesen.«

Und Kamanita erreichte bald wieder den Teich und ließ sich auf seine rote Lotusrose nieder, wie ein Vogel, der sein Nest aufsucht.

Die Knospe öffnet sich

Plötzlich schien es Kamanita, als ob unten im Teiche sich etwas Lebendiges bewege. In der kristallenen Tiefe wurde er undeutlich einen aufsteigenden Schatten gewahr. Das Wasser brodelte und wallte, und eine große Lotusknospe mit roter Spitze schoß wie ein Fisch aus der Flut empor, um dann schwimmend auf der Wasserfläche sich zu wiegen, die erst in Kreisen wellte und dann noch lange danach wie zersplittert zitterte und glitzerte, farbensprühend, als ob der Teich mit fließenden Diamanten gefüllt wäre, während der Widerschein der Wasserblinke wie kleine Flammen über die Lotusblätter, die Gewänder und die Gesichter der seligen Gestalten emporflatterte.

Und auch das Gemüt Kamanitas erzitterte und strahlte in allen seinen verborgenen Farben, auch über sein Herz schien ein Widerschein freudiger Bewegung spielend hinzutanzen.

»Was war das wohl?« fragte sein Blick den blauen Nachbar.

»Tief unten, in weiten Weltfernen, auf der trüben Erde, hat in diesem Augenblick eine menschliche Seele ihren Herzenswunsch darauf gerichtet, hier in Sukhavati wieder ins Dasein zu treten. Nun wollen wir auch beobachten, ob die Knospe sich schön entwickelt und zum Blühen gelangt. Denn gar manche Seele richtet ihren Wunsch auf den reinen Ort der Seligkeit, vermag aber nicht, danach zu leben, sondern verstrickt sich wieder in unheilige Leidenschaften, versinkt in die Lust des Fleisches und bleibt an dem Erdenschmutze haften. Dann aber verkümmert die Knospe und verschwindet zuletzt gänzlich. Diesmal ist es, wie du siehst, eine männliche Seele. Eine solche kommt in dem bunten Welttreiben leichter vom Paradieswege ab, weshalb du auch bemerken wirst, daß, wenn auch die roten und die weißen sich an Zahl ziemlich gleichkommen, unter den blauen die helleren, weiblichen, bei weitem die meisten sind.«

Bei dieser Mitteilung erbebte das Herz Kamanitas gar sonderbar, als ob auf einmal schmerzliche Freude und lustgebärendes Weh es in schwankende Bewegung setzten, und sein Blick ruhte rätselratend auf einer geschlossenen Lotusrose, die, weiß wie die Brust eines Schwans, dicht neben ihm sich in dem noch leise bewegten Wasser anmutig wiegte.

»Kannst du dich auch darauf besinnen, daß du einmal gesehen hast, wie die Knospe meines Lotus sich aus der Tiefe erhob?« fragte er den erfahrenen Nachbar.

»Gewiß, denn sie tauchte ja zusammen mit dieser weißen Blume auf, die du jetzt gerade betrachtest. Und ich habe das Paar immer beobachtet, manchmal nicht ohne Besorgnis. Denn ziemlich bald fing deine Knospe an, sichtlich zusammenzuschrumpfen und sie war fast gänzlich unter die Wasserfläche hinabgesunken, als sie sich plötzlich wieder erhob, voller und blanker wurde und sich dann gar prächtig bis zum Entfalten entwickelte. Die weiße aber wuchs langsam, allmählich und gleichmäßig ihrer Entfaltung entgegen – dann aber wurde auch sie plötzlich wie von einer Krankheit befallen. Doch sie erholte sich rasch wieder und wurde solch herrliche Blume, wie du sie jetzt vor dir siehst.«

Bei diesen Worten erhob sich in Kamanita eine so freudige Bewegung, daß es ihn dünken wollte, als sei er bis jetzt nur ein trüber Gast an einem trüben Ort gewesen, – dermaßen schien jetzt Alles um ihn herum zu leuchten, zu duften und zu klingen.

Und als ob sein Blick, der unverwandt auf dem weißen Lotus ruhte, ein Zauberstab wäre, um verborgene Schätze zu heben, regte sich die Spitze der Blume, die Blätter bogen ihre Ränder nach vorne und neigten sich nach allen Seiten; und sieh' – in ihrer Mitte saß Vasitthi mit weit geöffneten Augen, deren süß lächelnder Blick dem seinigen begegnete.

Und Kamanita und Vasitthi streckten gleichzeitig die Arme nach einander aus, und, ihre Hände ineinanderlegend, schwebten sie über den Teich dem Ufer zu.

Kamanita merkte wohl, daß Vasitthi ihn noch nicht wiedererkannte, sondern sich ihm nur unwillkürlich zuwandte, wie die Sonnenblume der Sonne. Wie hätte sie ihn auch erkennen sollen, da doch niemand sofort bei seinem Erwachen sich seines vorausgegangenen Lebens erinnerte – wenn auch in den Tiefen ihres Gemütes sich bei seinem Anblick dunkle Ahnungen regen mochten, wie einst bei ihm, als sein Nachbar von der himmlischen Ganga sprach.

Er zeigte ihr den strahlenden Fluß, der sich still in den Teich ergoß:

»So speisen die silbrigen Wellen der himmlischen Ganga alle Lotusteiche in den Gefilden der Seligen.«

»Die himmlische Ganga?« wiederholte sie fragend und strich sich mit der Hand über die Stirn.

»Komm, wir wollen nach dem Korallenbaum.«

»Dort aber ist der Hain und das Gebüsch so lieblich, und sie spielen dort solch heitere Spiele«, sagte Vasitthi, nach einer anderen Richtung zeigend.

»Nachher! Jetzt wollen wir zuerst nach dem Korallenbaum, um dich durch seinen Wunderduft zu erquicken.«

Wie ein Kind, das man durch Versprechen auf ein neues Spielzeug darüber getröstet hat, daß es am fröhlichen Treiben der Kameraden nicht teilnehmen darf, so folgte Vasitthi ihm willig. Als der Duft ihnen entgegenzuwehen begann, belebten sich ihre Züge mehr und mehr.

»Wo führst du mich hin?« fragte sie, als sie in die enge Felsenschlucht einlenkten. »Niemals bin ich noch so erwartungsvoll gewesen. Und es kommt mir vor, als ob ich schon oft voll Erwartung war, obschon dein Lächeln mich daran erinnert, daß ich ja eben erst zum Bewußtsein erwacht bin. Aber du hast dich geirrt, hier kann man ja nicht weiter.«

»O, man kann weiter, viel, *viel* weiter«, lächelte Kamanita, »und vielleicht wirst du jetzt gewahr, daß jenes Gefühl dich nicht getäuscht hat, liebste Vasitthi!«Und schon öffnete sich vor ihnen das Talbecken der Malachitfelsen mit dem roten Korallenbaum und dem tiefblauen Himmel, und der Duft aller Düfte umfing sie.

Vasitthi legte die Hände auf ihre Brust, wie um ihr gar zu tiefes Atmen zu hemmen, und am schnellen Wechsel von Licht und Schatten in ihren Zügen erkannte Kamanita, wie der Sturm der Lebenserinnerungen über sie dahinbrauste.

Plötzlich erhob sie ihre Arme und warf sich an seine Brust:

»Kamanita, mein Liebster!«

Und er trug sie von dannen, im Eilfluge durch die Schlucht zurückstürmend.

Im offenen, noch etwas ernsten Tal, mit dunklem Gebüsch und dichten Hainen, wo die Gazellen spielten, aber keine menschliche Gestalt die Einsamkeit störte, ließ er sich mit ihr unter einem Baume nieder.

»O, du Ärmster!« – sprach Vasitthi, »was mußt du gelitten haben! Und was mußt du von mir gedacht haben, als du erfuhrst, daß ich Satagira geheiratet hatte!«

Aber Kamanita erzählte ihr, wie er das nicht durch eine Nachricht erfahren, sondern selber in der Hauptstraße Kosambis den Hochzeitszug gesehen habe, und wie der namenlose Jammer, der auf ihrem Gesichte geprägt stand, ihn unmittelbar davon überzeugt habe, daß sie nur dem Zwang ihrer Eltern nachgegeben hätte.

»Aber keine Macht der Erde hätte mich gezwungen, du einzig Geliebter, wenn ich nicht hätte glauben müssen, den sicheren Beweis zu haben, daß du nicht mehr am Leben seist.«

Und Vasitthi hub an, ihre damaligen Erlebnisse zu berichten.

Die Kette mit dem Tigerauge

Als du, mein Freund, Kosambi verlassen hattest, schleppte ich meine Tage und Nächte elend dahin, wie es ein Mädchen tut, das vom schleichenden Fieber der Sehnsucht verzehrt wird und dabei in tausend Ängsten um den Geliebten schwebt. Ich wußte ja nicht einmal, ob du noch die Erdenluft mit mir atmetest. Denn ich hatte gar oft von den Gefahren solcher Reisen gehört. Und nun mußte ich mir auch noch die schrecklichsten Vorwürfe machen, weil ich ja selber durch den törichten Eigensinn meiner Liebe die Schuld daran trug, daß du nicht unter dem Schutze der Gesandtschaft die Rückreise in völliger Sicherheit gemacht hattest. Und dennoch vermochte ich nicht, diese meine Unbesonnenheit zu bereuen, da ich ihr doch alle jene schönen Erinnerungen verdankte, die mein ganzer Schatz waren.

Selbst Medinis aufmunternde und tröstende Worte vermochten nur selten die Wolke meiner Schwermut zeitweilig zu vertreiben. Mein bester und treuester Freund war der schöne Asokabaum, unter dem wir in jener herrlichen Mondnacht standen, die du, mein süßer Freund, gewiß nicht vergessen hast, und den ich damals mit den Worten Damayantis anredete. Unzählige Male versuchte ich aus dem Rauschen seiner Blätter eine Antwort auf meine besorgte Frage herauszuhören, in dem Fallen einer Blume oder dem Spiele der Lichtflecken auf dem Boden irgend eine Vorbedeutung zu sehen. War dann einmal ein solches selbstgemachtes Orakelzeichen im günstigen Sinne ausgefallen, dann konnte ich mich einen ganzen Tag oder noch länger fast glücklich fühlen und hoffnungsvoll in die Zukunft schauen. Gerade dadurch wuchs dann aber die Sehnsucht, und mit ihr kehrten dann die Befürchtungen zurück, wie böse Träume der Fieberhitze entwachsen.

In diesem Zustand war es fast eine Wohltat, daß es bald nicht länger meiner Liebe erlaubt wurde, in einsamer Tatenlosigkeit nur ihrem Leide zu leben, sondern daß sie in eine Kampfstellung gedrängt wurde, in der sie alle ihre Kräfte zusammennehmen mußte, wenn ich mich auch dadurch fast mit meinen Nächsten völlig entzweit hätte.

Satagira, der Sohn des Ministers, verfolgte mich nämlich jetzt immer eifriger mit den Zeichen seiner Liebe, und ich konnte mich nicht mehr in einem öffentlichen Lustgarten mit meinen Gespielinnen zeigen, ohne daß er da war und mich zum Gegenstand seiner aufdringlichen Aufmerksamkeit machte. Daß ich diese nicht im geringsten erwiderte, ja ihm deutlicher, als es höflich war, zeigte, wie sehr sie mir verhaßt war, hatte nicht die mindeste abkühlende Wirkung. Bald fingen nun meine Eltern an, erst mit allerlei Andeutungen, dann immer unverblümter, seine Sache zu befürworten, und als er schließlich mit seinem Werben offen hervortrat, verlangten sie, daß ich ihm meine Hand geben sollte. Ich versicherte ihnen unter bitteren Tränen, niemals Satagira lieben zu können; das machte jedoch nur wenig Eindruck auf sie. Aber ebensowenig wirkten auf mich ihre Vorstellungen, ihr Bitten und Zürnen, das Flehen meiner Mutter, die Drohungen meines Vaters.

In die Enge getrieben, erklärte ich ihnen zuletzt geradeaus, daß ich mich *dir* – von dem sie schon durch Satagira gehört hatten – versprochen hätte, und daß keine Macht der Welt mich zwingen könnte, dir das heilige Wort zu brechen und einem Anderen anzugehören. Käme es aber zum Äußersten, dann würde ich durch dauernde Verweigerung jedweder Nahrung mir selber den Tod geben.

Als meine Eltern nun merkten, daß ich wohl imstande war, diese Drohung auszuführen, gaben sie endlich, wenn auch sehr betrübt und erzürnt, die Sache auf; und auch Satagira schien sich nun in sein Schicksal zu fügen und darauf bedacht zu sein, sich über seine Niederlage in der Liebe durch Siegestaten auf einem rauheren Schlachtfelde zu trösten.

In dieser Zeit meldete das Gerücht viel Schreckliches von dem Räuber Angulimala, der mit seiner Bande ganze Gegenden verheerte, die Dörfer einäscherte und die Wege so unsicher machte, daß zuletzt fast niemand mehr wagte, nach Kosambi zu reisen. Ich geriet darob in große Angst, denn ich fürchtete natürlich, daß du jetzt endlich kommen und unterwegs in seine Hände fallen möchtest. Es verlautete nun plötzlich, Satagira habe den Oberbefehl über eine große Truppenmacht erhalten, um die ganze Gegend von Kosambi zu säubern und womöglich Angulimala selber und die anderen Hauptführer der Bande gefangen zu nehmen. Er habe, hieß es, geschworen, dies zu erreichen oder bei dem Versuche im Kampfe zu fallen.

So wenig ich auch sonst dem Sohne des Ministers hold war, so konnte ich doch nicht umhin, ihm diesmal besten Erfolg zu gönnen, und als er auszog, folgten meine segnenden Wünsche seinen Fahnen.

Etwa eine Woche später war ich mit Medini im Garten, als wir von der Straße her lautes Geschrei vernahmen. Medini lief sofort hin, um zu erfahren, was geschehen sei und meldete alsbald, Satagira kehre im Triumph nach der Stadt zurück, nachdem er die Räuber niedergemetzelt oder gefangen genommen habe; auch der schreckliche Angulimala sei lebendig in seine Hände gefallen. Sie forderte mich auf, mit ihr und Somadatta auf die Straße zu gehen, um den Einzug der Krieger und der gefangenen Räuber zu sehen, aber ich wollte nicht, weil ich es Satagira nicht gönnte, mich unter den Zuschauern seines Triumphes zu sehen. So blieb ich denn allein zurück, überglücklich bei dem Gedanken, daß die Wege für meinen Geliebten jetzt wieder geöffnet seien. Denn so wenig ahnen ja die Sterblichen den Gang des Schicksals, daß sie manchmal, wie ich es damals tat, als einen Glückstag den Tag begrüßen, an welchem gerade ihr Leben eine Wendung zum Düsteren nimmt.

Am folgenden Morgen trat mein Vater in mein Zimmer. Er überreichte mir eine kristallene Kette mit einem Tigeraugen-Amulett und fragte mich, ob ich sie wohl erkenne.

Mir war, als ob ich umsinken müßte, aber ich nahm alle meine Kräfte zusammen und antwortete, die Kette ähnele einer, die du immer um den Hals getragen hättest.

»Sie ähnelt ihr nicht«, sagte mein Vater mit grausamer Ruhe – »sie *ist* es. Als Angulimala gefangen genommen wurde, trug er sie, und Satagira erkannte sie sofort wieder. Denn, wie er mir erzählte, hat er einmal mit Kamanita im Parke um deinen Ball gerungen. Dabei zerriß Kamanitas Kette, die er ergriffen hatte, um seinen Widersacher daran zurückzuhalten, und blieb in seinen Händen, so daß er sie genau betrachten konnte. Er war überzeugt, sich nicht zu täuschen. Auch hat dann Angulimala, peinlich befragt, eingestanden, daß er vor etwa zwei Jahren die Karawane Kamanitas auf ihrem Rückwege nach Ujjeni in der Gegend von Vedisa angegriffen, die Leute niedergemetzelt und Kamanita mit einem Diener gefangen genommen habe. Den Diener schickte er nach Ujjeni um Lösegeld. Da dies aber aus irgend einem Grunde ausblieb, hat er nach dem Brauch der Räuber Kamanita getötet.«

Bei diesen schrecklichen Worten hätte mich wohl die Besinnung verlassen, wenn sich nicht meinen verzweifelten Gedanken sofort eine Möglichkeit eröffnet hätte, noch gegen die Hoffnung selbst zu hoffen:

»Satagira ist ein schlechter und verschlagener Mensch«, antwortete ich mit scheinbarer Ruhe, »der vor keinem Betrug zurückschreckt, und er hat sein Herz oder vielmehr seinen Stolz darauf gesetzt, mich zur Frau zu gewinnen. Wenn er damals die Kette so genau betrachtet hat, was sollte ihn dann hindern, eine ähnliche anfertigen zu lassen? Ich glaube, als er von Angulimala hörte, ist er auf diesen Gedanken verfallen. Hätte er auch nicht Angulimala selber gefangen, so könnte er doch immer sagen, die Kette sei im Besitz der Räuber gefunden worden und sie hätten eingestanden, Kamanita getötet zu haben.«

»Das ist kaum möglich, meine Tochter«, sagte mein Vater kopfschüttelnd – »und zwar aus einem Grunde, den du freilich nicht sehen kannst, den ich aber glücklicherweise als Goldschmied dir aufdecken kann. Wenn du die kleinen Goldglieder betrachtest, die die Kristallstücke miteinander verbinden, so wirst du bemerken, daß das Metall rötlicher ist als das der hiesigen Schmucksachen, weil wir in unseren Legierungen mehr Silber als Kupfer verwenden. Auch ist die Arbeit gerade von der etwas gröberen Art, wie man sie in den Gebirgsländern ausführt.«

Mir schwebte die Antwort auf der Zunge, er sei selber ein so geschickter Goldschmied, daß sowohl die richtige Zusammensetzung als auch die charakteristische Bearbeitung des Goldes ihm wohl gelingen dürfte; denn ich sah

Alles gegen unsere Liebe verschworen und traute selbst meinen Nächsten nicht. Indessen begnügte ich mich damit, zu sagen, ich ließe mich keineswegs durch diese Kette überzeugen, daß mein Kamanita nicht mehr am Leben sei.

Mein Vater verließ mich nun in großem Zorn, und ich konnte mich in der Einsamkeit ganz meiner Verzweiflung hingeben.

Der Wahrheitsakt (Saccakiriya)

Die ersten Stunden der Nacht verbrachte ich in dieser Zeit immer auf der Terrasse der Sorgenlosen, entweder allein oder mit Medini zusammen. An diesem Abend war ich allein da, was mir in meiner augenblicklichen Stimmung auch das liebste war. Der Vollmond strahlte herab wie damals, und ich stand vor dem großen blütenreichen Asoka, um mir von ihm, dem »Herzfrieden«, eine tröstende Vorbedeutung für mein friedloses Herz zu erbitten. Und ich sagte zu mir selber: »Wenn zwischen mir und dem Stamm eine safrangelbe Blume niederfällt, bevor ich bis hundert gezählt habe, dann ist mein geliebter Kamanita noch am Leben.«

Als ich bis fünfzig gezählt hatte, fiel eine Blume nieder, aber eine orangefarbige. Als ich die Zahl achtzig erreicht hatte, fing ich an, langsamer und immer langsamer zu zählen. Da öffnete sich knarrend eine Tür in der Ecke zwischen Terrasse und Hausmauer, wo eine Treppe in den Hof hinunterführte – ein Zugang, der eigentlich nur für Arbeiter und Gärtner bestimmt war.

Mein Vater trat hervor und hinter ihm Satagira. Ein paar bis an die Zähne bewaffnete Reisige folgten, danach kam ein Mann, der die anderen um Haupteslänge überragte, und zuletzt beschlossen noch andere Reisige diesen seltsamen, ja unerklärlichen Aufzug. Zwei von den letzteren blieben als Wache an der Tür zurück, alle übrigen kamen auf mich zu. Dabei fiel es mir auf, daß der Riese in ihrer Mitte nur mit Mühe gehen konnte, und daß bei jedem seiner Schritte ein unheimliches Klirren und Rasseln ertönte.

In diesem Augenblick schwebte eine safrangelbe Asokablume nieder und blieb gerade vor meinen Füßen liegen.

Aber ich hatte vor Verwunderung zu zählen aufgehört und wußte daher nicht mehr festzustellen, ob sie vor oder nach der Zahl Hundert gefallen war.

Als die Gruppe nun aus dem Mauerschatten in das volle Mondlicht heraustrat, sah ich mit Entsetzen, daß jene Riesengestalt mit Eisenketten beladen war. Die Hände waren ihm auf dem Rücken gefesselt; um die Fußknöchel klirrten schwere, durch Kugelstangen verbundene eiserne Ringe, von denen doppelte Eisenketten zum Halsringe hinaufführten, an welchen wiederum zwei andere Ketten befestigt waren, die von zwei Reisigen gehalten wurden. Wie bei Einem, der zum Richtplatz geführt wird, hing ihm ein Gewinde von roten Kanaverablüten um den Nacken und die haarige Brust, und das rotgelbe Backsteinpulver, mit dem sein Haupt bestreut war, ließ das wirr über die Stirn herabhängende Haar und den fast bis an die Augen reichenden Bart noch wilder erscheinen. Aus dieser Maske hervor blitzten die Augen mir entgegen – jedoch nur eben blitzartig schnell; dann senkte sich der Blick und irrte scheu wie der eines bösen Tieres am Boden umher.

Wen ich vor mir hatte, danach hätte ich auch *dann* nicht zu fragen gebraucht, wenn die Kanaverablüten jenes Wahrzeichen seines furchtbaren Namens verdeckt hätten: das Halsband von Menschendaumen.*

»Nun, Angulimala«, brach Ṣatagira das Schweigen, »wiederhole vor dieser edlen Jungfrau, was du auf der Folter von der Ermordung des jungen Kaufmanns Kamanita aus Ujjeni gestanden hast.«

* Angulimala = Fingerkranz.

»Kamanita wurde nicht ermordet«, antwortete der Räuber mürrisch, »sondern gefangen genommen und unseren Gebräuchen gemäß umgebracht.«

Und er erzählte mir nun in wenigen Worten, was mein Vater mir schon darüber gesagt hatte.

Ich stand unterdessen mit dem Rücken an den Asokabaum gelehnt und hielt mich mit beiden Händen an den Stamm gestützt, die Fingernägel krampfhaft in die Rinde grabend, um nicht umzusinken. Als Angulimala zu Ende gesprochen hatte, schien sich Alles um mich im Kreise zu drehen. Noch gab ich es aber nicht auf.

»Du bist ein ehrloser Räuber und Mörder«, sagte ich, »was kann mir dein Wort gelten? Warum solltest du nicht aussagen, was der dir befiehlt, in dessen Gewalt dich deine Missetaten gebracht haben?«

Und wie auf eine plötzliche Eingebung, die mich selber überraschte und mir fast einen Hoffnungsschimmer aufleuchten ließ, fügte ich hinzu:

»Du darfst mir ja nicht einmal in die Augen sehen – du, der Schrecken aller Menschen – mir, einem schwachen Mädchen! Du darfst es nicht – weil du auf Anstiftung dieses Mannes eine feige Lüge sagst.«

Angulimala blickte nicht auf, aber er lachte grimmig und antwortete mit einer Stimme, die wie das Brummen eines gefesselten Raubtieres klang:

»Wozu sollte das wohl gut sein, dir in die Augen zu sehen? Das überlasse ich den jungen Fanten. Dem Blicke eines ehrlosen Räubers würdest du ja doch ebensowenig glauben wie seinen Worten. Und von seinem Eide würdest du wohl auch nicht mehr halten.«

Er trat einen Schritt näher.

»Wohlan, Mädchen! So sei nun Zeugin meines ›Wahrheitsaktes‹.«

Noch einmal traf mich der Blitz seines Blickes, als dieser sich aufwärts nach dem Monde richtete, so daß mitten im Gewirr seines mißfarbigen Haares und Bartes nur die weißen Augäpfel zu sehen waren. Seine Brust arbeitete, daß die roten Blumen sich tanzend bewegten, und mit einer Stimme, wie wenn der Donner zwischen den Wolken rollt, rief er:

»Die du den Tiger zäumest, schlangengekrönte, nächtige Göttin! Die du im Mondschein auf Bergeszinnen tanzest, mit dem Schädelhalsband rasselnd, zähnefletschend, die Blutschale schwingend, Kali, Herrin der Räuber, die du mich durch tausend Gefahren geführt hast, höre mich! So wahr ich nie mit dem Opfer kargte, so wahr ich deine Gesetze immer treulich gehalten habe, so wahr ich auch mit diesem Kamanita getreu verfuhr nach deiner Satzung, die uns ›Absendern‹ gebietet, wenn das Lösegeld nicht zur festgesetzten Stunde eintrifft, den Gefangenen mitten durchzusägen und die Körperteile auf die Landstraße zu werfen: – so wahr wirst du mir jetzt in meiner höchsten Not beistehen, meine Ketten zerreißen und mich aus den Händen meiner Feinde befreien!«

Indem er das sagte, machte er eine gewaltsame Bewegung – die Ketten klirrten – Arme und Beine waren frei – die beiden Reisigen, die ihn hielten, lagen am Boden, einen dritten schlug er mit dem Kettenstück, das an seinem Handgelenke hing, nieder, und bevor jemand von uns recht begriff, was eigentlich geschehen war, hatte Angulimala sich über die Brustwehr geschwungen. Mit einem wilden Schrei stürmte Satagira ihm nach. – Das war das Letzte, was ich sah und hörte.

Nachher erfuhr ich, daß Angulimala gestürzt sei, sich einen Fuß gebrochen habe und von der Wache festgenommen worden sei; später sei er dann im Gefängnis auf der Folter gestorben, und sein Kopf über dem nördlichen Stadttor aufgesteckt worden, woselbst Medini und Somadatta ihn gesehen haben.

Durch den Wahrheitsakt Angulimalas war der letzte Zweifel und die letzte Hoffnung von mir gewichen. Denn ich wußte wohl, daß selbst jene teuflische Göttin kein Wunder zu seiner Rettung hätte wirken können, wenn er nicht die Macht der Wahrheit auf seiner Seite gehabt hätte.

Was nun aus mir wurde, darum kümmerte ich mich wenig, denn auf dieser Erde war ja doch Alles für mich verloren. Nur im Paradiese des Westens konnten wir uns wiedersehen: du warst vorausgegangen, und ich würde, so hoffte ich, bald folgen. Dort blühte das Glück, alles andere war gleichgültig.

Da nun Satagira sein Werben fortsetzte und meine Mutter mir immer wieder jammernd und weinend Vorstellungen machte, sie würde gebrochenen Herzens sterben, wenn sie durch mich die Schmach erlitte, daß ich unverheiratet im Elternhause sitzen bliebe – hätte sie dann doch ebensogut das häßlichste Mädchen von Kosambi zur Welt bringen können! – da erlahmte endlich nach und nach mein Widerstand.

Übrigens hatte ich auch jetzt nicht mehr so viel gegen Satagira einzuwenden wie früher. Ich konnte nicht umhin, die Standhaftigkeit und Treue seiner Neigung anzuerkennen, und ich fühlte auch, daß ich ihm Dankbarkeit schuldig war, weil er den Tod meines Geliebten gerächt hatte.

So wurde ich denn – als wiederum fast ein Jahr verstrichen war – die Braut Satagiras.

Am Gestade der himmlischen Ganga

Als Kamanita merkte, daß selbst hier, am Orte der Seligkeit, diese Erinnerungen die noch zarte, neuerwachte Seele der Geliebten wie mit dunklen Fittichen überschatteten, faßte er sie bei der Hand und führte sie weiter, indem er ihren gemeinsamen Flug nach jenem lieblichen Hügel richtete, auf dessen Abhang er kürzlich gelegen und dem Spiele der Schwebenden zugeschaut hatte.

Hier lagerten sie sich. Schon waren Haine und Gebüsche, Wiesen und Hügelabhänge voll unzähliger schwebender Gestalten, roter, blauer und weißer. Immer neue Gruppen umringten sie, um die Neuerwachte zu begrüßen. Und die beiden mischten sich in die Reihen der Spielenden.

Schon lange waren sie hin und her durch die Haine, um die Felsen, über Wiesen und Lotusteiche geschwebt, wohin der Reigen sie führte, als ihnen jene Weiße begegnete, die damals Kamanita aufgefordert hatte, mit ihr die Fahrt nach der Ganga zu wagen. Als sie sich im Tanze die Hände reichten, fragte sie mit einem lieblichen Lächeln:

»Bist du nun auch am Gestade der Ganga gewesen? Jetzt hast du ja eine Begleiterin.«

»Noch nicht«, antwortete Kamanita.

»Was ist das?« fragte Vasitthi.

Und Kamanita erzählte es ihr.

»Da wollen wir hin«, sagte Vasitthi. »O, wie oft habe ich unten im trüben Erdental hinaufgeblickt zu dem fernen Abglanz ihres Himmelstromes, und an die seligen Gefilde gedacht, die von ihr umschlungen und bewässert werden, und gefragt, ob wir wohl einst an diesem Ort der Wonne vereinigt sein würden. Unwiderstehlich zieht es mich jetzt dahin, mit dir zusammen an ihrem Gestade zu weilen.«

Sie lösten sich aus der Kette des Reigens und lenkten ihren Flug in einer Richtung, die sie von ihrem eigenen Teiche weit wegführte. Nach einiger Zeit sahen sie keine Weiher mehr, deren Lotusrosen selige Gestalten trugen, immer mehr nahm die Blütenpracht ab, immer seltener begegneten sie schwebenden Gestalten; Herden von Antilopen belebten die Ebene, auf den Seen segelten Schwäne, eine Schleppe von blanken Wellen über das dunkle Wasser nach sich ziehend. Die Hügel, die anfangs immer schroffer und felsiger geworden waren, verschwanden gänzlich.

Sie schwebten über eine flache, wüstenartige Ebene, die mit Tigergras und Dornengebüsch bestanden war. Vor ihnen spannte sich der unabsehbare Bogen eines Palmenwaldes.

Sie erreichten den Wald. Immer tiefer umgab sie der Schatten. Die narbigen Schäfte leuchteten wie Bronze. Hoch oben rauschten die Wipfel mit ehernem Klange.

Vor ihnen fingen glitzernde Punkte und Streifen zu tanzen an. Und plötzlich strömte ihnen ein solcher Lichtglanz entgegen, daß sie die Hände vor die Augen halten mußten. Es war, als ob im Walde eine ungeheure Kolonnade von blanken Silbersäulen stände, die das Licht der aufgehenden Sonne zurückwarf.

Als sie sich getrauten, die Hände wieder von den Augen zu nehmen, schwebten sie gerade zwischen den letzten Palmen des Waldes hinaus.

Vor ihnen lag die himmlische Ganga, bis zum Horizonte ihre silbrige Fläche breitend, während zu ihren Füßen flache Wellenzungen, wie flüssiges Sternenlicht, flammenartig den perlgrauen Sand des flachen Ufers beleckten.

Wenn sonst der Himmel nach unten zu allmählich heller wird, so war es hier umgekehrt: das Ultramarinblau ging in Indigo über, das schließlich mit einem fast gänzlich schwarzen Rand sich auf die silberweiße Kimmung stützte.

Vom Dufte der Paradiesblüten war nichts mehr zu spüren. Wie aber im Malachittale um den Korallenbaum jener erinnerungsschwangere Duft aller Düfte gesammelt stand, so wehte hier den Weltenstrom entlang ein kühler und herber Hauch, dem das Fehlen aller Düfte, das vollkommen Reine als einziger Duft eignete. Und Vasitthi schien ihn begierig wie einen erfrischenden Trank einzuschlürfen, während er Kamanita den Atem raubte.

Auch von jener lieblichen Musik der Genien vernahm man hier nicht den leisesten Ton. Aber aus dem Strome schienen mächtige, donnerartig dröhnende Klänge emporzusteigen.

»Horch!« – flüsterte Vasitthi und erhob ihre Hand.

»Sonderbar!« – sagte Kamanita. »Einst war ich in eine Hütte eingekehrt, die an dem Ausgange einer Bergschlucht lag und an der ein kleiner, lieblicher Bach vorüberfloß, in dessen klarem Wasser ich nach meiner Wanderung meine Füße wusch. Während der Nacht ging ein mächtiger Regen nieder, und als ich in der Hütte wach lag, hörte ich, wie der Bach, der abends nur leise gerauscht hatte, immer ungestümer brauste und tobte. Zugleich aber vernahm ich einen polternden, donnernden Schall, den ich mir durchaus nicht zu erklären wußte. Am nächsten Morgen sah ich nun, daß aus dem klaren Bach ein reißender Gebirgsstrom mit grauen, schäumenden Fluten geworden war, in welchem große Steine rollend und springend dahinstürzten. Und diese waren es, die dies Getöse verursacht hatten. Wie mag es wohl kommen, daß nun hier, beim Anhören jener Klänge, diese Erinnerung aus meiner Pilgerschaft in mir emporsteigt?«

»Es kommt daher«, antwortete Vasitthi, »weil in jenem Gebirgsbache Steine, in dem Strome der himmlischen Ganga aber Welten gerollt und mitgetrieben werden, und die sind es, von denen jene donnerartig dröhnenden Klänge herrühren.«

»Welten!« – rief Kamanita entsetzt.

Vasitthi lächelte und schwebte dabei weiter; aber erschrocken hielt Kamanita sie an ihrem Gewande zurück.

»Hüte dich, Vasitthi! Wer weiß, welche Mächte, welche furchtbaren Kräfte draußen über diesem Weltenstrome schweben, Mächte, in deren Gewalt du geraten könntest, wenn du dieses Ufer verließest. Ich zittere schon bei dem Gedanken, dich plötzlich fortgerissen zu sehen.«

»Dürftest du mir dann nicht folgen?«

»Gewiß würde ich dir folgen. Wer weiß aber, ob ich dich erreichen könnte, ob man uns nicht voneinander reißen würde? Und wenn wir auch zusammen blieben, welcher Jammer wäre es doch, in das Unbegrenzte getragen zu werden, weit weg von diesem trauten Orte der Seligkeit.«

»In das Unbegrenzte!« wiederholte Vasitthi sinnend, und ihr Blick schweifte über die Fläche der himmlischen Ganga hinaus bis dorthin, wo die silberne Flut den schwarzen Himmelsrand erreichte, und schien noch immer weiterdringen zu wollen; – »und kann denn ewige Seligkeit bestehen, wo Begrenzung ist?« sprach sie gleichsam in Gedanken verloren.

»Vasitthi!« rief Kamanita, ernstlich erschreckend – »ich wollte, ich hätte dich nie hierher geführt! Komm, Geliebte, komm!«

Und noch ängstlicher als vom Korallenbaume zog er sie von dannen. Nicht unwillig folgte sie ihm, wobei sie jedoch zwischen den äußersten Palmen das Haupt wandte und einen letzten Blick auf den himmlischen Strom warf ...

*

Und wiederum thronten sie auf ihren Lotussitzen im kristallklaren Teiche, wiederum schwebten sie zwischen juwelenblühenden Bäumen und mischten sich unter die Reihen der Seligen und genossen die himmlischen Wonnen, glücklich in ihrer ungetrübten Liebe.

Aber als sie im Reigen einmal der Weißen begegneten, sagte diese:

»So seid ihr also wirklich am Gestade der Ganga gewesen?«

»Wie kannst du es wissen, daß wir dort gewesen sind?«

»Ich sehe es; denn Alle, die da waren, tragen gleichsam einen Schatten über den Brauen. Deshalb will ich auch nicht dahin. Und ihr werdet auch nicht zum zweiten Male hingehen, niemand tut das.«

Im Dufte der Korallenblüten

Sie besuchten in der Tat nicht wieder jenes ungastliche Gestade der himmlischen Ganga. Oft aber lenkten sie ihren Flug nach dem Tale der Malachitfelsen. Unter der mächtigen Krone des Korallenbaumes gelagert, atmeten sie jenen Duft aller Düfte, der den karmesinroten Blüten entströmte, und in der Tiefe ihrer Erinnerung öffnete sich dann die Aussicht auf ihre früheren Leben.

Bald in Palästen, bald in Hütten sahen sie sich nun wieder, aber ob in Seide und Musselin gehüllt oder in die groben Erzeugnisse des Dorfwebstuhles gekleidet: immer war die gegenseitige Liebe da. Bald wurde sie durch das Glück der Vereinigung gekrönt, bald war die Trennung durch Lebensgeschicke oder durch den Tod ihr jammervolles Los: aber glücklich oder unglücklich, die Liebe blieb dieselbe.

Und sie sahen sich in anderen Zeiten, da die Menschen gewaltiger waren als jetzt, in jenen ewig unvergessenen Heroentagen, als er sich aus ihren Armen riß und seinen Kampfilfen bestieg, um nach der Ilfenstadt zu ziehen und seinen Freunden, den Pandaverprinzen, im Kampfe gegen die Kuruinge beizustehen; wo er dann an der Seite Arjunas und Krishnas kämpfend, am zehnten Tage der Riesenschlacht auf der Ebene Kurukschetra seine Heldenseele aushauchte. Sie aber, als sie die Nachricht von seinem Tode empfing, bestieg vor dem Palaste, von allen ihren Frauen gefolgt, den Scheiterhaufen, den sie mit eigener Hand anzündete.

*

Und wieder sahen sie sich in fremden Gegenden und in anderer Natur. Es war nicht länger das Tal der Ganga und der Jamuna mit seinen prächtigen, palastreichen Städten, wo waffenstrahlende Krieger, stolze Brahmanen, reiche Bürger und fleißige Cudras die Straßen belebten; mit seinen Reisfeldern und vielstämmigen Feigenbaumriesen, seinen Palmenhainen und seinen Dschungeln, seinen Elefanten und Tigern und den weithinleuchtenden Schneezinnen des Himavat. Dieser Schauplatz, der mit seiner mannigfachen tropischen Pracht so oft ihr gemeinsames Leben umschlossen hatte, als ob es keine andere Welt gäbe, verschwand nun gänzlich, um einem öderen und herberen Lande Platz zu machen.

Hier brennt freilich die Sommersonne so heiß wie an der Ganga, trocknet die Wasseradern aus und versengt das Gras. Aber im Winter beraubt der Frost die Wälder ihres Laubes, und Reif bedeckt die Felder. Keine Städte erheben ihre Türme, aber weitgedehnte Dörfer mit großen Hürden liegen mitten in ihren weidereichen Triften, und die schützende Anhöhe daneben ist durch Wälle und rohe Mauern in eine kleine Feste verwandelt. Ein kriegerisches Hirtenvolk ist hier seßhaft. Die Wälder sind voll von Wölfen, und meilenweit hört der zitternde Wanderer das Gebrüll des Löwen, »des furchtbaren, schweifenden, in Bergen hausenden Wildes« – wie *er* ihn nennt; denn er ist ein Sänger.

Nach langer Wanderung nähert er sich einem Dorfe, als unbekannter, aber willkommener Gast; denn das ist er überall. Über seiner Schulter hangt seine einzige sichtbare Habe, eine kleine Laute; aber im Kopfe trägt er das ganze kostbare Erbe seiner Väter: alte, geheime Hymnen an Agni und Indra, an Varuna und Mitra, ja sogar an unbekannte

Götter; Kriegs- und Trinklieder für die Männer; Liebeslieder für die Mädchen; segnende Zaubersprüche für die Milchspendenden. Und er hat Kraft und Kenntnisse, um diesen Vorrat aus eigenen Mitteln zu vermehren. Wo wäre wohl ein solcher Gast nicht willkommen?

Es ist um die Zeit, da die Rinder nach Hause getrieben werden. An der Spitze einer Herde schreitet mit der höchsten Anmut in allen Bewegungen des jugendlichen Körpers ein hochgewachsenes Mädchen; ihr zur Seite geht ihre Lieblingskuh, deren Glocke die anderen folgen, und leckt ab und zu ihre Hand. Er bietet ihr guten Abend; sie erwidert freundlich den Gruß. Lächelnd sehen sie sich an – und es ist derselbe Blick, der im Lustparke von Kosambi zwischen der Ballspielerin auf der Bühne und dem fremden Zuschauer hin und her flog.

*

Aber auch das Land der fünf Ströme, nachdem es sie mehrmals beherbergt hat, verschwindet, wie zuvor das Gangatal – andere Gegenden tun sich auf, andere Menschen und Sitten umgeben sie – Alles rauher, wilder und ärmlicher.

Die Steppe, über welche der Zug sich hinzieht – Reiter, Wagen und Fußgänger in endloser Reihe – ist weiß von Schnee. Die Luft ist voll von den wirbelnden Flocken. Schwarze Berge schauen schattenartig herein. Aus dem Zeltdache eines schweren Ochsenwagens beugt sich ein Mädchen so lebhaft hervor, daß der Schafpelz zur Seite gleitet, und die goldene Haarfülle ihr über Wangen, Hals und Brust niederwallt. Angst leuchtet aus ihren Augen, als sie hinausspäht, wohin alle Blicke sich wenden, alle Finger hinzeigen: – wie eine dunkle, vom Winde aufgewirbelte Wolke braust eine Reiterhorde heran. Aber vertrauensvoll lächelt sie, als ihr Blick dem des Jünglings begegnet, der neben dem Wagen auf einem schwarzen Stiere reitet; – und es ist wieder derselbe Blick, wenn auch aus blauen Augen. Dieser Blick entflammt das Herz des blonden Jünglings, der seine Streitaxt schwingt und laut rufend mit den anderen Kriegern dem Feind entgegenstürmt – entflammt es und wärmt es noch, als es vom kalten Eisen eines Skythenpfeiles durchbohrt wird.

*

Aber noch größere Veränderungen erlebten sie; noch weitere Wanderungen unternahmen sie, vom Dufte des Korallenbaumes geleitet.

Sie fanden sich selbst als Hirsch und Hinde im ungeheuren Walde. Wortlos war jetzt ihre Liebe, aber nicht blicklos. Und wiederum war es derselbe Blick: – tief im innersten Dunkel ihrer großen, ahnungsvollen Augen leuchtete noch, wenn auch wie durch trübe Nebelbläue hindurch, derselbe Funken, der so strahlend von Menschenauge zu Menschenauge den Weg gefunden hatte.

Sie ästen zusammen, nebeneinander wateten sie im klaren, kühlen Waldbach, Körper an Körper ruhten sie im hohen, weichen Grase. Gemeinsam waren ihre Freuden, gemeinsam zitterten sie vor Angst, wenn plötzlich ein Ast lebendig wurde und der Rachen des Pythons sich aufsperrte; oder wenn in der Stille der Nacht eine fast unhörbare, schleichende Bewegung von ihren regen Ohren aufgefangen wurde, während ihre geblähten Nüstern den scharfen Geruch eines

Raubtieres witterten, und sie dann in mächtigen Sätzen davonflohen, gerade als es im Gebüsche knisterte und knackte und das Zorngebrüll des zu kurz gekommenen Tigers durch den jetzt ringsum lebendig werdenden Wald rollte.

Viele Jahre schon hatten sie so gemeinsam alle Wonnen und Schrecken des Waldes durchgekostet, als sie eines Tages an einem schattigen Orte die jungen saftigen Schößlinge benagten. Da geschah es, daß die Hinde sich in die Wildschlinge eines Jägers verstrickte. Vergebens arbeitete das Männchen mit Zacken und Klauen, um die Bande, welche die Freundin fesselten, zu zersprengen, und ließ nicht davon ab, bis der Jäger sich nahte. Dann stellte er sich diesem mit gefälltem Geweih entgegen und bald machte der Jagdspieß beider Leben ein Ende.

*

Und als ein paar Goldadler horsteten sie hoch im wilden Felsengebirge, schwebten über die bläulichen Abgründe des Himavat und umkreisten seine schneeigen Zinnen. –

Als zwei Delphine aber befuhren sie die grenzenlose Salzflut des Ozeans. –

Ja, einmal erwuchsen sie als zwei Palmen auf einer Insel mitten im Weltmeere, schlangen im kühlen Strandsande ihre Wurzeln ineinander und ließen gemeinsam ihre Wipfel im Seewinde rauschen.

*

Und wie ein Fürstenpaar sich zur Kurzweil und Belehrung vom Hoferzähler mancherlei vortragen läßt – bald den Lebenslauf eines Königs, bald eine einfache Dorfgeschichte, bald ein Heldenepos, bald eine Sage aus uralten Tagen, bald irgend eine Tierfabel oder ein Märchen, und dabei weiß: wie oft es uns auch gelüstet, zu lauschen, so ist doch nicht zu befürchten, daß diesem trefflichen Erzähler jemals der Stoff ausgeht, da der Hort seiner Sagenkenntnisse und die Fülle seines Erfindungsvermögens unerschöpflich sind – ebenso wußten diese beiden: – wie oft und wie lange wir auch hier weilen, und wäre es auch eine ganze Ewigkeit hindurch, so ist doch keine Gefahr da, daß dieser Duft keine Erinnerungen mehr wecken könnte; denn je weiter wir in die Zeit hinabsteigen, um so weiter schiebt sich die Vorzeit zurück.

Und sie wunderten sich sehr.

»Wir sind so alt wie die Welt«, sagte Vasitthi.

»Alles Entstandene –«

Gewiß sind wir so alt wie die Welt«, sagte Kamanita. »Aber bisher sind wir immer ruhelos gewandert, und immer wieder hat uns der Tod in ein neues Leben gestürzt. Jetzt aber haben wir endlich eine Stätte erreicht, wo es kein Vergehen mehr gibt, sondern nur ewige Wonne unser Los ist.«

Als er so sprach, kehrten sie gerade vom Korallenbaume zu ihrem Teiche zurück. Er wollte sich soeben auf seine Lotusrose niedersenken, als er zu bemerken glaubte, daß ihre rote Farbe an Frische und Glanz etwas eingebüßt habe. Ja, als er nun über ihr in der Luft schwebend stehen blieb und aufmerksam auf sie hinunterbückte, sah er mit Schrekken, daß die Kronenblätter am Rande bräunlich und gleichsam verbrannt waren, und daß ihre Spitzen sich erschlaffend krümmten.

Nicht anders sah Vasitthis weißer Lotus aus, über dem auch sie stehen geblieben war, offenbar durch dieselbe Wahrnehmung gefesselt.

Er richtete seinen Blick nach seinem blauen Nachbar. *Sein* Lotus zeigte die gleiche Wandlung und es fiel Kamanita auf, daß sein Gesicht nicht so freudig strahlte wie damals, als er ihn zuerst begrüßt hatte; die Züge waren nicht so belebt wie früher, seine Haltung war nicht so frei, ja in seinem Blick las er dieselbe Befremdung, die ihn und Vasitthi ergriffen hatte.

Und so war es in der Tat überall, wo er hinsah. Mit Blumen und Gestalten war eine Veränderung vor sich gegangen.

Wieder senkte er prüfend den Blick zu seinem eigenen Lotus nieder. Ein Kronenblatt schien lebendig zu werden –

langsam neigte es sich vornüber und fiel losgelöst auf die Wasserfläche.

Gleichzeitig aber hatte sich von jeder Lotusblume ein Kronenblatt abgelöst – die Wasserfläche glitzerte zitternd und schaukelte leise die bunten Blätternachen. Durch die Haine am Ufer ging ein Frösteln, und ein juwelenfunkelnder Blütenregen fiel zur Erde. Ein Seufzer entrang sich jeder Brust, und eine leise, doch schneidende Disharmonie durchdrang die Musik der himmlischen Genien.

»Vasitthi, Geliebte!« rief Kamanita, bestürzt ihre Hand ergreifend – »siehst du? Hörst du? – Was ist denn dies? Was kann das bedeuten?«

Aber Vasitthi sah ihn ruhig lächelnd an:

»Daran hat er gedacht, als er sagte:

›Alles Entstandene auflösend weht dahin der
Verwesung Hauch,
Wie ein irdischer Prachtgarten welken Paradies-
blumen auch.‹«

»Wer hat denn diesen schrecklichen, diesen hoffnungsvernichtenden Ausspruch getan?«

»Wer denn sonst als er, der Erhabene, der Wandels- und Wissensbewährte, der aus Mitleid mit den Menschen die Lehre darlegt, Allen zur Aufklärung, dem Einzelnen zum Trost; der die Welt mit ihren edlen und unedlen Wesen, ihren Scharen von Göttern, Menschen und Dämonen offenbart und erklärt, der Wegweiser, der den Weg aus dieser Wandelwelt zeigt: der Erhabene, der Vollendete, der Buddha.«

»Der Buddha hätte das gesagt? O nein, Vasitthi, das glaub' ich nicht. Vielfach werden ja die Worte solch großer Lehrer mißverstanden und unrichtig wiedergegeben, wie ich selber am besten weiß. Denn einst, zu Rajagaha, habe ich in der Vorhalle eines Hafners mit einem törichten Asketen zusammen übernachtet, der mir durchaus die Lehre des Buddha darlegen wollte. Was er vorbrachte, war aber trauriges Zeug, eine grüblerische, vernagelte Lehre, wiewohl ich schon spüren konnte, daß echte Aussprüche des Erhabenen ihr zugrunde lagen – jedoch verballhornt und von diesem Querkopfe umgedeutet. Gewiß hat man auch dir dies Wort falsch berichtet.«

»Nicht doch, mein Freund! Denn aus dem Munde des Erhabenen selber habe ich es ja.«

»Wie, Geliebte? So hast du denn selbst den Vollendeten von Angesicht zu Angesicht gesehen?«

»Gewiß habe ich das. Zu seinen Füßen bin ich ja gesessen.«

»Glücklich preise ich dich, Vassitthi! Glücklich – das sehe ich ja – bist du jetzt in der Erinnerung, Ach, auch ich würde ja glücklich und zuversichtlich sein wie du, wenn nicht im letzten Augenblick mein böses Geschick – die eben reif gewordene Frucht von schlechten Taten der Vergangenheit – mich des Glücks beraubt hätte, den erhabenen Buddha zu sehen. Denn ein gewaltsamer Tod raffte mich dahin, als ich auf dem Wege zu ihm war, in demselben Orte, in dem er weilte, eben gerade in Rajagaha, an dem Morgen nach meinem Gespräch mit jenem törichten Asketen. Nur etwa noch eine Viertelstunde entfernt von dem Mangohaine, in dem der Erhabene sich aufhielt, ereilte mich mein Schicksal. Aber nun ist mir *dies* zum Troste gegeben, daß meine Vasitthi das erreichte, was mir versagt blieb. O, erzähle mir Alles davon, wie du zu ihm, dem Erhabenen, kamst. Denn gewiß wird mich das aufrichten und stärken, und jenes Wort, das mir so schrecklich, so hoffnungsvernichtend erschien, wird mir dann verständlich werden und seinen Stachel verlieren, ja vielleicht sogar irgend einen geheimen Trostgrund enthalten.«

»Gern, mein Freund«, antwortete Vasitthi.

Sie ließen sich auf ihre Lotusrosen nieder, und Vasitthi setzte den Bericht ihrer Erlebnisse fort.

Die Erscheinung auf der Terrasse

Als Satagira sein Ziel, mich als Frau zu besitzen, erreicht hatte, erkaltete seine Liebe schnell, um so mehr, als sie ja von meiner Seite keine Erwiderung fand. Ich hatte versprochen, ihm eine treue Gattin zu sein, und er wußte wohl, daß ich mein Versprechen halten würde. Mehr stand aber auch nicht in meiner Macht, selbst wenn ich es gewollt hätte.

Da ich ihm nur eine Tochter gebar, die schon im zweiten Jahre starb, wunderte sich niemand – und ich wahrlich am wenigsten – darüber, daß er sich eine zweite Frau nahm. Diese gebar ihm den erwünschten Sohn. Dadurch bekam sie die erste Stellung im Hause; auch verstand sie, seine Liebe, auf die ich so willig verzichtet hatte, auf geschickte Weise zu fesseln. Außerdem nahmen die Geschäfte meinen Gemahl immer mehr in Anspruch, denn er war nach dem Tode seines Vaters mit dessen Stellung betraut worden.

So gingen mehrere Jahre ruhig dahin, und ich vereinsamte mehr und mehr, was mir denn auch ganz recht war. Ich gab mich meiner Trauer hin, verkehrte mit meinen Erinnerungen und lebte in der Hoffnung auf ein Wiedersehen hier oben, eine Hoffnung, die mich ja auch nicht getäuscht hat.

Der Palast Satagiras lag an derselben Schlucht, aus der du so oft nach der »Terrasse der Sorgenlosen« hinaufgestiegen bist, aber an einer viel steileren Stelle, und hatte eine ganz ähnliche Terrasse wie mein Vaterhaus. Hier pflegte ich alle schönen Abende zuzubringen, ja in der heißen Zeit blieb ich dort oft die ganze Nacht, auf einem Ruhebett schlafend. Denn die Felswand der Schlucht, die noch dazu von hohem Mauerwerk gekrönt wurde, war so steil und glatt, daß gewiß kein Mensch an ihr hinaufklettern konnte.

Einmal in einer herrlichen, milden Mondnacht lag ich nun dort auf meinem Lager, ohne zu schlafen. Ich dachte an dich, und zwar an jenen ersten Abend unseres Zusammenseins; der Augenblick, wo ich mit Medini auf der marmornen Bank der Terrasse saß und eure Ankunft erwartete, stand mir so lebhaft vor der Seele, und ich dachte daran, wie sich dann plötzlich, noch bevor wir es hofften, deine Gestalt über den Mauerrand erhob – denn du warst ja in deinem ungestümen Eifer Somadatta zuvorgekommen.

In diese süßen Träume verloren, hatte ich unwillkürlich meinen Blick auf der Brustwehr ruhen lassen, als plötzlich eine Gestalt sich über dieselbe erhob.

Ich war so überzeugt, daß nie und nimmer ein Mensch diese Stelle erklimmen könne, daß ich gar nicht daran zweifelte, dein Geist, von meiner Sehnsucht heraufbeschworen, käme, um mich zu trösten und um mir Kunde zu bringen von dem seligen Orte, wo du mich erwartetest.

Deshalb erschrak ich denn auch gar nicht, sondern stand auf und breitete die Arme gegen den Kommenden aus.

Wie nun aber dieser auf der Terrasse stand und sich mit raschen Schritten näherte, sah ich, daß seine Gestalt viel größer als die deine, ja sogar riesenhaft war, und ich merkte, daß ich den Geist Angulimalas vor mir hatte. Nun erschrak ich so heftig, daß ich mich am Kopfende der Ruhebank festhalten mußte, um nicht umzusinken.

»Wen hast du erwartet?« fragte der Furchtbare, an mich herantretend.

»Einen Geist, aber nicht den deinen«, antwortete ich.

»Kamanitas Geist?«

Ich nickte.

»Als du jene Bewegung des Bewillkommnens machtest«, fuhr er fort, – »fürchtete ich, daß du einen Liebhaber hättest, der dich des Nachts hier besuchte. Denn in dem Falle würdest du mir nicht helfen. Und ich habe deine Hilfe so nötig, wie du jetzt die meinige.«

Bei diesen sonderbaren Worten wagte ich aufzublicken, und nun schien es mir, daß ich keinen Geist, sondern ein Wesen aus Fleisch und Blut vor mir habe. Aber der Mond stand hinter ihm, und geblendet von seinen Strahlen und vom Schrecken verwirrt, konnte ich nur die mächtigen Umrisse einer Gestalt sehen, die wohl auch einem Dämon angehören konnten.

»Ich bin nicht der Geist Angulimalas«, sagte er, meinen Zweifel erratend, »ich bin er selber, ein Mensch wie du.«

Ich fing heftig zu zittern an, nicht vor Angst, sondern, weil ich dem Menschen gegenüberstand, der meinen Geliebten grausam ermordet hatte.

»Fürchte dich nicht, edle Frau!« fuhr er fort – »du hast von mir nichts zu befürchten; bist du doch der einzige Mensch, vor dem ich selber mich gefürchtet habe, und dem ich, wie du so richtig sagtest, nicht in die Augen sehen durfte, weil ich dich betrog.«

»Du betrogst mich?« rief ich, und kaum weiß ich, ob in meiner Seele Freude aufstieg, geweckt durch die Hoffnung, mein Geliebter sei noch am Leben, oder ob noch größere Verzweiflung mich bei dem Gedanken ergriff, daß ich mich hatte verleiten lassen, mich von dem Lebenden zu trennen.

»Ich tat es«, antwortete er, »und deshalb sind wir aufeinander angewiesen. Denn wir haben beide etwas zu rächen und an demselben Mann: an Satagira!«

Mit dem Anstand eines Fürsten machte dieser Räuber eine Handbewegung, mit der er mich aufforderte, mich zu setzen, als ob er mir viel zu sagen hätte. Ich, die ich mich nur noch mit Mühe aufrechthalten konnte, ließ mich willenlos auf die Bank niedersinken, und staunte ihn an, atemlos begierig auf seine nächsten Worte, die mich über das Schicksal des Geliebten aufklären mußten.

»Kamanita mit seiner Karawane«, fuhr er fort – »fiel mir in der Waldgegend Vedisas in die Hände. Er verteidigte sich tapfer, wurde aber unverwundet gefangen genommen, und als das Lösegeld zur rechten Zeit eintraf, unbehelligt nach Hause geschickt. Wohlbehalten kam er in Ujjeni an.«

Bei dieser Nachricht entrang sich ein tiefer Seufzer meiner Brust. Ich empfand in diesem Augenblick nur Freude darüber, den Geliebten unter den Lebenden zu wissen, so töricht dies Gefühl auch war. Denn durch das Leben war er mir noch mehr als durch den Tod entfernt.

»Als ich in Satagiras Gewalt fiel«, fuhr Angulimala fort, »erkannte dieser sofort die kristallene Kette mit dem Tieraugen-Amulett an meinem Halse, als dieselbe, die Kamanita angehört hatte. Am folgenden Abend kam er allein in mein Gefängnis und versprach mir, zu meinem größten Erstaunen, mir die Freiheit zu schenken, wenn ich vor einem Mädchen beschwören wollte, daß ich Kamanita umgebracht habe. ›Dein Eid allein‹, sagte er, ›würde sie freilich nicht überzeugen, aber einem ›Wahrheitsakte‹ muß sie glauben.‹ – Er erklärte mir jetzt, ich sollte in der ersten Stunde der Nacht auf eine Terrasse geführt werden, wo das Mädchen sich aufhalten werde. Er wollte dafür sorgen, daß die Fesseln durchfeilt wären, so daß ich sie unschwer sprengen könne, worauf es dann ein leichtes für mich sei, mich über die Brustwehr zu schwingen, in die Schlucht hinabzusteigen und derselben abwärts folgend zu entfliehen, da sie schließlich in eine enge Rinne ausmünde, durch die ein kleiner Bach unter der Stadtmauer sich in die Ganga ergösse. Mit einem feierlichen Eide schwor er mir zu, mich an der Flucht aus Kosambi nicht hindern zu wollen.

Zwar traute ich ihm nicht allzusehr, aber ich sah keinen anderen Ausweg. Einen ganz falschen Wahrheitsakt zu begehen, dazu hätte mich allerdings nichts verleiten können, denn ich hätte ja dadurch das furchtbarste Zorngericht der beleidigten Göttin auf mich geladen. Aber ich erkannte sofort, wie ich meinen Schwur so einrichten könnte, daß ich nicht mit klaren Worten eine Unwahrheit sagte, während dennoch ein jeder heraushören würde, daß ich Kamanita getötet habe: und ich vertraute darauf, daß Kali, die an allen Schlauheiten Gefallen findet, mir wegen dieses Kraftstückes mit aller Macht beistehen und mich heil durch die Gefahren führen würde, die ein Verrat Satagiras mir bereiten möchte.

Alles ging nun in der Tat, wie es zwischen uns verabredet war, und du selber hast gesehen, wie ich die eisernen Ketten sprengte. Noch heute weiß ich aber nicht, ob Satagira Wort gehalten und die Ketten hat durchfeilen lassen, wie er es mir versprochen hatte, oder ob mir Kali durch ein Wunder half. Doch glaube ich eher das erstere. Denn kaum war ich einige Klafter in die Ganga hinausgeschwommen, so wurde ich von einem Boote voll Bewaffneter überfallen. Auf diesen Hinterhalt hatte er also vertraut. Hier aber zeigte es sich, was die Hilfe Kalis wert ist: denn obwohl die an meinen Handgelenken hängenden Kettenstücke meine einzigen Waffen waren, gelang es mir doch, alle Krieger totzuschlagen, und auf dem während des Kampfes gekenterten

Boote erreichte ich glücklich das sichere nördliche Ufer; freilich nicht ohne so viele und tiefe Wunden davonzutragen, daß ein ganzes Jahr verging, bevor ich mich davon erholt hatte. In dieser Zeit habe ich aber oft genug geschworen, daß Satagira mir dies büßen solle. Und nun ist die Zeit dazu gekommen.«

In meiner Seele wütete ein Sturm von Entrüstung über diesen an mir verübten, unerhörten Betrug. Ich konnte es dem Räuber nicht verdenken, daß er durch dies Mittel sein Leben gerettet hatte, und da er seine Hände nicht mit dem Blute meines Geliebten befleckt hatte, vergaß ich in diesem Augenblick, wieviel anderes unschuldiges Blut aber an ihnen klebte, und empfand weder Schreck noch Abscheu vor diesem Manne, der mir die Botschaft gebracht hatte, daß mein Kamanita noch auf dieser Erde wanderte wie ich selber. Aber ein bitterer Haß erhob sich in mir gegen ihn, der schuld daran war, daß wir beide getrennt unsere Erdenwanderung zu Ende führen mußten, und die Drohung Angulimalas gegen sein Leben vernahm ich mit einer unwillkürlichen Freude, die wohl in meinem Gesichtsausdrucke zu lesen war.

Denn mit erregter, leidenschaftlicher Stimme fuhr Angulimala fort:

»Ich sehe, hohe Frau! daß deine edle Seele nach Rache dürstet, und die soll dir auch bald werden. Deshalb bin ich ja hierher gekommen. Schon viele Wochen habe ich hier vor Kosambi auf Satagira gelauert. Endlich habe ich jetzt aus sicherer Quelle in Erfahrung gebracht, daß er in diesen Tagen die Stadt verlassen wird, um sich nach den östlichen Gauen zu begeben, wo ein zwischen zwei Dörfern schwebender Rechtsstreit zu schlichten ist. Ehe ich davon wußte, war mein ursprünglicher Plan, ihn zu zwingen, einen Ausfall gegen mich zu machen, um mich wieder gefangen zu nehmen; diese seine Reise macht es mir aber noch bequemer. Freilich habe ich infolge meiner ersten Absicht kein Geheimnis aus meiner Anwesenheit gemacht, sondern meine Taten für mich sprechen lassen, und das Gerücht von meinem Wiedererscheinen ist längst verbreitet. Obwohl die meisten glauben, daß irgend ein Betrüger erstanden ist und sich für Angulimala ausgibt, so hat doch die Furcht schon so sehr um sich gegriffen, daß nur größere und gut bewaffnete Züge sich in die bewaldete östliche Gegend, wo ich hause, hinauswagen. Du scheinst freilich davon nichts gehört zu haben, weil du eben als eine um ihr Lebensglück betrogene Frau allein mit deiner Trauer verkehrst.«

»Ich habe wohl von einer dreisten Räuberbande vernommen«, sagte ich, »aber deinen Namen noch nicht nennen gehört, weshalb ich auch glaubte, deinen Geist zu sehen.«

»Satagira aber hat mich nennen gehört«, fuhr der Räuber fort, »verlasse dich darauf, und da er guten Grund hat, zu glauben, daß es der richtige Angulimala ist und noch besseren Grund, diesen zu fürchten, so ist anzunehmen, daß er nicht nur unter starker Bedeckung reisen, sondern auch noch andere Vorsichtsmaßregeln treffen und sich vieler auf Täuschung berechneter Schliche bedienen wird. Indessen, obschon die Bande, über die ich gebiete, nicht sehr groß ist, soll weder das eine noch das andere ihm helfen, wenn ich nur mit Sicherheit weiß, zu welcher Stunde er auszieht und welchen Weg er einschlägt. Und dies ist es, was ich durch dich zu erfahren hoffe.«

Wenn ich auch bis jetzt stumm und gleichsam in einen Bann geschlagen seiner Erklärung gelauscht hatte, ohne zu bedenken, wieviel ich mir schon dadurch vergab, so stand ich doch bei dieser Zumutung entrüstet auf und fragte ihn, was ihm wohl berechtige, zu glauben, daß ich tief genug gesunken wäre, um einen Dieb und Räuber zum Bundesgenossen zu nehmen.

»Bei einem Bundesgenossen«, erwiderte Angulimala ruhig, »ist die Hauptsache, daß er zuverlässig ist, und du fühlst wohl, daß du dich in dieser Sache ganz auf mich verlassen kannst. Auch brauche ich deine Hilfe, denn nur durch sie kann ich das, was ich wünsche, mit Sicherheit erfahren. Wohl habe ich eine sonst gute Quelle für Nachrichten, durch die ich eben auch von der bevorstehenden Reise Sagiras weiß; aber wenn er vorsichtshalber ein falsches Gerücht verbreitet, so kann auch sie getrübt werden. Du aber bedarfst meiner, weil eine stolze und edle Seele in einem Fall wie dem deinigen nur durch den Tod des Verräters Genugtuung findet. Wärest du ein Mann, dann würdest du ihn selber töten; da du eine Frau bist, brauchst du dazu meines Armes.«

Ich wollte ihn heftig abweisen, aber er gab mir mit einer so würdigen Handbewegung zu verstehen, er habe noch nicht Alles gesagt, daß ich gegen meinen Willen schwieg.

»Dies, edle Frau«, fuhr er fort, »ist die Rache. Aber es gibt noch ein Anderes, Wichtigeres. Für dich: das künftige Glück zu ergreifen; für mich: Vergangenes zu sühnen. Mit Recht sagt man ja von mir, daß ich grausam sei, ohne Mitleid gegen Mensch und Tier. Ja, ich habe tausend Taten vollbracht, für deren jede man hundert oder tausend Jahre in einer Erzhölle büßen muß, wie die Priester lehren. Zwar hatte ich einen gelehrten und weisen Freund, Vajaçravas, den das Volk jetzt sogar als einen Heiligen verehrt, und an dessen Grab ich auch reichlich geopfert habe: der hat uns oft bewiesen, daß es solche Höllenstrafen nicht gebe, und daß der Räuber im Gegenteil das brahmandurchdrungenste Wesen und die Krone der Schöpfung sei. Doch hat er mich nie so recht davon überzeugen können …

Sei dem nun, wie es wolle. Ob es Höllenstrafen gibt oder nicht: – gewiß ist es, daß von allen meinen Taten nur eine mir schwer auf dem Herzen liegt, und zwar die, daß ich mit meinem schlauen Wahrheitsakt dich betrogen habe. Schon damals durfte ich dir nicht ins Gesicht sehen, und die Erinnerung an jene Stunde sitzt mir noch immer wie ein Dorn im Fleische. Nun wohl, was ich damals gegen dich verbrach, möchte ich jetzt wieder gut machen, soweit es noch möglich ist; die bösen Folgen möchte ich vernichten. Du wurdest durch meine Schuld von dem tot geglaubten Kamanita getrennt und an diesen falschen Satagira gebunden. Diese Fessel will ich dir nun abnehmen, so daß du wieder frei bist, dich mit dem Geliebten zu verbinden; und ich selber will nach Ujjeni gehen und ihn heil und sicher herbringen. Nun tue du das deinige, ich werde das meinige tun. Für eine schöne Frau ist es ja nicht schwer, dem Gemahl ein Geheimnis zu entlocken. Morgen, sobald es dunkel ist, komme ich hierher, um mir den Bescheid von dir zu holen.«

Er verbeugte sich tief, und bevor es mir in meiner Verwirrung und Bestürzung möglich war, ein Wort hervorzubringen, war er so plötzlich von der Terrasse verschwunden, wie er erschienen war.

Satagira

Die ganze Nacht blieb ich auf der Terrasse, eine willenlose Beute der entfesselten, mir unbekannten Leidenschaften, die mit meinem Herzen ihr Spiel trieben wie Wirbelwinde mit einem Blatt.

Mein Kamanita war noch am Leben! Er hatte in seiner fernen Heimat von meiner Heirat gehört – denn sonst wäre er ja längst gekommen. Wie treulos – oder wie erbärmlich schwach mußte ich in seinen Augen sein! Und an dieser meiner Erniedrigung war allein Satagira schuld. Mein Haß gegen ihn wurde mit jeder Minute tödlicher, und tief fühlte ich die Wahrheit in Angulimalas Worten, daß ich, wenn ich ein Mann gewesen wäre, sicherlich Satagira getötet hätte.

Dann zeigte sich wieder jene Aussicht, die Angulimala mir so unerwartet eröffnet hatte: – wenn ich frei war, konnte ich den Geliebten heiraten. Bei diesem Gedanken geriet mein ganzes Wesen in einen so stürmischen Aufruhr, daß ich glaubte, das Blut müßte mir Brust und Schläfen sprengen. Außerstande, mich aufrechtzuhalten, vermochte ich nicht einmal, nach der Bank zu wanken, sondern sank auf die marmornen Fliesen nieder, und die Sinne vergingen mir.

Die Kühle des Morgentaues brachte mich zu meinem unseligen Dasein mit seinen furchtbaren Fragen zurück.

War es denn Wahrheit, daß ich mich mit einem Räuber und tausendfachen Mörder verbinden wollte, um den Mann aus dem Wege zu räumen, der mich einst um das Hochzeitsfeuer geführt hatte?

Aber ich wußte ja noch gar nicht, wann mein Gemahl fortzöge! Und wie sollte ich die Zeit seiner Abreise, wie auch den genauen Weg, den er zu nehmen beabsichtigte, erfahren, wenn er ein Geheimnis daraus machte?

»Für eine schöne Frau ist es ja nicht schwierig, dem Gemahl ein Geheimnis zu entlocken« – diese Worte des Räubers klangen mir noch im Ohre und zeigten mir die ganze Niedrigkeit einer solchen Handlungsweise. Nie würde ich mich dazu entschließen können, mich durch Zärtlichkeit in sein Vertrauen einzuschleichen, um ihn dann seinem Todfeinde zu verraten. Aber gerade dadurch, daß ich dies so deutlich fühlte, wurde es mir auch klar, daß es eigentlich nur das verräterische und heuchlerische Erschleichen des Geheimnisses war, das ich so von Grund aus verabscheute. Wäre ich aber schon im Besitz des Geheimnisses gewesen – hätte ich gewußt, wo ich hingehen und eine Tafel finden könnte, auf der Alles aufgeschrieben stand: – dann würde ich sicher die tödliche Kunde Angulimala mitgeteilt haben.

Wie mir dies nun klar wurde, zitterte ich vor Entsetzen, als ob ich schon schuldig an Satagiras Tod wäre. Ich dankte meinem Schicksal, daß keine Möglichkeit für mich vorhanden war, diese Kunde zu erlangen; denn wenn ich auch vielleicht hätte erfahren können, zu welcher Stunde sie aufbrechen würden, so konnte doch nur Satagira selbst und höchstens noch ein Vertrauter wissen, welche Wege und Stege man gewählt hatte.

Ich sah die aufgehende Sonne die Türme und Kuppeln Kosambis vergolden, so wie ich dies hinreißende Schauspiel von der Terrasse der Sorgenlosen aus so oft – aber ach! mit wie ganz anderen Gefühlen – betrachtet hatte, wenn ich selige Nachtstunden dort mit dir verbrachte. Unglücklich wie noch nie zuvor, matt und elend, als ob ich in dieser Nacht um Jahrzehnte gealtert wäre, begab ich mich in den Palast zurück.

Um nach meinem Zimmer zu kommen, mußte ich durch eine lange Galerie gehen, nach der einige Räume mit vergitterten Fenstern sich öffneten. Als ich an einem derselben vorüberschritt, vernahm ich Stimmen. Die eine – die meines Gemahls – hub gerade an:

»Gut, wir wollen also heute Nacht – eine Stunde nach Mitternacht – aufbrechen.«

Ich war unwillkürlich stehen geblieben. Die Stunde wußte ich also! Aber den Weg? Die Schamröte stieg mir ins Gesicht, weil ich den Lauscher an der Tür spielte – »fliehe, fliehe!« rief es in mir – »noch ist es Zeit!« Aber ich blieb wie angewurzelt stehen.

Satagira sprach indessen nicht weiter. Er mochte meine Schritte und ihr Aufhören an der Tür bemerkt haben; denn diese wurde plötzlich aufgerissen. Mein Gemahl stand vor mir.

»Ich hörte deine Stimme im Vorbeigehen«, sagte ich mit raschem Entschluß, »und dachte daran, anzufragen, ob ich dir einige Erfrischungen bringen sollte, da du so früh den Geschäften obliegst. Dann befürchtete ich wieder, dich zu stören und wollte weitergehen.«

Satagira sah mich ohne Mißtrauen, ja sogar sehr freundlich an.

»Ich danke dir«, sagte er, »ich bedarf keiner Erfrischungen, aber du störst mich keineswegs. Im Gegenteil, ich wollte gerade nach dir schicken und fürchtete nur, daß du noch nicht aufgestanden wärest. Du kannst mir gerade jetzt von dem größten Nutzen sein.«

Er lud mich ein, in das Zimmer zu treten, was ich mit der höchsten Verwunderung tat, sehr darauf gespannt, was für einen Dienst er wohl von mir begehrte, gerade in diesem Augenblick, wo ein tödlicher Anschlag gegen ihn mein Gemüt erfüllte.

Ein Mann, in dem ich einen Reiterführer und Vertrauten Satagiras erkannte, saß auf einem niedrigen Sitz. Er erhob sich bei meinem Eintreten und verbeugte sich tief. Satagira ließ mich neben sich Platz nehmen, winkte dem Reiteranführer, sich wieder zu setzen, und wandte sich zu mir.

»Es handelt sich, meine liebe Vasitthi, um Folgendes: Ich muß möglichst bald eine Reise antreten, um einen Dorfstreit in den östlichen Gauen zu schlichten. Nun haben sich seit einigen Wochen in den Waldgegenden östlich von Kosambi, und zwar recht nahe der Stadt, Räuber gezeigt. Es geht sogar das törichte Gerücht, ihr Führer sei kein anderer als Angulimala, indem man die unerhörte Frechheit hat, zu behaupten, Angulimala sei damals aus dem Gefängnis entflohen, und ich hätte statt seines Kopfes einen anderen, dem seinen ähnlichen, über dem Tor aufgesteckt. Über solche Märchen können wir freilich lachen. Allerdings aber scheint dieser Räuber dem berühmten Angulimala an Dreistigkeit nicht viel nachzugeben, und wenn er sich wirklich für jenen ausgibt, um durch den glorreichen Namen großen Anhang zu finden, so geht er gewiß darauf aus, irgend eine recht glänzende Tat zu vollbringen. Deshalb ist immerhin eine gewisse Vorsicht geboten.«

Auf einem kleinen, mit edlen Steinen ausgelegten Tische neben ihm lag ein seidenes Tuch. Er nahm es und wischte sich damit die Stirn. Es sei doch heute, meinte er, trotz der frühen Stunde recht heiß. Ich merkte wohl, daß es die Angst vor Angulimala war, die ihm den Schweiß aus den Poren trieb. Aber anstatt daß dadurch mein Mitleid geweckt worden wäre, fühlte ich bei diesem Anblick vielmehr nur Verachtung für ihn. Ich sah, daß er kein Held war und fragte mich verwundert, durch welchen Glücksfall er dazu gekommen wäre, Angulimala gefangen zu nehmen, Angulimala, den Räuber, der mir vorkam wie der furchtbare Bhima im Mahabharata, an dessen Seite du ja selber, mein lieber Kamanita, auf der Ebene Kurukschetra gekämpft hast.

»Nun kann ich aber«, fuhr indessen mein Gemahl fort, »nicht gut in jenen Dörfern mit einem ganzen Heere ankommen, ja ich möchte sogar nicht gern mehr als dreißig Reiter auf diese Reise mit mir nehmen. Um so mehr aber ist Vorsicht und sogar täuschende List geboten. Ich habe dies gerade mit meinem getreuen Panduka besprochen, und er hat mir einen guten Vorschlag gemacht, den ich dir auch mitteile, damit du nicht während dieser Tage in allzu großer Angst um mich bist.«

Ich murmelte etwas, das einen Dank für diese Rücksichtnahme bedeuten sollte.

»Panduka«, fuhr er fort, »wird also recht augenfällig alle Vorbereitungen treffen, als ob ich morgen früh mit einer ziemlich ansehnlichen Truppenmacht gen Osten einen Zug machen wollte, um die Räuber zu fangen. Wenn diese also – was ich nicht bezweifle – hier in der Stadt Helfershelfer haben, die sie auf dem Laufenden halten, so werden sie dadurch hinters Licht geführt. Mittlerweile breche ich mit meinen dreißig Reitern eine Stunde nach Mitternacht auf, und zwar durch das südliche Tor, und ziehe durch das Hügelland in einem großen Bogen ostwärts. Doch möchte ich auch hier gern die Hauptstraßen vermeiden, bis ich einige Meilen von Kosambi entfernt bin. Nun liegt ja aber gerade in dieser Gegend das Sommerhaus deines Vaters, und du kennst von Kind auf alle Wege und Stege dort – kannst mir also, denke ich, hier mit deinem Rate viel nützen.«

Ich war sofort dazu bereit, und während ich ihm Alles ausführlich beschrieb, ließ ich mir eine Tafel geben und zeichnete darauf eine genaue Karte von der Umgebung jenes Hauses, mit Kreuzzeichen an den Stellen, die er sich besonders merken mußte. Vor allem aber empfahl ich ihm einen Pfad, der durch eine Schlucht führte. Diese verengte sich allmählich so sehr, daß auf einer kurzen Strecke nicht zwei Reiter nebeneinander reiten konnten, dafür war aber dieser Weg so unbekannt, daß, selbst wenn die Räuber ahnen sollten, daß er einen solchen Umweg machte, gewiß niemand ihn dort suchen würde.

In dieser Schlucht aber hatte ich als ein unschuldiges Kind mit meinen Brüdern und Medini und den Kindern unseres Pächters gespielt.

Satagira bemerkte, daß meine Hand, die auf die Tafel zeichnete, zitterte, und fragte mich, ob ich Fieber hätte. Ich antwortete, daß es nur etwas Müdigkeit nach einer schlaflosen Nacht sei. Er ergriff aber meine Hand und fand besorgt, daß sie kalt und feucht sei, und als ich sie mit der Bemerkung, das habe gar nichts zu sagen, zurückziehen wollte, behielt er sie in der seinen, während er mich ermahnte, vorsichtig zu sein und mich zu schonen; und in seinem Blick und seiner Stimme bemerkte ich mit unsagbarem Unwillen, ja mit Entsetzen etwas von der bewundernden Zärtlichkeit aus jener Zeit, als er vergebens um mich warb. Ich beeilte mich zu sagen, daß ich mich wirklich nicht ganz wohl fühlte und mich gleich zur Ruhe begeben wollte.

Satagira folgte mir aber noch in die Galerie hinaus, und hier, wo wir allein waren, fing er an, sich zu entschuldigen: er habe allerdings über die Mutter seines Sohnes mich jetzt lange Zeit vernachlässigt; aber nach seiner Rückkehr sollte das anders werden; ich würde nicht länger nötig haben, die Nacht allein auf der Terrasse zuzubringen.

Wenn auch jene Zärtlichkeit, die dem Grabe einer verschollenen Jugendliebe entstiegen schien, bei der ich anerkennen mußte, daß sie sogar mit einer gewissen halsstarrigen Treue nur mir gegolten hatte, nicht umhin konnte, mein Herz etwas zu seinen Gunsten zu stimmen, so daß ich einen Augenblick in meinem Vorsatz wankte: so waren doch die letzten Worte, die mit einem süßlichen Lächeln und einer ekelhaften Vertraulichkeit vorgebracht wurden, nur zu geeignet, diese Wirkung wieder aufzuheben, indem sie mich an Rechte gemahnten, die er sich mir gegenüber durch seinen feigen Verrat erschlichen hatte.

Angulimala

Eine schreckliche Ruhe kam über mich, als ich jetzt in meine Zimmer zurückkehrte. Es gab nichts mehr zu bedenken, kein Zweifel war zu bekämpfen, keine Fragen wollten beantwortet sein. Alles war entschieden. Sein Karma wollte es so. Offenbar war er durch seinen doppelten Verrat mir und Angulimala verfallen.

So groß war diese Ruhe, daß ich einschlief, sobald ich mich auf das Lager gestreckt hatte – als ob meine Natur ängstlich bemüht gewesen wäre, über diese inhaltslosen Wartestunden hinwegzukommen.

Als es dunkel wurde, ging ich auf die Terrasse. Der Mond war noch nicht aufgegangen. Ich brauchte nicht lange zu warten. Die mächtige Gestalt Angulimalas schwang sich über die Brustwehr und kam auf die Bank zu, auf der ich, halb abgewendet, saß.

Ich rührte mich nicht, und ohne den Blick von dem Muster der bunten Marmorfliesen zu erheben, sprach ich: –

»Was du zu wissen wünschest, weiß ich. Alles: die Stunde, wann er fortzieht, die Stärke seiner Begleitung, die Richtung, die er einschlägt, und Wege und Pfade, denen er folgt. Von seinem bösen Karma getrieben, hat er selber mir seine Vertraulichkeit aufgedrungen, sonst wüßte ich das alles nicht, denn nie hätte ich es ihm durch heuchlerische Zärtlichkeit entlockt.«

Ich hatte mir diese Worte wohl überlegt; denn so töricht sind wir in unserem Stolz, daß es selbst jetzt, da ich mich zum Handlanger eines Verbrechers machte, für mich ein unerträglicher Gedanke war, in seinen Augen niedriger zu erscheinen, als ich wirklich war.

Nicht weniger überlegt waren meine weiteren Worte.

»Von all dem wirst du aber keine Silbe erfahren, wofern du mir nicht zuerst versprichst, daß du ihn *nur* töten, auf keine Weise aber quälen wirst, und daß du nur *ihn*, jedoch keinen seiner Begleiter töten wirst, wenn du es nicht zur Selbstverteidigung nötig hast. Ich werde dir aber eine Stelle zeigen, wo du ihn ganz allein und ohne Handgemenge tödlich treffen kannst. Dies also mußt du mir mit einem feierlichen Eide versprechen. Sonst kannst du mich töten, wirst aber kein Wort mehr von mir vernehmen.«

»So wahr ich bis heute ein treuer Diener Kalis war«, erwiderte Angulimala, »so gewiß will ich keinen von seinen Begleitern töten, und so gewiß soll er auch keine Qual erleiden.«

»Gut«, sagte ich, »ich will dir trauen. So höre also nun und merke dir Alles genau. Wenn du hier in der Stadt Hehler hast, so wirst du schon erfahren haben, daß Vorbereitungen getroffen werden, um morgen gegen die Räuber vorzugehen. Das ist aber alles leerer Schein, um dich zu täuschen. In Wirklichkeit verläßt Satagira, von dreißig Reitern gefolgt, noch heute, eine Stunde nach Mitternacht, die Stadt durch das südliche Tor, läßt den Sinsapawald links liegen und biegt noch etwas südlicher aus, um auf Nebenwegen durch das Hügelland ostwärts zu ziehen.«

Und ich gab ihm nun eine ganz genaue Beschreibung der Gegend bis zu jener engen Schlucht, durch die Satagira kommen mußte, und wo er ihn leicht und sicher erschlagen konnte.

Meiner Rede folgte ein bedrückendes Schweigen, währenddessen ich nur mein eigenes schweres Atemholen hörte. Ich fühlte, daß ich noch nicht Kraft genug hatte, um mich zu erheben und wegzugehen, wie ich es mir vorgenommen hatte.

Endlich sprach Angulimala, und schon der milde, ja traurige Klang seiner Stimme überraschte mich derart, daß ich fast erschrak und unwillkürlich zusammenfuhr.

»So wäre es denn also nun geschehen«, sagte er, »und du, die zarte, milde Frau, die du gewiß niemals mit Willen auch nur dem geringsten Geschöpfe ein Leid zugefügt hast, du wärest nunmehr im Bunde mit dem schlechtesten Menschen, dessen Hände von Blut triefen, ja der Mord deines Gatten lastete auf deinem Gewissen und würde für dich seine schwarzen Karmafäden auf abschüssiger Fährte bis in die höllische Welt weiter wirken – ja, so wäre es in der Tat, wenn du jetzt zu dem Räuber Angulimala geredet hättest.«

Ich wußte nicht, ob ich meinen Ohren trauen sollte. Zu wem sonst hatte ich denn geredet? War es doch die Stimme Angulimalas, wenn auch mit jener sonderbaren Veränderung des Klanges; und als ich mich jetzt bestürzt umwandte und ihn scharf ansah, war es außer allem Zweifel, daß der Räuberhäuptling vor mir stand, wenn auch in seiner ganzen Haltung sich gleichsam ein anderer Charakter ausdrückte als der, der mich Tags zuvor in seinem furchtbaren Banne gehalten hatte.

»Aber sei unbesorgt, edle Frau« – fügte er hinzu – »dies Alles ist nicht geschehen. Nichts ist geschehen, nicht mehr, als wenn du deine Rede an diesen Baum gerichtet hättest.«

Diese Worte waren mir so rätselhaft wie die vorhergehenden. So viel aber verstand ich, daß er aus irgend einem Grunde seinen Racheplan gegen Satagira aufgegeben hatte.

Nachdem ich mich durch furchtbare Seelenkämpfe zu dieser unnatürlichen Höhe des Verbrechens emporgerungen hatte, war dies plötzliche unbegreifliche Zerrinnen, diese spukhafte Verflüchtigung des Werkes eine Enttäuschung, die ich nicht ertrug. Die krankhafte Spannung meines Gemütes machte sich Luft in einem Strome von Schimpfworten, die ich Angulimala ins Gesicht schleuderte. Ich nannte ihn einen ehrlosen Schuft, einen wortbrecherischen, leeren Prahler, eine Memme und was weiß ich noch – das Schlimmste, was mir einfallen wollte, denn ich hoffte, daß dieser wegen seines Jähzorns in ganz Indien berüchtigte Mann, solchermaßen gereizt, mich mit einem Schlage seiner eisernen Faust leblos zu Boden strecken würde.

Als ich aber schwieg, eher, weil mir der Atem als der Wortvorrat ausging, antwortete mir Angulimala mit beschämender Ruhe: –

»Dies alles und noch Schimpflicheres habe ich ja von dir verdient, und nicht einmal den alten Angulimala hättest du damit, glaube ich, so reizen können, daß er dich getötet hätte – denn dies zu erreichen ist ja, wie ich wohl erkenne, deine Absicht. Aber wenn auch jetzt ein anderer mir noch Schlimmeres gesagt hätte, so würde ich das nicht nur ruhig ertragen haben, sondern ihm sogar dankbar dafür sein, daß er mir Gelegenheit gab, eine heilsame Prüfung zu bestehen. Hat doch der Meister selber mich gelehrt: ›Der Erde gleich, Angulimala, sollst du Gleichmut üben. Gleichwie man da auf die Erde Reines hinwirft und Unreines hinwirft, und die Erde sich weder darob entsetzt noch sich sträubt – also sollst du, Angulimala, der Erde gleich Gleichmut üben.‹ Denn du sprichst ja, Vasitthi, nicht mit dem Räuber, sondern mit dem Jünger Angulimala.«

»Was für ein Jünger? Welcher Meister?« fragte ich mit verächtlicher Ungeduld, obwohl die seltsame Sprache dieses unbegreiflichen Mannes nicht verfehlte, eine eigentümliche, fast bestrickende Wirkung auf mich auszuüben.

»Den sie den Vollendeten nennen, den Weltkenner, den vollkommen Erwachten, den Buddha«, antwortete er, »der ist der Meister. Du hast doch wohl auch schon von ihm gehört?«

Ich schüttelte den Kopf.

»Glücklich preise ich mich«, rief er, »daß ich es bin, durch dessen Mund du zuerst den Namen des Gesegneten vernimmst. Hat Angulimala dir einst als der Räuber viel Böses getan, so hat er dir jetzt als Jünger noch mehr Gutes getan.«

»Wer ist denn dieser Buddha?« fragte ich wieder in demselben Tone, ohne mir es anmerken lassen zu wollen, wie sehr meine Teilnahme geweckt war. – »Was hat er mit diesem deinem rätselhaften Betragen zu tun, und was könnte mir das für Segen bringen, seinen Namen zu hören?«

»Auch nur den Namen dessen zu hören, den sie den Willkommenen nennen«, sagte Angulimala, »ist wie der erste Schimmer einer Leuchte für den, der im Dunkel sitzt. Aber ich will dir jetzt Alles erzählen, wie er mir begegnet ist und mein Leben gewendet hat; denn gewiß ist das nicht zum wenigsten deinetwegen gerade heute geschehen.«

Schon am ersten Abend hatte mich trotz der Wildheit, die seinem Wesen entströmte, ein gewisser Anstand seines Betragens überrascht; noch auffallender war aber die ungesuchte Würde, mit der er jetzt neben mir Platz nahm, wie Einer, der sich bei seinesgleichen fühlt.

Die Speerhölle

Ich stand heute – hub er an – ein paar Stunden nach Sonnenaufgang am Waldesrande und spähte nach den Türmen Kosambis hinüber, meine Rache an Satagira im Sinne, und die Frage erwägend, ob du mir wohl die erwünschten Aufklärungen bringen würdest: als ich auf der Straße, die vom östlichen Stadttor zum Walde führt, einen einsamen, in einen gelben Mantel gehüllten Wanderer gewahr wurde, der rüstig einherschritt. Zu beiden Seiten des Weges aber waren Hirten und Landleute mit ihren Arbeiten beschäftigt. Und ich sah nun, wie diejenigen, die dem Wege am nächsten waren, jenem einsamen Wanderer etwas zuriefen, während auch die weiter entfernten mit ihrer Arbeit innehielten, ihm nachsahen und mit Fingern auf ihn zeigten. Und die Nächststehenden schienen ihn, je weiter er vorwärts schritt, um so eifriger zu warnen, ja aufhalten zu wollen, indem einige ihm nachliefen und seinen Mantel ergriffen, und dann mit eifrigen und entsetzten Gebärden nach dem Walde zeigten. Fast glaubte ich hören zu können, wie sie ihm zuriefen: »Nicht weiter! Gehe nicht in den Wald! Dort haust ja der schreckliche Räuber Angulimala.«

Aber jener Wanderer schritt unbekümmert weiter, dem Walde zu. Und jetzt sah ich an seinem Mantel und an seinem kahlgeschorenen Kopfe, daß es ein Asket war, einer von denen, die dem Orden des Sakyersohnes angehören, ein alter Mann von stattlicher Gestalt.

Und ich gedachte bei mir: »Wunderbar, wahrlich, außerordentlich ist es! Auf diesem Wege sind schon zehn Mann, ja dreißig und fünfzig Mann vereint und bewaffnet ausgezogen und sind alle in meine Gewalt geraten: und dieser Asket da kommt allein, wie ein Eroberer heran!«

Und es verdroß mich, daß er so offen meiner Macht Hohn sprach. So entschloß ich mich denn, ihn zu töten, um so mehr, als ich mir dachte, möglicherweise sei er als Späher von Satagira in den Wald geschickt. Denn diese Asketen – so meinte ich – sind ja alle heuchlerisch und feil und lassen sich zu Allem gebrauchen, indem sie auf die Sicherheit bauen, die sie durch den Aberglauben des Volkes genießen – denn so hatte ich von meinem gelehrten Freunde Vajaçravas gelernt, die Sache zu betrachten.

Schnell entschlossen ergriff ich meinen Speer, hängte Bogen und Köcher um und ging dem Asketen, der jetzt in den Wald eingetreten war, Schritt für Schritt nach.

Als ich aber eine günstige Stelle erreicht hatte, wo keine Bäume uns trennten, blieb ich stehen, nahm den Bogen von der Schulter und schoß einen Pfeil so ab, daß er dem Wanderer in die linke Seite des Rückens eindringen und sein Herz durchbohren mußte; aber er flog über den Kopf des Asketen dahin.

»Da muß sich unter meine Pfeile ein ganz schlechter verirrt haben«, sagte ich mir, nahm meinen Köcher zur Hand und wählte einen schön gefiederten, tadellosen Pfeil, mit dem ich so zielte, daß er dem Asketen das Genick durchbohren mußte. Der Pfeil schlug aber links von ihm in einen Baumstamm ein. Der nächste flog rechts von ihm vorbei, und so ging es mit allen Pfeilen, bis mein Köcher geleert war.

»Unbegreiflich, außerordentlich ist das!« dachte ich bei mir. »Habe ich mich doch oft damit belustigt, einen Gefangenen mit dem Rücken an einen Zaun zu stellen und die Pfeile so nach ihm zu schießen, daß, nachdem er zur Seite getreten, der ganze Umriß seines Körpers durch die im Zaune steckenden Pfeile abgezeichnet war – und das auf eine noch größere Entfernung. Bin ich doch gewohnt, mit meinem Pfeil den Adler im vollen Flug aus der Luft zu holen. Was fehlt denn heute meiner Hand?«

Unterdessen hatte jener Asket einen ziemlichen Vorsprung gewonnen, und ich begann hinter ihm her zu laufen, um ihn mit dem Speere zu töten. Nachdem ich ihm aber auf etwa fünfzig Schritte nahe gekommen war, gewann ich ihm keinen Schritt mehr ab, obschon ich mit aller Macht rannte, jener Asket aber ganz gemach vorwärts zu schreiten schien.

Da sagte ich zu mir selber: »Wahrlich, dies ist noch das Wunderbarste von Allem! Habe ich doch sonst oft den scheuen Ilfen und den flüchtigen Hirsch eingeholt, und diesen gemach dahinschreitenden Asketen kann ich jetzt, mit aller Macht laufend, nicht einholen. Was fehlt denn heute meinen Füßen?«

Und ich blieb stehen und rief ihm zu:

»Stehe, Asket! Stehe!«

Er aber schritt ruhig weiter und rief zurück:

»Ich stehe, Angulimala! Stehe auch du!«

Da wunderte ich mich denn wieder gar sehr und dachte: »Offenbar hat dieser Asket soeben durch irgend einen Wahrheitsakt mein Pfeilschießen vereitelt, durch irgend einen Wahrheitsakt mein Laufen vereitelt. Wie kann er denn also jetzt eine offenbare Unwahrheit sagen, indem er zu stehen behauptet, während er doch geht, mich aber zum Stehenbleiben auffordert, obschon er sehr wohl sieht, daß ich bereits so still stehe wie dieser Baum? So würde wohl die fliegende Gans zur Eiche sagen: ›Ich stehe, Eiche! Stehe auch du!‹ Sicher muß also hier etwas dahinter stecken. Wohl möchte es mehr wert sein, den geheimen Sinn dieser Asketenworte zu verstehen als einen Asketen zu töten.«

Und ich rief ihm zu:

»Wandelnd wähnst du dich stätig, Asket, und mich, der stätig, wähnst du wandelnd. Erkläre mir das, Asket! Wie bist du stätig, wie bin ich unstät?«

Und er antwortete mir:

»Ich, der ich keinem Wesen Leides antue, bin beständig, wandle nicht mehr; du aber, der du gegen die Wesen wütest, mußt ruhelos von Leidensort zu Leidensort wandeln.«

Ich antwortete wieder:

»Daß wir immer wandeln, habe ich wohl gehört. Das vom Beständigsein, vom Nichtwandeln verstehe ich aber nicht. Wolle, Ehrwürdiger, mir das kurz Gesagte ausführlich erläutern. Sieh, ich habe meinen Speer von mir getan und feierlich schwöre ich dir: ich schenke dir Frieden!«

»Zum zweiten Male, Angulimala«, sagte er, »hast du falsch geschworen.«

»Zum zweiten Male?«

»Das erste Mal geschah es bei jenem falschen Wahrheitsakt.«

Das schien mir nun nicht der Wunder geringstes, daß er um jene geheime Sache wußte; aber ohne mich dabei aufzuhalten, beeilte ich mich, meine schlaue Handlung zu verteidigen.

»Meine Worte, Ehrwürdiger, waren da freilich gleichsam auf Schrauben gestellt, aber mit den Worten beschwor ich nichts Falsches, nur der Sinn war täuschend. Das aber, was ich dir schwöre, ist sowohl den Worten wie dem; Sinne nach wahr.«

»Nicht doch«, antwortete er, »denn du kannst mir keinen Frieden schenken. Wohl dir, wenn du dir von mir den Frieden schenken ließest.«

Dabei hatte er sich umgewandt und winkte mir freundlich, heranzutreten.

»Gern, Ehrwürdiger«, sagte ich demütig.

»So höre denn und gib wohl acht!«

Er setzte sich im Schatten eines großen Baumes nieder und hieß mich zu seinen Füßen Platz nehmen.

Und er fing an, mich über gute und böse Taten und über ihre Folgen zu belehren, indem er mir Alles ausführlich auseinandersetzte, so wie man zu einem Kinde spricht. Denn ich war ja ganz ungelehrt, während sonst Asketenschüler meistens Brahmanenjünglinge sind, die sogar den Veda kennen. Ich aber hatte so tiefgedachten Reden nie gelauscht, seitdem ich im nächtlichen Walde zu den Füßen Vajaçavas' gesessen, von dem ich dir schon erzählt habe, und den du wohl auch sonst hast nennen hören.

Als nun aber dieser Asket mir offenbarte, daß nicht eine willkürliche Göttermacht, sondern unser eigenes Herz allein durch seine Gedanken und Taten uns hier und dort geboren werden läßt, bald auf Erden, bald in einem Himmel, bald wieder in einer Hölle – da mußte ich eben an jenen Vajaçravas denken, wie er uns durch Vernunftgründe und mittelst der Schrift bewies, daß es keine Höllenstrafen geben könne, und daß alle darauf bezüglichen Stellen in der heiligen Schrift von den schwachen und feigen Seelen in dieselbe hineingeschmuggelt seien, um die starken und mutigen durch solche Drohungen einzuschüchtern und dadurch sich vor der Gewalttätigkeit der letzteren zu schützen. – »Freund Vajaçravas«, dachte ich, »hat mich niemals so ganz überzeugen können. Ob wohl dieser Asket es vermag? Hier steht eben Meinung gegen Meinung, Gelehrter gegen Gelehrten. Denn selbst, wenn auch dieser Asket einer der großen Jünger des Sakyersohnes sein sollte, so wurde ja auch Vajaçravas von seinen Anhängern hochgepriesen, und jetzt, nach seinem Tode, wird er sogar vom gemeinen Volke als ein Heiliger verehrt. Wer will also entscheiden, wer von diesen beiden recht hat?«

»Du bist nicht mehr ganz bei der Sache, Angulimala«, sagte da der Asket: »du denkst an jenen Vajaçravas und an seine Irrlehren.«

Sehr verwundert gab ich das zu.

»So hat denn der Ehrwürdige auch meinen Freund Vajaçravas gekannt?«

»Man hat mir sein Grab vor dem Tore gezeigt, und ich sah, wie dort törichte Reisende ihr Gebet verrichteten in dem Wahne, er sei ein Heiliger.«

»So ist er denn kein Heiliger?«

»Nun, wir wollen, wenn es dir so scheint, ihn aufsuchen und sehen, wie es ihm mit seiner Heiligkeit nun geht.«

Der Asket sagte dies, als ob es sich darum handele, von einem Hause ins andere zu gehen.

Ganz bestürzt starrte ich ihn an:

»Ihn aufsuchen? Vajaçravas? Wie wäre denn das möglich?«

»Gib mir deine Hand«, sprach er. »Ich werde mich in jene Selbstvertiefung versenken, durch die in einem standhaften Herzen der zu den Göttern und der zu den Dämonen führende Weg sichtbar werden. Da wollen wir denn seiner Fährte folgen, und was ich sehe, wirst auch du sehen.«

Ich reichte ihm meine Hand. Eine Weile saß er schweigend da, die Augen gesenkt, die Pupillen nach innen gerichtet, und ich spürte nichts. Plötzlich aber war es mir, wie es wohl einem Schwimmer sein mag, wenn der Dämon, der im Wasser haust, seinen Arm ergreift und ihn nach unten zieht, so daß der blaue Himmel und die Bäume des Ufers verschwinden, indem die Welle über seinem Kopfe zusammenschlägt, und immer tiefer werdendes Dunkel ihn umgibt. Bisweilen aber loderte auch Flammenschein um mich, und mächtiges Getöse dröhnte mir im Ohre.

Schließlich befand ich mich wie in einer ungeheuren Höhle, die ganz dunkel war, jedoch durch unzählige kurz zuckende Blitze unruhig beleuchtet wurde. Als ich mich etwas an die Dunkelheit gewöhnt hatte, entdeckte ich, daß diese Blitze von dem Erglänzen eiserner Speerspitzen herrührten, die hin und her fuhren, als ob Lanzen von unsichtbaren Armen geschwungen würden – etwa in einer Geisterschlacht. Auch hörte ich Schreie, aber nicht wilde und mutige wie von kampfestrunkenen Streitern, sondern Schmerzensschreie und Stöhnen Verwundeter, die ich jedoch nicht sah. Denn diese Schreckenslaute kamen aus dem Hintergrunde, wo das Zucken der Lanzenspitzen einen einzigen zitternden und wirbelnden Nebel bildete. Der Vordergrund aber war leer.

Hier traten nun aber drei Gestalten herein, von einem rechts einmündenden, schwarzen Höhlenschlund gleichsam ausgespieen. Der Mann in der Mitte war Vajaçravas; sein nackter Körper zitterte vom Kopf bis zu den Füßen, als ob er heftig fröre oder vom Fieber geschüttelt würde. Seine Begleiter hatten beide einen menschlichen Rumpf, der aber von Vogelbeinen mit starken Krallen getragen wurde, während er bei dem einen von einem Fischkopfe, bei dem anderen von einem Hundekopfe gekrönt war. In den Händen trug jeder einen langen Speer.

Der mit dem Fischkopf sprach zuerst:

»Dies, Ehrwürdiger, ist die Speerhölle, wo du nach dem Spruch des Höllenrichters zehntausendjährige Strafe abzubüßen hast, indem du von diesen zuckenden Speeren ununterbrochen durchbohrt wirst; – um dann je nach deinen sonstigen Taten irgendwo wiedergeboren zu werden.

Dann sprach der mit dem Hundekopf:

»So oft sich, Ehrwürdiger, in deinem Herzen zwei Speere kreuzen, wisse, daß dann tausend Jahre von deiner Höllenqual um sind.«

Kaum hatte er dies gesagt, so schwangen beide Höllenwächter ihre Lanzen und durchbohrten Vajaçravas. Wie auf ein gegebenes Zeichen zuckten jetzt alle Speere ringsum auf ihn los und durchbohrten ihn mit ihren Spitzen von allen Seiten, wie eine Schar von Raben sich über ein hingeworfenes Aas wirft und ihre Schnäbel in das Fleisch hackt. Bei diesem schrecklichen Anblick und den jammervollen Schreien, die Vajaçravas in seiner Qual ausstieß, vergingen mir die Sinne.

Als ich wieder erwachte, lag ich im Walde, unter dem großen Baume, zu Füßen des Erhabenen hingestreckt.

»Hast du gesehen, Angulimala?«

»Ich habe gesehen, o Herr.«

Und ich wagte nicht einmal hinzuzufügen: »Errette mich!« Denn wie konnte *ich* begehren, errettet zu werden?

»Wenn du nun nach der Auflösung deines Leibes infolge deiner Taten auf abschüssige Fährte gelangst, in höllische Welt, und der Richter der Schatten über dich denselben

Spruch ergehen läßt, und die Höllenwächter dich in die Speerhölle zu derselben Strafe führen: geschieht dir dann zuviel, Angulimala?«

»Nein, Herr, es geschieht mir nicht zu viel.«

»Ein Wandel aber, von dem du selber gestehst, daß er gerechterweise zu solchen unausdenkbaren Qualen führt, ist das wohl, Angulimala, ein Wandel, der wert ist, fortgesetzt zu werden?«

»Nein, o Herr! Diesem Wandel will ich entsagen, abschwören will ich meine teuflischen Gewohnheiten um ein Wort deiner Wahrheit.«

»Vor Zeiten einmal, Angulimala, hat der Richter der Schatten innig erwogen: ›Wer da wahrlich Übeltaten in der Welt verübt, wird mit solchen mannigfachen Strafen gestraft. O, daß ich doch Menschentum erreichte, und daß ein Vollendeter, ein vollkommen erwachter Buddha in der Welt erschiene, und ich um ihn, den Erhabenen, sein könnte: und daß er, der Erhabene, mir die Satzung darlegte, und daß ich sie verstände!‹

Was nun jener Richter der Schatten sich so innig erwünschte, das ist dir, Angulimala, geworden. Du hast das Menschentum erreicht. Gleichwie aber, Angulimala, auf diesem indischen Festlande nur wenig freundliche Haine, herrliche Wälder, schöne Hügel und liebliche Lotusteiche sich befinden, sondern im Vergleich damit reißende Flüsse, Urwälder, öde Felsgebirge und dürre Wüsten bei weitem zahlreicher sind:

ebenso auch werden nur wenig Wesen unter den Menschen geboren im Vergleich zu den weit zahlreicheren Wesen, die in anderen Reichen als dem der Menschheit zum Dasein gelangen; –

ebenso auch sind nur wenige Geschlechter gleichzeitig mit einem Buddha auf Erden, im Vergleich zu den weit zahlreicheren, zu deren Zeit kein Buddha erstanden ist; –

ebenso auch wird es von jenen wenigen Geschlechtern nur wenigen Wesen zuteil, den Vollendeten zu sehen, im Vergleich zu jenen weit zahlreicheren, die ihn nicht sehen.

Du aber, Angulimala, hast Menschentum erlangt; und zwar zu einer Zeit, wo ein vollkommener Buddha in der Welt erschienen ist, und du hast ihn gesehen und du kannst um ihn, den Erhabenen, sein.«

Als ich diese Worte vernahm, reif ich die Hände faltend:

»Heil dir, o Heiliger! So bist du denn selber der vollkommen erwachte Buddha! So hat denn das edelste der Wesen sich des schlechtesten erbarmt! So willst denn du, Erhabener, mir erlauben, um dich zu sein?«

»Ich will's«, antwortete der Erhabene. »Und so vernimm nun auch dieses:

ebenso gibt es unter den wenigen, die den Erhabenen sehen, nur wenige, die seine Satzung hören, und von diesen nur wenige, die sie verstehen. Du aber wirst die Satzung hören und verstehen. Komm, Jünger!«

Und der Erhabene war in den Wald hineingeschritten gleichwie ein Elefantenjäger, der auf seinem zahmen Ilfen reitet. Er verließ aber den Wald wieder, gleichwie ein Elefantenjäger den Wald verläßt, von einem wilden, durch seine Kunst bezähmten Ilfen gefolgt.

So bin ich denn nun zu dir gekommen, Vasitthi: nicht der Räuber Angulimala, sondern der Jünger Angulimala. Sieh, ich habe Speer und Keule, Stock und Geißel von mir geworfen, habe Töten und Quälen abgeschworen, und vor mir haben alle Wesen Frieden.

Lautere Spende

Ich weiß nicht, wie lange es dauerte, ehe ich meine Lippen öffnete, aber eine recht lange Zeit, glaube ich, saß ich stumm da und ließ Alles, was mir Angulimala erzählt hatte, Punkt für Punkt vor mir auftauchen, und dachte darüber nach und wunderte mich immer mehr. Denn obwohl ich viele Sagen aus alter Zeit von göttlichen Wundern und besonders von den Wundertaten Krishnas, als er auf dieser Erde wanderte, gehört hatte, so kamen sie mir doch alle miteinander geringfügig vor, wenn ich sie mit dem verglich, was an diesem Tage Angulimala im Walde widerfahren war.

Und ich fragte mich nun selber, ob jener große Mann, der in wenigen Stunden aus dem schrecklichen Räuber diesen sanften Menschen, der soeben zu mir gesprochen, gemacht hatte – jener »Vollendete«, der das Wildeste, was es in der ganzen Natur gab, so leicht und sicher gezähmt hatte: ob er nicht auch imstande sei, mein friedloses, von Leidenschaften stürmisch bewegtes Herz zu beruhigen und durch das Licht seiner Worte die nächtige Trauerwolke von ihm zu verscheuchen? Oder war dies vielleicht noch schwieriger, ja wohl gar eine Aufgabe, deren Lösung selbst die Kräfte des heiligsten Asketen überstieg?

Fast fürchtete ich, das letztere möchte der Fall sein, aber ich fragte doch, wo wohl jener große Asket, den er seinen Meister nannte, sich aufhielte, und ob auch ich ihn wohl aufsuchen könne.

»Recht so«, antwortete Angulimala, »daß du sofort danach fragst – und wonach solltest du auch sonst fragen? Deshalb bin ich ja zu dir gekommen. Die wir im Bösen

Verbündete sein wollten, wir werden es jetzt im Guten sein. Der Erhabene weilt jetzt im Sinsapawalde, von dem du selber sprachst. Begib dich morgen dorthin, aber erst gegen Abend. Denn dann haben die Mönche ihre Gedenkenruhe beendigt und versammeln sich am alten Krishnatempel, und der Erhabene spricht da zu ihnen und zu den sonst Anwesenden. Zu dieser Stunde gehen nämlich viele Männer und Frauen von der Stadt dort hinaus, um den Gesegneten zu sehen und seinen lichtspendenden Worten zu lauschen; und mit jedem Abend wird der Andrang größer. Oft dauert ein solcher Vortrag bis in die späte Nacht hinein. Von alledem war ich schon genau unterrichtet, weil ich in der Sündhaftigkeit meines Herzens den scheußlichen Plan geschmiedet hatte, mit meinen Leuten nächstens die Versammlung zu überfallen. Die Gaben an Lebensmitteln und Stoffen, die viele der Besucher als Geschenke für den Orden mitbringen, bilden schon eine – wenn auch nicht reiche – so doch keineswegs ganz zu verschmähende Beute. Besonders aber gedachte ich einige vornehme Bürger aufzuheben und schweres Lösegeld von ihnen zu erpressen, und verband damit die Hoffnung, durch einen so dreisten Handstreich, gerade vor den Toren der Stadt, Satagira endlich aus den Mauern herauszulocken. Denn als ich den Plan faßte, war mir seine bevorstehende Reise noch unbekannt. – Versäume also nicht, edle Frau, morgen gegen Abend nach dem alten Krishnatempel zu gehen, das wird dir lange zum Heil gereichen. Mich verlangt es jetzt eiligst dahin zu kommen, ob ich wohl noch etwas hören werde. Doch in solchen schönen Mondnächten bleiben die Mönche lange beisammen, in religiöse Gespräche vertieft, und erlauben Einem gern zuzuhören.«

Er verbeugte sich tief vor mir und entfernte sich schnell. –

Am nächsten Vormittage schickte ich nach Medini, die nun ebenso bereit war, mit ihrem Gatten Somadatta mir Gefolge nach dem Krishnahain zu leisten, wie damals, als es sich darum handelte, die Begegnung zweier Liebenden zu vermitteln. In der Tat hatte sie schon vorher einmal ihren Gatten gebeten, sie eines Abends dort hinaus zu bringen, denn sie ließ sich nicht leicht etwas entgehen, wovon die Leute sprachen. Somadatta aber hatte sich vor dem Hausbrahmanen gefürchtet, und so war sie denn hocherfreut, durch die Aufforderung der Ministersgattin jenem Tyrannen gegenüber gedeckt zu sein.

Wir fuhren sofort nach den Kaufhallen, wo Somadatta, der dort seine Geschäfte besorgte, uns behilflich war, solche Stoffe auszusuchen, die für die Bekleidung der Mönche und der Nonnen geeignet waren. Auch kaufte ich dort eine große Menge Arzneien. Wieder nach Hause gekommen, plünderten wir die Vorratskammern: Krüge mit dem feinsten Öl, Kisten mit Honig, mit Butter und mit Zucker, Schüsseln mit Eingemachtem aller Art wurden für unseren frommen Zweck zur Seite gestellt. Meine eigenen Schränke mußten das Ausgesuchteste, was sie an wohlriechendem Wasser, Sandelstaub und Kampfer bargen, hergeben, und dann ging es in den Garten, dessen Blumenflor nicht geschont wurde.

Als die ersehnte Stunde kam, waren schon alle diese Sachen auf einen mit Maultieren bespannten Wagen geladen. Wir selber nahmen unter dem Zelte eines anderen Wagens Platz, und von den zwei silberweißen Vollblut-Sindhrossen gezogen, die jeden Morgen dreijährigen Reis aus meiner Hand fraßen, fuhren wir zum Stadttor hinaus.

Die Sonne näherte sich schon den Kuppeln und Türmen der Stadt hinter uns, und ihre Strahlen vergoldeten den Staub, der den ganzen Weg entlang aufgewirbelt wurde von den vielen, die wie wir – meistens jedoch zu Fuß – hinauspilgerten, um den Buddha zu sehen und zu hören.

Bald erreichten wir den Eingang zum Walde. Hier ließen wir die Wagen halten und begaben uns zu Fuß weiter, von Dienern gefolgt, welche die mitgebrachten Weihgeschenke trugen.

Seit jener Nacht aber, als wir dort voneinander Abschied nahmen, war ich in diesem Walde nicht wieder gewesen. Als ich nun – in derselben Begleitung – in seinen kühlen Schatten eintrat, überwältigte mich ein solcher Erinnerungsduft, der, gleichsam für mich hier aufgespeichert, im Verlaufe der Jahre seine Süßigkeit bis zur Giftigkeit konzentriert hatte, daß ich betäubt stehen blieb. Es war mir, als ob meine Liebe, in voller Stärke erwacht, sich mir in den Weg stellte, mich der Fahnenflucht und des Verrates zeihend. Denn ich kam ja nicht hierher, um ihr durch Einatmen des Erinnerungsduftes neue Nahrung zu geben, sondern um für mein enttäuschtes und gequältes Herz den Frieden zu suchen. Hieß das aber nicht vergessen, der Liebe entsagen wollen? War das nicht Wortbruch und feiger Verrat?

In solchem bangen Zweifel stand ich da, unschlüssig, ob ich weitergehen oder umkehren solle – zu großer Enttäuschung Medinis, die vor Ungeduld trippelte, wenn Andere uns überholten.

Jedoch der Anblick dieses Waldinneren, von der späten Nachmittagssonne mild und goldig durchstrahlt – das leise, gleichsam mahnende Rauschen und Lispeln der Blätter – die Leute, die beim Eintreten sofort verstummten und sich erwartungsvoll, fast scheu umsahen – hier und dort, in einiger Entfernung, am Fuße eines mächtigen Baumstammes, ein in die Falten seines gelben Mantels gehüllter Asket, mit untergeschlagenen Beinen und in Selbstvertiefung versunken, aus der erwachend wohl dann auch dieser und jener sich erhob und, ohne sich umzusehen, dieselbe Richtung einschlug, in der alle einem noch unsichtbaren Ziele zustrebten: – alles dies trug einen so still erhabenen Charakter und schien davon zu zeugen, daß hier Geschehnisse vorgingen so seltener, ja heiliger Art, daß sich keine Macht in der Welt dagegen stellen dürfte, ja, daß selbst die Liebe, wenn sie ihre Stimme dagegen erhöbe, ihres ganzen göttlichen Rechtes verlustig gehen würde.

So schritt ich denn entschlossen weiter, und die an Angulimala gerichteten Worte des Erhabenen von den vielen Menschengeschlechtern, die dahinleben, ohne daß ein Buddha in der Welt wäre, und von den so äußerst wenigen selbst unter den Zeitgenossen eines Buddha, denen es beschieden sei, ihn zu hören und zu sehen – diese Worte hallten mir im Ohre, wie das Läuten einer Tempelglocke, und ich fühlte mich wie eine Gebenedeite, die einem Erlebnisse entgegengeht, um welches kommende Geschlechter sie beneiden.

Als wir die Lichtung erreichten, wo die Tempelruine stand, waren hier schon viele Leute versammelt, sowohl Laien wie Mönche. Sie standen in Gruppen verteilt, die meisten in der Nähe der Ruine, die sich uns gegenüber erhob. Nahe an der Stelle, wo wir die Waldwiese betraten, bemerkte ich eine größere Gruppe von Mönchen, unter welchen mir ein wahrer Riese auffallen mußte, denn er überragte auch die höchsten neben ihm Stehenden um Haupteslänge.

Während wir uns nun umsahen, wohin wir wohl am besten unsere Schritte lenken sollten, trat zwischen uns und jenen Mönchen ein alter Asket aus dem Walde heraus. Seine hohe Gestalt hatte eine so königliche Haltung, und eine so heitere Ruhe strahlte aus seinen edlen Zügen, daß mir sofort der Gedanke kam: ob dieser Asket wohl der Sakyersohn sein sollte, den sie den Buddha nennen?

In seiner Hand trug er einige Sinsapablätter, und an jene Mönche sich wendend, sprach er:

»Was meint ihr, ihr Jünger, was ist mehr, diese Sinsapablätter, die ich in der Hand halte, oder die anderen Blätter droben im Sinsapawalde?«

Und die Mönche antworteten:

»Die Blätter, die der Erhabene in der Hand hält, sind wenige, und viel mehr sind jene Blätter droben im Sinsapawalde.«

»So auch«, sagte er, der – wie ich jetzt wußte – der Buddha war – »so auch, ihr Jünger, ist das viel mehr, was ich erkannt und euch nicht verkündet, als das, was ich euch verkündet habe. Und warum, ihr Jünger, habe ich euch jenes nicht verkündet? Weil es euch keinen Gewinn bringt, weil es nicht den Wandel in Heiligkeit fördert, weil es nicht zur Abkehr vom Irdischen, zum Untergang aller Lust, zum Aufhören des Vergänglichen, zum Frieden, zum Nirvana führt.«

›So hatte also jener törichte Greis doch darin recht!‹ rief Kamanita.

›Welcher Greis?‹ fragte Vasitthi.

›Jener Asket, mit dem ich – wie ich dir erzählte – im Vororte Rajagahas, in der Halle eines Hafners, die Nacht zubrachte, die letzte meines Erdenlebens. Er wollte mir durchaus die Lehre des Erhabenen darlegen, was ihm, wie ich wohl merkte, nicht sonderlich gelang. Aber er brachte doch offenbar viele echte Aussprüche vor, und unter diesen eben auch wortgetreu, was du mir jetzt berichtet hast – sogar den Ort gab er richtig an und bewegte mich dadurch tief. Freilich, hätte ich geahnt, daß du dabei anwesend warst, dann wäre ich noch tiefer ergriffen worden.‹

›Er mag wohl selber sich unter den Anwesenden befunden haben‹, sagte Vasitthi, ›jedenfalls hat er dir genau berichtet. Und der Erhabene fügte noch hinzu:

»Und was, ihr Jünger, habe ich euch verkündet? Was das Leiden ist, habe ich euch verkündet. Was die Entstehung des Leidens ist, was die Leidensvernichtung ist, was der zur Leidensvernichtung führende Weg ist – dies alles habe ich euch verkündet. Darum, ihr Jünger, was ich offenbart habe, das lasset offenbart sein, und was ich unoffenbart gelassen habe, das lasset unoffenbart bleiben.«

Indem er diese Worte sprach, öffnete er die Hand und ließ die Blätter fallen. Als nun das eine wirbelnd in meine Nähe hinflatterte, nahm ich mir ein Herz, trat eilig hervor und fing es auf, noch bevor es die Erde berührt hatte, indem ich es somit gleichsam aus seiner Hand empfing – um dann dies unschätzbare Erinnerungszeichen an meinem Busen zu verbergen, ein Symbol des Wenigen, aber einzig Nötigen, das uns der Vollendete aus seinem unermeßlichen Wissenshort mitteilte, das mich bis zu meinem Tode nicht mehr verlassen sollte.

Diese meine Bewegung zog die Aufmerksamkeit des Erhabenen auf mich. Jener riesenhafte Mönch verbeugte sich jetzt vor ihm und machte ihm flüsternd eine Mitteilung, worauf der Meister mich noch einmal ansah und dann dem Mönche einen Wink gab.

Dieser trat auf uns zu.

Wir verneigten uns alle tief, und ich sagte, daß ich, die Gemahlin des Ministers Satagira, einige geringe Gaben für den Orden der Heiligen mitgebracht hätte, um deren gütige Annahme ich bäte, und daß wir alle gekommen wären, um die Worte der Wahrheit zu vernehmen.

»Tritt näher, edle Frau«, sagte der Mönch – und sofort hörte ich, daß es Angulimala war – »der Erhabene will selber deine Gaben in Empfang nehmen.«

Wir traten alle bis auf ein paar Schritte an den Erhabenen heran und verneigten uns tief, ihn ehrfurchtsvoll mit den vor der Stirn gehaltenen, zusammengelegten Händen begrüßend, ohne daß ich ein Wort hervorzubringen vermochte.

»Reich sind deine Gaben, edle Frau«, sagte der Erhabene, »und meine Jünger haben wenige Bedürfnisse. Erben der Wahrheit sind sie, nicht Erben der Not. Aber auch die Buddhas der Vorzeit haben es so gehalten und gern Spenden frommer Anhänger entgegengenommen, damit diesen Gelegenheit werde, die Tugend des Almosengebens zu üben. Denn wenn die Wesen die Frucht des Gebens kennten, wie ich sie kenne, dann würden sie, wenn sie auch nur eine Handvoll Reis übrig hätten, diese nicht verzehren, ohne einem noch Ärmeren davon zu geben, und der Gedanke des Eigennutzes, der ihren Geist verdunkelt, würde aus ihm entweichen. So sei denn deine Spende vom Orden des Buddha mit Dank angenommen – eine lautere Spende. Denn das nenne ich eine lautere Spende, durch welche der Geber geläutert wird und der Empfänger auch. Und wie geschieht das? Da ist, Vasitthi, der Geber sittenrein, edel geartet, und die Empfänger sind sittenrein, edel geartet; so wird bei einer Spende der Geber geläutert und der Empfänger. Das ist, Vasitthi, höchste Lauterkeit der Spende – einer solchen, die du dargebracht hast.«

Darauf wandte der Erhabene sich an Angulimala:

»Geh, mein Lieber, und laß diese Geschenke zu den Vorräten bringen. Zuerst aber weise unseren edlen Gästen Plätze an vor den Stufen des Tempels, denn von dort aus werde ich den heute Anwesenden die Lehre darlegen.«

Angulimala hieß die Diener warten und forderte uns auf, ihm zu folgen. Zuerst aber ließen wir uns alles, was wir an Blumen mitgebracht hatten, und auch einige schöne Teppiche herausgeben. Dann gingen wir, von unserm stattlichen Begleiter geführt, durch die zusammenströmende Menge, die uns ehrerbietig Platz machte, nach dem Tempel.

Hier breiteten wir die Teppiche über die Stufen und schlangen Blumengewinde um die alten, verwitterten und zerbröckelten Säulen. Dann zerpflückten Medini und ich einen ganzen Korb voll Rosen und streuten die Blütenblätter über den Teppich auf der obersten Stufe, für den Erhabenen, darauf zu stehen.

Unterdessen hatten die Versammelten sich in einem großen Halbkreise geordnet, die Laien links, die Mönche und Nonnen rechts vom Tempel – die vordersten Reihen im Grase sitzend. Und auch wir nahmen jetzt auf einer umgestürzten Säule Platz, nur wenige Schritte von den Stufen entfernt.

Es mochten wohl etwa fünfhundert Menschen dort versammelt sein, aber eine fast lautlose Stille herrschte in der Runde, und man vernahm nur das stoßweise Rauschen und das leise Blätterlispeln des Waldes.

Buddha und Krishna

Die untergehende Sonne schoß ihre Strahlenbündel zwischen die Stämme hindurch, die lautlos wartende Versammlung im Waldesgrunde gleichsam mit einem göttlichen Segensgruß weihend, und rosige Abendwölkchen lugten immer leuchtender durch die Baumwipfel, als ob draußen, aus der Bläue der Luft hervorschwebend, eine zweite Versammlung himmlischer Scharen sich bildete.

Der Tempelbau vor mir trank mit seinen schwarzen, zerbröckelten Steinen diese letzte Sonnenglut, wie ein hinfälliger Alter einen Verjüngungstrank schlürft. Unter dem Zauber der rotgoldigen Lichter und der purpurnen Schatten belebten seine Massen sich wunderbar. Die schartigen Ränder der Säulenkannelüren glitzerten, die Ecken sprühten, die Schnecken krümmten sich, das Wellenmuster schäumte Gold, das Blätterwerk wuchs. Die stufenartigen Absätze des hohen Unterbaues entlang, um Plinthen und Kapitäle, am Gebälk und auf den Terrassen des küppelförmigen Daches – überall regte es sich in wirrem Durcheinander seltsamer und mystischer Formen. Götter traten im Glorienschein hervor, mehrköpfige und vielarmige Gestalten mit üppig wuchernden, vielfach verstümmelten Gliedmaßen, dieser vier kopflose Hälse streckend, jener acht Armstümpfe schwenkend. Brüste und Hüften schwellgliedriger Göttinnen entschleierten sich und wälzten sich heran, und ihre runden Gesichter neigten sich unter der Last turmhoher diademgeschmückter Haaraufsätze, ein sonniges Lächeln um die vollen, sinnigen Lippen. Die Schlangenleiber der Dämonen wanden sich, Greifenflügel spannten sich, zähnefletschend grinsten grimme

Unholdsfratzen; Menschenkörper wimmelten, Elefantenrüssel, Pferdeköpfe, Stierhörner, Hirschgeweihe, Krokodilkiefer, Affenmäuler und Tigerrachen taumelten in wirrem Knäuel durcheinander.

Das war kein bildwerkgeschmückter Bau mehr: das waren lebendig gewordene Bildwerke, die, den Bann des Bauwerkes brechend, sich von seiner Masse loslösten und diese kaum noch als Stütze duldeten. Eine ganze Welt schien aus ihrem steinernen Schlaf erwacht zu sein und mit ihren Tausenden von Gestalten sich hervorzudrängen um zu lauschen – dem Manne zu lauschen, der dort von ihrem Schwarm umschlossen und überschattet auf der obersten Stufe stand, golden glänzend in den länglich herabfallenden Mantelfalten – er, der Lebendige, der einzig Ruhige mitten im unruhigen Wahnleben des Leblosen.

Jetzt war es, als ob die Stille der Versammlung noch tiefer würde, ja, mir schien es, daß auch die Bäume ihr Blätterlispeln einstellten.

Und der Erhabene hub an zu reden.

Er sprach von dem Tempel, auf dessen Stufen er stand, und wo unsere Vorfahren jahrhundertelang Krishna angebetet hatten, um durch das Vorbild seines Heroenlebens zu einem heldenhaften Wirken und Dulden hier auf Erden aufgemuntert und durch seine Gnade gestärkt zu werden, und um dann nach dem Tode in sein Freudenparadies einzugehen und dort himmlische Wonne zu genießen. Nun aber hätten wir, die Nachkommen uns dort eingefunden, um aus dem Munde eines vollkommenen Buddha die Worte der Wahrheit zu vernehmen, um zu lernen, einen lauteren, heiligen Wandel zu führen, und schließlich, durch völlige Überwindung jedes Verlangens nach dem Vergänglichen, das Ende des Leidens zu erreichen, das Nirvana. So vollende er, der Buddha, der völlig Erwachte, das Werk des träumenden Gottes, so vollendeten wir, die Erwachsenen, was unsere Vorfahren in kindlich erhabenem Schwärmen begonnen hätten.

»Dort seht ihr«, sagte er, »wie ein trefflicher Künstler längst vergangener Tage den Elefantenkampf Krishnas in Stein gebildet hat« – und er zeigte auf ein mächtiges Reliefstück, das fast vor meinen Füßen lag, die eine Ecke in den Rasen bohrend, die andere auf ein halb begrabenes Kapitell gestützt. In der letzten Sonnenglut, die den bemoosten Stein streifte, erkannte man noch deutlich eine Gruppe – einen Jüngling, der, den Fuß auf den Kopf eines gefallenen Ilfen setzend, diesem einen Hauer ausbricht.

Und der Erhabene erzählte nun, wie der König von Mathura, der schreckliche Tyrann Kamsa, nachdem er Krishna zu einem Wettkampf an seinem Hofe eingeladen hatte, im geheimen seinem Elefantentreiber befahl, am Eingang des Kampfplatzes den wildesten Kriegselefanten aus seinem Stalle auf den ahnungslosen Jüngling zu hetzen. Wie aber dann dieser das Ungetüm tötete und, zum Schrecken des Königs, blutbesprengt und den abgebrochenen Hauer in der Hand, die Arena betrat.

»Aber auch auf den Erhabenen« – so führte er weiter aus – »hatten seine Feinde einen wilden Elefanten gehetzt. Und beim Anblick des heranstürmenden Ungetüms wurde der Erhabene von Mitleid ergriffen. Denn das Blut strömte dem Tiere am Bug herunter aus den Wunden, die ihm die Lanzen der Hetzer beigebracht hatten. Noch mehr aber erfaßte ihn Mitleid, weil er da ein armes, in blindwütender Leidenschaft befangenes Wesen vor sich sah, von der Natur mit Mut und ungeheurer Kraft begabt, aber mit wenig Verstand versehen, und um dies Wenige durch die Grausamkeit schlechter Menschen gebracht, die es in einen Zustand von Wahnsinn gesetzt hatten, in welchem es nun gar einen Buddha umbringen mußte: – ein wildes, verblendetes Wesen, dem es nur schwer gelingen mochte, durch unendlich lange Wanderungen günstiges Menschentum zu erlangen und den Weg der Erlösung zu betreten. Solchermaßen von Mitleid ganz erfüllt, konnte der Erhabene keine Furcht empfinden, und kein Gedanke an eigene Gefahr konnte in ihm aufkommen. Denn er überlegte sich: wenn es mir gelänge, auch nur den schwächsten Lichtstrahl in diese stürmische Finsternis zu werfen, so würde ein solcher Lichtsamen nach und nach aufgehen, und wenn dann dies Wesen, durch dessen Schein geleitet, Menschentum erreichte, dann würde es auf Erden noch die Lehre des Erhabenen vorfinden, den es einst erschlug, und diese Lehre würde ihm zur Erlösung verhelfen.

»Von diesem Gedanken erfüllt, blieb der Erhabene mitten auf der Straße stehen, erhob besänftigend die Hand, blickte den Wüterich liebevoll an und sprach milde Worte, deren Klang das Herz des Wilden erreichte. Der riesige Ilf stockte in seinem Sturmlauf, wiegte unschlüssig seinen bergähnlichen Kopf hin und her, indem er anstatt des Donnergebrülls, das er vorher hatte hören lassen, einige fast ängstliche Trompetenrufe ausstieß. Dabei bewegte er den Rüssel in der Luft suchend nach allen Richtungen hin und her – so wie es ein angeschossener Elefant im Walde tut, wenn er die Fährte seines verborgenen Feindes verloren hat und sie wieder aufzuwittern hofft – und in der Tat hatte dieser sich ja in seinem Feinde geirrt. Endlich kam er langsam bis auf einige Schritte an den Erhabenen heran und beugte die Kniee, wie er es vor seinem Herrn zu tun gewohnt war, wenn dieser ihn besteigen wollte. Und von dem bezähmten Elefanten gefolgt, trat der Erhabene zur Beschämung seiner Feinde in den Park hinein, nach welchem er eben unterwegs war.

»Auf solche Weise« – so schloß der Buddha diesen Vergleich – »nimmt der Erhabene den Elefantenkampf Krishnas auf, vergeistigt ihn, veredelt ihn, vervollkommnet ihn!«

Während ich dieser Erzählung lauschte – wie konnte ich da anders als an Angulimala denken, den Wildesten der Wilden, der noch gestern den Buddha hatte umbringen wollen und durch die unwiderstehliche Macht seiner Persönlichkeit bezähmt, ja bekehrt worden war, so daß ich ihn jetzt drüben in den Reihen der Mönche andächtig sitzen sah – selbst im Äußeren ein anderer geworden. Und so erschien es mir denn, daß die Worte des Erhabenen ganz besonders an mich gerichtet waren, als an die einzige Person – wenigstens außerhalb des Mönchskreises – die um diese Sache wußte und den geheimen Sinn der Rede verstehen konnte.

Weiter sprach nun der Erhabene von Krishna als dem »sechzehntausendeinhundertfachen Bräutigam«, als welchen ihn unsere Vorfahren hier geehrt hatten, und wieder hatte ich ein Gefühl, als ob dieses einen geheimen Bezug auf mich hätte, denn ich erinnerte mich ja, wie in jener Nacht unserer letzten Zusammenkunft die häßliche alte Hexe den göttlichen Heros mit diesem Namen genannt hatte, den ich nicht ganz ohne Herzklopfen vernahm. Mit einem leisen Anflug von Humor erzählte der Erhabene dann, wie Krishna von allen den Schätzen Besitz nahm, die er aus der Burg des Dämonenkönigs Naraka entführt hatte. ›Und an einem glücklichen Tage‹, heißt es, ›vermählte er sich mit all den Jungfrauen, zu gleicher Zeit, indem er jeder einzelnen als ihr Gatte erschien. Sechzehntausendeinhundert aber war die

Zahl seiner Frauen, und in so vielen einzelnen Gestalten verkörperte sich der Gott, so daß ein jedes Mädchen meinte: mich allein hat der Herr erwählt.‹

»Wenn ich aber« – also fuhr der Erhabene fort – »die Lehre verkünde und vor mir eine Versammlung von mehreren hundert Mönchen und Nonnen und Laienanhängern beiderlei Geschlechtes lauschend sitzt, denkt ein jeder von allen diesen Zuhörern: ›Nur für mich hat der Asket Gautama die Lehre verkündet.‹ Denn auf das einzelne Gemüt eines jeden Friedensuchenden richte ich da die Kraft meines Geistes, bringe es zur Ruhe, einige es, füge es zusammen.

»So halte ich es allezeit, und auf diese Weise nehme ich den sechzehntausendeinhundertfachen Bräutigamsstand Krishnas auf, durchgeistige ihn, veredle ihn, vollende ihn.«

Da war es mir nun, als ob der Erhabene meine Gedanken mir abgelesen hätte und mir einen geheimen Verweis gäbe, auf daß ich nicht durch den Wahn einer bevorzugten Stellung eine verderbliche Eitelkeit in mir aufkommen ließe.

Und der Buddha sprach nun weiter davon, wie Krishna nach dem Glauben unserer Vorfahren, obschon er an sich der höchste Gott war, der die ganze Welt trägt und erhält, dennoch durch Mitleid mit den Wesen bewegt, mit einem Teil seines Selbstes von seinem hohen Himmel herabstieg und sich als Mensch unter Menschen gebären ließ. Ihn aber, den Erhabenen, als er nach heißem Ringen die vollkommene Erleuchtung, die selige, unerschütterliche Erlösungsgewißheit sich zu eigen gemacht hatte, kam das Verlangen an, im Genuß dieser seligen Heiterkeit zu verharren und Anderen die Lehre nicht zu verkünden. »Denn dies genußsüchtige Geschlecht – so dachte ich – wird das Sichlosmachen von allen Gebilden, die Versiegung der Lebenslust, die Wahnerlöschung kaum verstehen, und aus der Darlegung der Lehre wird mir nur Mühe und Plage erwachsen. So neigte sich mein Gemüt zur Verschlossenheit, nicht zur Darlegung der Lehre. Und ich blickte dann noch einmal mit dem erwachten Auge in die Welt. Und wie man in einem Lotusweiher einige Lotusrosen sieht, die sich im Wasser entwickeln und unter dem Wasserspiegel bleiben, andere, die bis zum Wasserspiegel dringen und darauf schwimmen, und endlich einzelne, die über das Wasser emporsteigen und unbenetzt vom Wasser dastehen: also sah ich in der Welt Wesen gemeiner Art und Wesen edler Art und Wesen der edelsten Art. Und ich dachte: Ohne Gehör der Lehre verlieren sie sich: diese werden die Lehre verstehen. Und aus Mitleid mit den Wesen entschloß ich mich dazu, auf den ungetrübten Besitz der seligen Nirvanaruhe zeitweilig zu verzichten und der Welt die Lehre zu verkünden.

»So nimmt ein vollkommener Buddha Krishnas Herabsteigen vom Himmel und sein Menschwerden auf, verinnigt es, verklärt es, vollendet es.«

Da kam mir ein Gefühl unsagbarer Freude, denn ich wußte, daß der Buddha mich zu den Lotusrosen zählte, die aus der Wassertiefe bis zur Spiegelfläche gedrungen sind, und daß ich durch seine Hilfe einst mich darüber emporheben und frei dastehen würde, unbenetzt von der Materie.

Und der Erhabene erzählte die Heroentaten Krishnas, durch welche er zum Heile der Wesen die Welt von Unholden und bösen Herrschern befreite, indem er die Schlange der Gewässer Koliya bezwang, den stiergestaltigen Dämon Aristha erschlug, die verheerenden Unholde Dhenuka und Kishi und den Dämonenfürsten Naraka vernichtete, die bösen Könige Kamsa und Paundraka und andere blutige Tyrannen, den Schrecken hilfloser Menschen, besiegte und tötete und so auf mannigfache Weise das leidige Los der Menschen linderte. Der Erhabene aber bekämpfe nicht die Feinde, die von außen die Menschen bedrohen, sondern die Unholde in seinem eigenen Herzen: Gier, Haß und Irrwahn, Eigenliebe, Lustverlangen, Durst nach Vergänglichem; und er befreie nicht die Menschheit von diesem und jenem Ungemach, sondern vom Leiden.

Vom Leiden sprach dann der Gesegnete, wie es überall und immer dem Leben als sein Schatten folgt. Da war es mir, als ob eine milde Hand mein eigenes Liebesleiden aufhöbe, von mir wegnähme, und es in die große Leidensmasse hineinwürfe, wo es in dem allgemeinem Strudel meinem Blick entschwand. Innig tief empfand ich, daß ich da kein Recht auf dauerndes Glück habe, wo Alle leiden. Ich hatte mein Glück genossen: es war entstanden, hatte sich entfaltet und war vergangen, wie uns der Buddha lehrte, daß Alles in dieser Welt durch eine Ursache entsteht und nach Verlauf seiner Zeit – über kurz oder lang – wieder vergehen muß; und daß eben diese Vergänglichkeit, in welcher die Wesenlosigkeit eines jeden Dinges sich entschleiert, der letzte unaufhebbare Grund des Leidens sei – unaufhebbar, solange die Daseinslust unausgerottet fortwuchert und immer Neues entstehen läßt. Ja, wie ein jeder an diesem Weltleiden schon durch sein Dasein mitschuldig ist, so müsse ich – kam es mir vor – wenn ich von Schmerz verschont geblieben wäre, mich jetzt doppelt schuldig fühlen und ein Verlangen empfinden, auch mein Teil zu tragen. So konnte ich denn nicht mehr mein eigenes Los bejammern, vielmehr wurde bei seinen Worten der Gedanke in mir wach: »O, daß doch alle Wesen nicht länger zu leiden hätten! daß doch diesem Heiligen sein Erlösungswerk so gelänge, daß sie Alle, Alle entsündigt und erleuchtet, das Ende alles Leidens erreichten!«

Und auch von diesem Ende des Leidens und der Welt, von der Überwindung jeder Daseinsform, von der Erlösung in wunschloser Gleichmütigkeit, von der Wahnerlöschung, von Nirvana sprach nun der Meister – seltsame, wunderbare Worte von der einzigen Insel im wogenden Meere des Werdens, dessen Todesbrandung machtlos an ihrem Felsenufer zerschäumte, und nach welcher die Lehre des Vollendeten wie ein sicheres Fahrzeug hinüberführe. Und er sprach von dieser seligen Stätte des Friedens, nicht wie Einer spricht, der uns erzählt, was er von Anderen – von Priestern – gehört hat, und auch nicht wie ein Sänger, der seine Einbildungskraft schweifen läßt, sondern wie Einer, der Selbsterlebtes und Geschautes mitteilt.

Vieles freilich sagte er dabei, was ich, die ungelehrte Frau, nicht verstand, und was wohl selbst dem Gelehrtesten nicht leicht verständlich gewesen wäre. Manches vermochte ich nicht miteinander zu verknüpfen. denn hier war Sein und Nichtsein zugleich, nicht Leben und doch noch weniger Leblosigkeit. Mir war aber zu Mute, wie einem, der ein neues, allen anderen unähnliches Lied hört, von dem er nur wenige Worte auffassen kann, während die Töne ihm Alles sagend ins Herz dringen. Und welche Töne! Töne von solch kristallener Reinheit, daß alle anderen dagegen gehalten, Einem wie leeres Geräusch vorkommen mußten, Klänge, die von so fern her, von solch überweltlichen Höhen herübergrüßten, daß eine neue, ungeahnte Sehnsucht erweckt wurde, von der man fühlte, daß sie von nichts Irdischem oder Erdenähnlichem jemals gestillt werden könnte, und daß sie ungestillt nie mehr ganz schwinden würde.

Unterdessen war es völlig Nacht geworden. Das schwache Licht des Mondes, der hinter dem Tempel aufging, warf dessen Schatten quer über die ganze Waldwiese. Kaum sah man noch die Gestalt des Redners. Diese übermenschlichen Worte schienen aus dem Heiligtum selber herauszutönen, das alle die tausende wilden und wirren, lebentäuschenden Gestalten wieder in seine Schattenmasse verschlungen hatte und in einfachen, wuchtigen Formen sich auftürmte – ein Grabmal alles irdischen und himmlischen Lebens.

Die Hände um die Kniee gefaltet, saß ich lauschend da und blickte zum Himmel empor, wo große Sterne über den dunkeln Baumwipfeln funkelten. Leuchtend durchquerte ihn die himmlische Ganga. Da gedachte ich jener Stunde, als wir beide hier an derselben Stelle feierlich die Hände zu ihr emporhoben und bei ihren silbernen Fluten, die diese Lotusteiche speisen, uns zuschworen, hier, im Paradiese des Westens, uns wiederzusehen – in einem Freudenhimmel, gleich demjenigen Krishnas, von welchem jetzt auch der Erhabene sprach, als von dem Orte, dem die Gläubigen zustrebten. Und als ich daran dachte, wurde mir wehmütig ums Herz, aber ich konnte kein Verlangen in mir spüren nach einem solchen Paradiesleben – denn ein Schimmer von etwas unendlich Höherem hatte mein Auge erleuchtet.

Und ohne Enttäuschung, ohne schmerzliche Bewegung, wie etwa bei Einem, dem die teuerste Hoffnung zerstört wird, vernahm ich die Worte des Erhabenen:

»Alles Entstandene auflösend weht dahin der
Verwesung Hauch,
Wie ein irdischer Prachtgarten welken Paradies-
blumen auch.«

Paradieswelken

»Ja, mein Freund«, fügte Vasitthi hinzu, »ohne Enttäuschung vernahm ich jene Worte, die dir so hoffnungsvernichtend erschienen, wie ich jetzt ohne Schmerz, ja sogar mit Freude sehe, wie hier ringsum die Wahrheit dieser Worte zur Wirklichkeit wird.«

Während der Erzählung Vasitthis war in der Tat das Welken langsam, aber unaufhaltsam fortgeschritten, und es konnte nunmehr nicht der leiseste Zweifel bestehen, daß alle diese Wesen und ihre Umgebungen dem Untergang und der völligen Auflösung entgegensiechten.

Die Lotusrosen hatten schon mehr als die Hälfte ihrer Kronenblätter gefällt, und das Wasser glitzerte nur noch spärlich hervor zwischen diesen bunten Schifflein, jeden Augenblick in Zittern versetzt durch das Fallen eines Blattes. Auf ihren schmuckberaubten Blumenthronen saßen die Gestalten in mehr oder weniger zusammengesunkenen Stellungen; diesem war der Kopf vornüber auf die Brust, jenem seitlings auf die Schulter gesunken, und wie Fieberschauer durchzuckte es sie jedesmal, wenn ein fröstelndes Schaudern die schon gelichteten Wipfel der Haine durchlief, so daß Blüten und Blätter herniederregneten. Traurig gedämpft, und immer häufiger von schmerzlichen Dissonanzen durchzogen, klang die Musik der himmlischen Genien; tiefe Seufzer und angstvolles Stöhnen mischten sich hinein. Alles, was geleuchtet hatte – Gesichter und Gewänder der Seligen und der Genien, Wolken und Blumen –, sie alle verloren mehr und mehr ihren Glanz, und ein bläulicher Dämmerungsnebel schien seine Fäden um die Fernen zu spinnen. Aus dem frischen Blumenduft, der vorher so herzerquickend Alles durchhaucht hatte, war aber jetzt allmählich ein atembeklemmender und sinnenbetäubender, einschläfernder Geruch geworden.

Und Kamanita zeigte umher mit einer matten Handbewegung:

»Wie kann man denn, Vasitthi, an einem solchen Anblick Freude empfinden?«

»Deshalb, mein Freund, kann ich mich über diesen Anblick freuen, weil, wenn dies Alles dauerhaft und unvergänglich wäre, es kein Höheres gäbe. Nun aber gibt es ein Höheres, denn *dies* vergeht – und es gibt ein Unvergängliches, Unentstandenes. Das eben nennt der Erhabene ›Freude der Vergänglichkeit‹, und deshalb sagt er: ›Wenn du den Untergang des Erschaffenen erkannt hast, dann kennst du das Unerschaffene.‹«

Durch diese zuversichtlichen Worte belebten sich die Züge Kamanitas, wie eine vor Trockenheit hinwelkende Blume sich unter dem Regen erholt.

»Gepriesen seist du, Vasitthi! zu meinem Heile bist du mir gegeben. Ja, ich fühle es: darin nur haben wir gefehlt, daß unsere Sehnsucht nicht hoch genug gezielt hat. Denn wir ersehnten uns ja dies Leben in einem Blumenparadiese. Und Blumen müssen freilich, ihrer Natur nach, verwelken. Unvergänglich aber sind die Sterne; nach ewigen Gesetzen wandeln sie ihre Bahnen. Und sieh dort, Vasitthi, während alles andere die blassen Spuren des Verfalles zeigt, gießt jenes Flüßchen – ein Zweig der himmlischen Ganga – sein Wasser ebenso sternenklar und ebenso reichlich wie je in unseren Teich – weil es eben von der Sternenwelt kommt. Wer das erreichen könnte, unter den Sternengöttern wieder ins Dasein zu treten, der wäre über den Kreislauf des Vergänglichen erhaben.«

»Warum sollten wir das nicht erreichen können?« fragte Vasitthi. »Denn ich habe ja von Mönchen gehört, die ihren Sinn und ihr Herz darauf richteten, im Reiche des hunderttausendfachen Brahma wiederzukehren. Und auch jetzt kann es noch nicht zu spät sein, wenn das alte Wort aus dem hohen Liede wahr ist:

›Das Sein, an welches denkend er aus diesem Leibe scheidet,
In dieses Sein wird jedesmal er drüben eingekleidet.‹«

»Vasitthi! du gibst mir jenen übermenschlichen Mut! Wohlan, wir wollen unser ganzes Sinnen darauf richten, im Reiche des hunderttausendfachen Brahma wieder ins Dasein zu treten.«

Kaum hatten sie diesen Entschluß gefaßt, so brauste ein mächtiger Sturmwind durch die Haine und über die Teiche. Blüten und Blätter wirbelten haufenweise dahin, die Lotusthronenden duckten sich und zogen stöhnend den Mantel dichter um die zitternden Glieder.

Wie aber Einer, der in der eingeschlossenen, düftegesättigten Luft eines Zimmers am Ersticken ist, wenn der frische Meerwind, salzig von den Fluten des Ozeans, durch das geöffnete Fenster hereinweht, diesen aus voller Brust atmet und sich neu belebt fühlt: also wurde Kamanita und Vasitthi zu Mute, als ihnen jener Duft des völlig Reinen entgegenströmte, den sie einst am Gestade der himmlischen Ganga geatmet hatten.

»Merkst du's?« fragte Vasitthi.

»Ein Gruß von der Ganga. Und horch, sie ruft«, sagte Kamanita.

Denn die klagende Sterbeweise der Genien wurde jetzt durch jene feierlichen, donnerähnlichen Klänge übertäubt.

»Gut, daß wir schon den Weg kennen«, jubelte Vasitthi. »Fürchtest du dich noch, mein Freund?«

»Wie sollte ich mich fürchten? Komm!«

Und wie ein Vogelpaar sich aus dem Neste stürzt und dem Winde entgegenfliegt, also flogen sie von dannen.

Alle starrten ihnen nach, verwundert, daß es hier noch Wesen gäbe, die Kraft und Mut zu einem Fluge besäßen.

Als sie aber so dem Winde entgegenflogen, entstand ein Wirbelsturm, der hinter ihnen Alles entblätterte und entseelte, dem hinsiechenden Leben Sukhavatis ein Ende machend.

Bald war der Palmenwald erreicht, bald durchflogen. Vor ihnen breitete sich die silbrige Fläche des Weltenstromes bis zum schwarzblauen Himmelsrande.

Sie schwebten über seine Fluten hinaus, und sofort wurden sie von der dort herrschenden Luftströmung erfaßt und im Sturmesflug davongetragen. Durch die Schnelligkeit der Fahrt und unter dem mächtigen Getöse wie von Donner und Glockengeläute schwanden ihnen die Sinne.

Im Reiche des hunderttausendfachen Brahma

Und Kamanita und Vasitthi traten wieder ins Dasein, im Reiche des hunderttausendfachen Brahma, als die Götter eines Doppelgestirns.

Der leuchtende Astralstoff, an den die geistige Wesenheit Kamanitas gebunden war, umhüllte gleichmäßig den Himmelskörper, der von seiner Kraft belebt, von seinem Willen gelenkt wurde. Durch diesen Willen wurde der Stern zunächst um seine Achse gedreht, und diese Bewegung war sein Eigenleben, war seine Selbstliebe.

Und er spiegelte sich im Glanze Vasitthis und spiegelte ihren Glanz wider. Strahlenwechselnd umkreisten sie einen Mittelpunkt, wo sich ihre Strahlen sammelten. Dieser Punkt war ihre Liebe, das Kreisen darum war ihr Liebesleben, und daß sie sich dabei ineinander spiegelten – das war ihre Liebeswonne.

Allseitig Auge, schaute jeder von ihnen gleichzeitig nach allen Richtungen des unendlichen Raumes. Und überall sahen sie zahllose Sternengötter, wie sie selber, deren Strahlenblicke sie empfingen und erwiderten. Da war zunächst eine Anzahl, die mit ihnen zusammen eine Gruppe für sich bildeten; daneben andere Gruppen, die mit der ihrigen zusammen ein ganzes Weltsystem ausmachten; ferner andere Systeme, die sich zu einer Kette von Systemen verbanden, und weiter noch mehrere Ketten, und Ringe von Ketten, und Sphären von Kettenringen. Und Kamanita und Vasitthi lenkten nun ihr Doppelgestirn in harmonischem Fluge unter den anderen Sternen und Doppelgestirnen ihrer Gruppe, indem sie, wie in einem wohlgeordneten Tanzreigen, ihren Nachbarn weder zu nahe kamen, noch sich zu weit von ihnen entfernten, während alle gegenseitig, durch eine gewisse Sympathie, einander die genaue Richtung und das rechte Maß der Bewegung mitteilten. Dabei bildete sich aber auch gleichsam ein gemeinsamer Wille, der ihre ganze Gruppe in die Bewegung der Gruppen ihres Systems einlenkte, welches dann wiederum auf dieselbe Weise unter seinesgleichen sich weiterbewegte.

Und diese Teilnahme am ungeheuren, schwebenden Tanze der Weltkörper, diese gemeinsame und endlos vielfältige Wechselbewegung – das war ihre Weltangehörigkeit, ihr Außenleben, ihre Alles umfassende und durchdringende Nächstenliebe.

Was aber hier Harmonie der Bewegung ist, das erscheint den unterhalb der Sternengötter weilenden Luftgöttern als Harmonie der Klänge; durch Teilnahme an ihrem Genusse ahmen die himmlischen Genien in den Paradiesen diese Harmonien in ihren wonnigen Weisen nach, und indem ein schwacher Abklang von diesen bisweilen bis an die Erde dringt – so schwach, daß er nur von den geistigen Ohren der Erwachten aufgefangen wird – reden die Seher rätselhaft von der Harmonie der Sphären, und die großen Künstler der Musik schaffen nach, was sie in ihrer Begeisterung sich erlauscht haben; und dies ist das höchste Entzücken der Menschenkinder. Aber wie das Sein zu dem immer trüber werdenden Schein sich verhält – also verhält sich zu diesem Entzücken der Menschen über Klänge und Töne und Weisen die Daseinswonne der Sternengötter.

Denn eben dies ist ihre Lebenslust, ihre Daseinswonne.

Aber alle diese Bewegungen, diese ungeheuren Reigen der Weltsysteme, umkreisten ein einziges Wesen: den in der Mitte des Weltganzen thronenden hunderttausendfachen Brahma, dessen unermeßlicher Glanz alle Sternengötter durchdrang, und dem sie alle den Glanz wieder zurückstrahlten, wie so viele Spiegel seiner Herrlichkeit; dessen unerschöpfliche Kraft, wie eine nie versiegende Quelle, ihnen allen ihre Bewegung mitteilte, und in dem sich ihre Bewegungen alle konzentrierten.

Und dies war ihr Brahmadurchdrungensein, ihre Gemeinschaft mit dem höchsten Gott, ihr Gebenedeitsein, ihre Anbetung, ihre Seligkeit.

Wenn sie aber in Brahma den Alles sammelnden Mittelpunkt hatten, so war diese Brahmawelt auch, obschon unendlich, dennoch gleichsam begrenzt. Wie das Auge des Menschen schon in uralten Zeiten ahnend am Himmelsgewölbe einen »Tierkreis« entdeckt hat, so sahen die Sternengötter hier unzählige Tierkreise in- und umeinander beschrieben – eine ganze Sphärenfläche von Bildern webend, indem die fernsten Sternengruppen zu leuchtenden Figuren zusammenschmolzen. Ineinanderstrahlend, auseinanderleuchtend, erschienen da Gestalten, Astralformen aller Wesen, die auf den Weltkörpern oder zwischen ihnen leben und weben, bleibende Urbilder alles dessen, was, in die groben Elemente sich hüllend, unaufhörlich entsteht und vergeht im wandelbaren Flusse des Werdens.

Und dies Schauen der Urbilder war ihr Weltwissen.

Dieweil sie aber alläugig, ohne von *diesem* fort auf *jenes* hinzusehen, ohne zu blinzeln, mit einem Blicke die Einheit Gottes und die Vielheit der Weltwesen erschauten: fiel für sie Gottesweisheit und Weltwissen in Eins zusammen. Wenn nämlich ein Mensch auf die göttliche Einheit den Blick richtet, dann entschwindet ihm die Gestaltenvielheit der Wandelwelt; und wiederum, wenn er diese betrachtet, kann er die Einheit nicht mehr festhalten. Somit bleibt sein Wissen ein zerstückeltes, immer schwankendes, ein von Zweifel fortwährend bedrohtes Wissen. Sie aber sahen auf einmal Zentrum und Kreis, und deshalb war ihr Wissen ein einheitliches, nimmer schwankendes, von keinem Zweifel bedrohtes Wissen.

Durch diese ganze leuchtende Brahmawelt floß nun die Zeit still und unbemerkbar. Wie man einem ruhig und gerade dahinfließenden, völlig klaren Strome, dessen Flut von keinem Widerstand irgendwie gehemmt oder gebrochen wird, die Bewegung nicht ansieht: ebenso war die Flut der Zeit hier unmerkbar, weil sie von keinen aufsteigenden und absteigenden Gedanken und Gefühlen Widerstand erfuhr.

Diese Unmerkbarkeit des Zeitverlaufs war ihre Ewigkeit.

Und diese Ewigkeit war ein Wahn.

So war denn auch Alles, was sie in sich befaßte: ihr Wissen, ihre Gottseligkeit, ihre Daseinswonne, ihr Weltleben, ihr Liebesleben und ihr Eigenleben in Wahn getaucht, mit der Farbe des Wahns behaftet.

Weltendämmerung

Denn es geschah einmal, daß in Kamanita ein Gefühl von Unbehagen, von Mangel aufstieg.

Da richtete er unwillkürlich seine Aufmerksamkeit auf den hunderttausendfachen Brahma, als die Quelle aller Fülle. Aber jene Empfindung wurde dadurch nicht verscheucht, sondern nahm von Jahrtausend-Dekade zu Jahrtausend-Dekade fast bemerkbar zu.

Denn durch jenes aufsteigende Gefühl war der bisher unmerkbar stille Strom der Zeit auf Widerstand gestoßen, wie durch eine auftauchende Insel, an deren Felsenriff er jetzt schäumend vorüberflutete. Und es entstand sofort ein »Vorher« und ein »Nachher« – wie in einem Flusse durch ein auftauchendes Riff ein »vor« und »nach« der Stromschnelle entsteht.

Und es schien Kamanita, als ob der hunderttausendfache Brahma jetzt nicht ganz so klar leuchte, wie vorher.

Nachdem er aber fünf Millionen Jahre den Brahma betrachtet hatte, kam es ihm vor, als ob er ihn jetzt schon lange beobachtet habe, ohne Gewißheit zu erlangen.

Und er richtete seine Aufmerksamkeit auf Vasitthi.

Da wurde er inne, daß auch sie aufmerksam den Brahma beobachtete.

Da geriet er in Bestürzung. Mit dieser Bestürzung kamen die Gefühle. Mit den Gefühlen kamen die Gedanken, mit den Gedanken kam die Gedankensprache.

Und er sprach:

»Vasitthi, siehst du es auch? Was ist es mit dem hunderttausendfachen Brahma?«

Nach hunderttausend Jahren antwortete Vasitthi:

»Das ist es mit dem hunderttausendfachen Brahma, daß sein Glanz abnimmt.«

»Mir will es auch so scheinen«, sagte Kamanita nach Ablauf einer gleichen Zeit. »Freilich kann das ja nur eine vorübergehende Erscheinung sein. Aber schon das kommt mir wunderlich vor, daß am hunderttausendfachen Brahma überhaupt eine Veränderung stattfinden kann.«

Nach geraumer Weile, nach einigen Millionen Jahren, sprach Kamanita weiter:

»Ich weiß nicht, ob ich vielleicht geblendet bin. Bemerkst du etwa, Vasitthi, daß der Glanz des hunderttausendfachen Brahma wieder zunimmt?«

Nach fünfmal hunderttausend Jahren antwortete Vasitthi:

»Der Glanz des hunderttausendfachen Brahma nimmt nicht zu, sondern nimmt stetig ab.«

Wie ein Stück Eisen, das, weißglühend aus dem Schmiedeofen genommen, bald danach rotglühend wird: also hatte der Glanz des hunderttausendfachen Brahma jetzt einen rötlichen Schein bekommen.

»Mich wundert, was das wohl zu bedeuten hat«, sagte Kamanita.

»Das hat es zu bedeuten, mein Freund, daß der Glanz des hunderttausendfachen Brahma im Erlöschen begriffen ist.«

»Unmöglich, Vasitthi, unmöglich! Was würde dann aus dem Glanze und der Herrlichkeit dieser ganzen Brahmawelt werden?«

»Daran hat er gedacht, als er sagte:

›Bis in den höchsten Lichthimmel drängt das Leben
sich – und zerfällt.

Wisset, einmal erlischt gänzlich auch der Glanz einer Brahmawelt.‹«

Schon nach einigen tausend Jahren erfolgte die ängstlich überstürzte Frage Kamanitas:

»Wer hat denn diesen schrecklichen, diesen weltzermalmenden Ausspruch getan?«

»Wer sonst, als er, der Erhabene, der Weltkenner, der Vollendete, der Buddha.«

Da wurde Kamanita nachdenklich.

Eine geraume Zeit überlegte er sich diese Worte und erinnerte sich an manches.

Da sprach er:

»Einst schon, o Vasitthi, in Sukhavati, im Paradiese des Westens, sagtest du einen Spruch des Buddha her, der sich vor unseren Augen erfüllte. Und ich besinne mich, wie du dort eine ganze Rede von ihm, dem Erhabenen, mir treu berichtetest, in welcher jener Spruch vorkam. Dies weltzermalmende Wort aber war darin nicht enthalten. So hast du denn, o Vasitthi, noch andere Reden vom Erhabenen gehört?«

»Viele, mein Freund, denn mehr als ein halbes Jahr verbrachte ich täglich in seiner Nähe. Ja, auch sogar die letzten von ihm geäußerten Worte habe ich vernommen.«

Kamanita sah sie mit Bewunderung und Ehrfurcht an. Dann sprach er:

»So bist du eben deshalb, wie ich meine, das weiseste Wesen in dieser ganzen Brahmawelt. Denn alle diese Sterngötter ringsum sind in Bestürzung geraten, leuchten unstät, flackern und blinken; und auch der hunderttausendfache Brahma selber ist unruhig geworden, und aus seinem trüberen Glanze zucken dann und wann gleichsam Zornesblitze hervor. Du aber leuchtest ruhig, wie eine Lampe an windstillem Ort. Und auch das ist ein Zeichen der Störung, daß die Bewegung dieser Himmelskörper jetzt hörbar wird – wie wir einst, fern von hier, im Paradiese am Gestade der himmlischen Ganga stehend, donnerartige Klänge und mächtige Töne wie von fernem Glockengeläute aus dieser Brahmawelt vernahmen, so hören wir es jetzt von allen Seiten. Das deutet darauf, daß die Harmonie der Bewegungen gestört ist, daß Entzweiung und Auseinandertreten der Kräfte sich einstellt. Denn richtig heißt es ja: ›Wo Mangel ist, wird Lärm erzeugt, die Fülle ist in sich gefaßt.‹ Und so zweifle ich nicht daran, daß du recht hast. Wohlan, Vasitthi, während ringsum uns nun diese Brahmawelt erlischt und der Vernichtung anheimfällt, teile du mir deine Erinnerungen an den Vollendeten mit, damit ich ruhig werde wie du. Teile mir Alles aus deinem Leben mit! denn wohl mag es sein, daß wir zum letzten Male an einem Orte vereinigt sind, wo Geschehnisse von Geist zu Geist sich mitteilen lassen, und noch bleibt es mir unerklärlich, wie Angulimala bei mir in Ujjeni erschien, obwohl ich über sein Asketentum aufgeklärt wurde. Jene seine Erscheinung aber gab den Anstoß zu meinem Pilgergang, war die Ursache, daß ich nicht auf abschüssige Pfade kam, sondern im Paradiese des Westens auferstand, um von dort aus, durch deine Hilfe, zu dieser höchsten Himmelswelt emporzusteigen, wo wir unermeßliche Zeiträume hindurch göttliches Leben genossen haben. Es ahnt mir aber, daß auch jener Anstoß zu meiner Pilgerschaft von dir ausging. Dies nun, vor allem aber auch, wie es kam, daß du zu meinem Heile im Paradiese erschienst und nicht an einem weit höheren

Orte der Seligkeit wieder ins Dasein tratest, möchte ich nun erfahren.«

Und während von Jahrhunderttausend zu Jahrhunderttausend die zunehmende Trübung des Brahmaglanzes immer bemerkbarer wurde und die Sternengötter immer mehr erblaßten;

während diese immer unruhiger flackerten und sprühten, und aus dem trüber werdenden Glutkreise des Brahma ungeheure Flammenstreifen hervorschossen und durch den ganzen Raum hin und her fegten, als ob der Gott mit hundert Riesenarmen nach dem unsichtbaren Feinde suchte, der ihn bedrängte;

während durch die gestörten Bewegungen der Himmelskörper sich Wirbelströmungen erhoben, die ganze Sternensysteme aus dem Brahmareiche hinausrissen, an deren Stelle dann die Finsterniswelle des leeren Raumes hereinbrach, wie das Meerwasser da hereinstürzt, wo das Schiff einen Leck bekommen hat;

und während an anderen Stellen Systeme ineinander gerieten und ein Weltbrand sich entzündete, dessen Explosionen Garben von Sternschnuppen bis in den Glutschlund des Brahma schleuderten;

während die Donnerschläge der zusammenbrechenden und ineinanderstürzenden Harmonien – das Todesröcheln der Sphärenmusik – immer furchtbarer von Himmelsgegend zu Himmelsgegend rollten und widerhallten: –

teilte Vasitthi unverstört, in gemessener Weise, Kamanita ihre letzten irdischen Erlebnisse mit.

Im Krishnahain

Seit jenem ersten Abend versäumte ich keine Gelegenheit, um den Krishnahain zu besuchen und durch die Worte des Erhabenen oder eines seiner großen Schüler tiefer in die Lehre eingeführt zu werden.

Während mein Gemahl nun noch abwesend war, stieg die Furcht der Bürger Kosambis vor dem Räuber Angulimala von Tag zu Tag. Gerade dadurch, daß von neuen Taten nichts verlautete, wurde die Phantasie aufgeregt. Plötzlich verbreitete sich das Gerücht, Angulimala wolle eines Abends den Krishnahain überfallen und die dort zum Besuch versammelten Bürger, ja wohl gar den Buddha selbst entführen. Dadurch steigerte sich die Erregung der Gemüter fast bis zum Aufruhr. Man sagte sich, daß, wenn durch verruchte Räuberhände dem Erhabenen vor Kosambi ein Leid geschähe, dann würde der Zorn der Götter die ganze Stadt treffen.

Ungeheure Menschenmengen wogten durch die Straßen, und, vor dem königlichen Palast sich sammelnd, verlangten sie drohend, daß König Udana dies Unheil abwenden und Angulimala unschädlich machen solle.

Am folgenden Tage kehrte Satagira zurück.

Er überhäufte mich sofort mit Lob wegen meines guten Rats, dem er es allein danken wollte, daß er heil nach Hause kam. Vajira, seine zweite Frau, die mit ihrem Söhnlein auf dem Arm erschien, um ihn zu bewillkommnen, wurde kurz abgefertigt: er habe mit mir noch Wichtiges zu besprechen.

Als wir nun wieder allein waren, fing er zu meinem unsagbaren Unbehagen sofort an, von seiner Liebe zu reden, wie er mich unterwegs vermißt, wie sehr er sich auf diese Stunde des Wiedersehens gefreut habe.

Schon wollte ich von den Unruhen in der Stadt erzählen, um ihn auf andere Gedanken zu bringen, als der Kämmerer gemeldet wurde, der ihn zum König rief.

Nach etwa einer Stunde kehrte er zurück – ein anderer Mensch. Blaß, mit verstörten Zügen trat er bei mir ein, warf sich auf eine Bank und rief, er sei der unglückseligste Mann im ganzen Reiche, eine gefallene Größe, bald ein Bettler, wenn nicht gar Kerker oder Verbannung ihm drohe, und an seinem ganzen Unglück sei seine grenzenlose Liebe zu mir schuld, die ich nicht einmal erwidere. Auf meine wiederholte Aufforderung, mir doch zu sagen, was geschehen sei, beruhigte er sich endlich so weit, daß er, unter vielen Verzweiflungsausbrüchen und während er sich fortwährend die Schweißtropfen von der Stirn trocknete, mir den ganzen Vorgang im Palaste berichten konnte.

Der König hatte ihn sehr ungnädig empfangen und ohne etwas von dem geschlichteten Dorfstreit hören zu wollen, ihm unter Drohungen geboten, die volle Wahrheit über Angulimala einzugestehen, die Satagira jetzt auch mir beichten mußte, ohne zu ahnen, wie gut ich schon davon unterrichtet war. Übrigens sah er darin nur einen Beweis seiner »grenzenlosen Liebe« zu mir, und erwähnte meine Liebe zu dir leichthin als eine törichte Jugendschwärmerei, die ja jedenfalls zu nichts geführt hätte.

Die Sache war aber auf folgende Weise dem König zu Ohren gekommen.

Während der Abwesenheit Satagiras war es der Polizei gelungen, den Helfershelfer Angulimalas aufzuspüren, und dieser hatte im peinlichen Verhör bekräftigt, daß jener

Räuber wirklich Angulimala selber sei, der damals nicht, wie der Minister immer behauptet hatte, auf der Folter gestorben, sondern entflohen wäre; auch jenen Anschlag Angulimalas auf den Krishnahain hatte er bekannt. Der Fürst war natürlich aufs höchste darüber erzürnt, daß Satagira seinerzeit den furchtbaren Räuber hatte entschlüpfen lassen und dann ganz Kosambi und seinen König durch einen aufgesteckten falschen Kopf betrogen hatte; er wollte auf keine Worte der Verteidigung oder auch nur der Entschuldigung hören. Wenn Satagira nicht binnen drei Tagen Angulimala unschädlich machte – wie es das Volk so stürmisch verlangte – dann würden ihn alle Folgen der fürstlichen Ungnade aufs empfindlichste treffen.

Nachdem Satagira dies erzählt hatte, warf er sich weinend auf die Bank, raufte sich die Haare und gebärdete sich wie ein Wahnsinniger.

»Sei getrost, mein Gemahl«, sagte ich. »Folge meinem Rate, und nicht erst in drei Tagen, sondern noch heute sollst du wieder im Besitz der fürstlichen Gunst sein, ja nicht nur das, sondern diese wird noch strahlender über dich leuchten denn je zuvor.«

Satagira setzte sich auf und sah mich an, wie man wohl ein Naturwunder anstaunt.

»Und wozu rätst du mir denn?«

»Du sollst zum König zurückkehren und ihn überreden, sich nach dem Sinsapawalde vor der Stadt zu begeben, dort am alten Tempel den Buddha aufzusuchen und ihn um Rat zu fragen. Der Rest wird dann von selber folgen.«

»Du bist eine kluge Frau«, sagte Satagira. »Jedenfalls ist dieser Rat sehr gut, denn jener Buddha soll ja der weiseste aller Menschen sein. Wenn es auch schwerlich so gute Folgen für mich haben kann, wie du dir denkst, so will ich doch den Versuch machen.«

»Daß die Folgen nicht ausbleiben werden«, antwortete ich, »dafür stehe ich mit meiner Ehre ein.«

»Ich glaube dir, Vasitthi«, rief er, indem er aufsprang und meine Hand ergriff. »Wie wäre es möglich, dir nicht zu glauben. Beim Indra! Du bist eine wunderbare Frau, und ich sehe jetzt, wie wenig ich mich irrte, als ich in meiner noch unerfahrenen Jugend, wie einem Instinkte gehorchend, aus dem reichen Mädchenflor Kosambis dich allein ausersah und mich auch durch deine Kälte von meiner Liebe nicht abbringen ließ.«

Die Feurigkeit, mit welcher er mich lobte, ließ mich fast bereuen, daß ich ihm den hilfreichen Rat gegeben hatte, aber schon seine nächsten Worte beruhigten mich, denn er sprach jetzt von seiner Dankbarkeit, die unerschöpflich sein würde, auf welche Probe ich sie auch stellte.

»Nur eine einzige Bitte habe ich, durch deren Erfüllung du mir deine Dankbarkeit hinreichend bezeugen kannst.«

»Nenne sie mir sofort«, rief er, »und wenn du auch verlangst, daß ich Vajira mit ihrem Sohne zu ihren Eltern zurückschicke, so werde ich es unweigerlich tun.«

»Meine Bitte ist eine gerechte, keine ungerechte, aber ich werde sie erst vorbringen, wenn mein Rat sich in vollstem Maße bewährt hat. Eile du aber nun zum Palast und setze beim Fürsten diesen Besuch durch.«

Ziemlich bald kehrte er zurück, glücklich, daß es ihm gelungen war, den König zu diesem Ausflug zu bestimmen.

»Erst als Udena vernahm, daß der Rat von dir herrührte«, sagte er, »und daß du mit deiner Ehre dich für den guten Erfolg verbürgtest, gab er nach, denn auch er hält große Stücke auf dich. O, wie stolz bin ich auf eine solche Gemahlin!«

Diese und ähnliche Worte, an denen er es in seiner zuversichtlichen Stimmung nicht fehlen ließ, waren mir peinlich genug und wären es noch mehr gewesen, wenn ich nicht bei dieser ganzen Sache meine geheimen Gedanken gehabt hätte.

Wir begaben uns nun sofort nach dem Palast, wo schon Vorbereitungen zur Fahrt getroffen wurden.

Sobald die Strahlen der Sonne ihre Glut etwas milderten, bestieg König Udena seinen Staatselefanten, die vielgerühmte Bhaddavatika, die, weil sie schon sehr alt war, nur noch bei den feierlichsten Gelegenheiten benutzt wurde. Wir, der Kämmerer, der Schatzmeister und andere hohe Würdenträger folgten in Wagen nach, zweihundert Reiter eröffneten und ebensoviele beschlössen den Zug.

Am Eingange des Waldes ließ der König Bhaddavatika niederknien und stieg ab; wir anderen verließen die Wagen und begaben uns in seinem Gefolge zu Fuß nach dem Krishnatempel, wo der Buddha, der vom fürstlichen Besuche schon unterrichtet war, von seinen Jüngern umgeben, uns erwartete.

Der König bot dem Erhabenen ehrerbietigen Gruß dar und setzte sich zur Seite nieder. Als nun auch wir andern Platz genommen hatten, fragte der Vollendete:

»Was ist dir, edler König? Hat etwa der König von Benares oder irgend ein anderer deiner fürstlichen Nachbarn dein Land mit Krieg bedroht?«

»Nicht hat, o Herr, der König von Benares, noch irgend einer meiner fürstlichen Nachbarn mich bedroht: ein Räuber, o Herr, lebt in meinem Lande, Angulimala genannt, grausam und blutgierig, an Mord und Totschlag gewöhnt, ohne Mitleid gegen Mensch und Tier. Der macht die Dörfer undörflich, die Städte unstädtlich, die Länder unländlich. Er bringt die Leute um und hängt sich ihre Daumen um den Hals. Und in der Bosheit seines Herzens hat er jetzt den Plan gefaßt, diesen heiligen Hain zu überfallen und den Erhabenen und seine Anhänger zu entführen. Ob solch großer Gefahr entsetzt, murrt mein Volk, drängt sich in großen Scharen um meinen Palast und verlangt, daß ich diesen Angulimala unschädlich mache. Das also liegt mir allein im Sinne.«

»Wenn du aber, edler König, Angulimala sähest, mit geschorenem Haar und Barte, mit fahlem Gewande bekleidet, dem Töten entfremdet, dem Stehlen entwöhnt, zufrieden mit *einer* Mahlzeit, keusch wandelnd, tugendrein, edel geartet: was würdest du dann mit ihm machen?«

»Wir würden ihn, o Herr, ehrerbietig begrüßen, uns vor ihm erheben und ihn zu sitzen einladen, ihn bitten, Kleidung, Speise, Lager und Arznei für den Fall einer Krankheit anzunehmen, würden ihm, wie sich's gebührt, Schutz und Schirm und Obhut angedeihen lassen. Wie aber sollte, o Herr, ein so arger, bösartiger Mensch eine solche Tugendläuterung erfahren?«

Nun saß aber der ehrwürdige Angulimala nicht fern vom Erhabenen. Und der Erhabene wies mit dem rechten Arme hin und sprach also zu König Udena:

»Dieser, edler Fürst, ist Angulimala.«

Da entfärbte sich das Gesicht des Königs vor Angst. Aber bei weitem stärker war das Entsetzen Satagiras. Seine Augen schienen aus ihren Höhlen springen zu wollen, seine Haare sträubten sich, kalter Schweiß tropfte von seiner Stirn.

»Weh mir«, rief er, »ja, jener ist gewißlich Angulimala, und ich Elender habe meinen König verleitet, sich in seine Gewalt zu begeben.«

Dabei sah ich's ihm nur zu deutlich an, daß er nur deshalb so vor Angst bebte, weil er sich selbst in der Gewalt seines Todfeindes wähnte.

»Dieser Schreckliche«, rief er weiter, »hat uns alle betrogen – hat den Erhabenen selbst betrogen und auch meine leichtgläubige Gemahlin, die, wie alle Frauen, viel auf Bekehrungsgeschichten gibt. So sind wir in diese Falle gegangen.«

Und seine Blicke irrten umher, als ob er hinter jedem Baum ein halbes Dutzend Räuber entdeckte. Mit stotternder Stimme und zitternder Hand beschwor er den König, durch eilige Flucht seine teure Person in Sicherheit zu bringen.

Da trat ich denn vor und sprach:

»Sei ruhig, mein Gemahl! Ich bin imstande, sowohl dich wie meinen edlen Fürsten zu überzeugen, daß hier keine Falle gelegt ist und daß keine Gefahr droht.«

Und ich erzählte jetzt, wie ich, von Angulimala überredet, mit ihm zusammen einen Anschlag gegen das Leben meines Gemahls vorgehabt hätte, und wie dieser Anschlag eben nur durch die Bekehrung meines Verbündeten vereitelt worden sei.

Als Satagira hörte, wie nahe er dem Tode gewesen war, mußte er sich auf den Arm des Kämmerers stützen, um nicht umzusinken.

Ich bat nun den König fußfällig, meinem Gemahl zu verzeihen, wie ich ihm verziehen habe, da er durch Leidenschaft irregeführt gesündigt habe und dabei wohl auch unbewußt einer höheren Führung gefolgt sei, die vor unseren Augen das höchste Wunder wirken wollte: anstatt daß man einen Räuber hingerichtet hätte, sei jetzt aus einem Räuber ein Heiliger geworden.

Und als der Fürst mir gnädig zugesagt hatte, meinem Gemahl wieder seine volle Gunst zuzuwenden, sprach ich zu Satagira:

»Mein Versprechen habe ich nun gehalten. So halte auch du das deine und gewähre mir meine einzige Bitte. Diese aber geht dahin, du mögest mir gestatten, in den heiligen Orden des Buddha einzutreten.«

Mit einem stummen Kopfnicken gab Satagira seine Einwilligung, wie er denn auch nicht anders konnte.

Der König aber, der nun ganz beruhigt war, trat an Angulimala heran, sprach freundlich und ehrerbietig zu ihm und sicherte ihm seinen fürstlichen Schutz zu. Darauf ging er wieder zum Buddha hin, verneigte sich tief und sprach:

»Wunderbar ist es in der Tat, o Herr, wie da der Erhabene Unbändige bändigt. Denn diesen Angulimala, den wir weder mit Strafe noch Schwert bezwingen konnten, den hat der Erhabene ohne Strafe und Schwert bezwungen. Dieser doppelt und dreifach heilige Hain aber, wo uns ein solches Wunder kund ward, soll von heute ab auf ewige Zeiten dem Orden der Heiligen gehören. Und der Erhabene möge mir gestatten, darin einen Bau zur Unterkunft der Mönche und einen zweiten für die Nonnen zu errichten.«

Mit würdevoller Dankbezeugung nahm der Erhabene das fürstliche Geschenk an. Darauf empfahl sich der König und entfernte sich mit seinem Gefolge. Ich aber blieb zurück unter der Obhut der anwesenden Schwestern, um schon am folgenden Tage das Gelübde abzulegen.

Der leichte Spruch

Ich war nun Ordensschwester geworden und begab mich jeden Tag früh morgens mit meiner Almosenschale nach Kosambi, wo ich von Haus zu Haus ging, bis sie gefüllt war – obwohl Satagira mir diesen Bettelgang nur zu gern erspart hätte.

Eines Tages stellte ich mich auch am Eingange seines Palastes hin, weil die ältesten Nonnen mir geraten hatten, mich auch dieser Prüfung zu unterziehen. Da trat Satagira gerade in den Torweg, wich mir aber scheu aus und verhüllte traurig sein Antlitz. Gleich danach kam dann der Hausmeier und bat mich weinend, doch ja zu gestatten, daß Alles, wofür ich Gebrauch habe, mir täglich zugeschickt werde. Ich aber antwortete ihm, daß es mir gezieme, der Ordensregel nachzukommen.

Wenn ich von diesem Gange zurückgekehrt war und das Gespendete verzehrt hatte, womit dann für den ganzen Tag die elende Nahrungsfrage erledigt war, wurde ich von einer der älteren Nonnen unterrichtet, und abends lauschte ich in der Versammlung den Worten des Erhabenen oder auch denen eines großen Jüngers, wie Sariputta oder Ananda. Nachher aber geschah es wohl, daß eine Schwester die andere aufsuchte: »Entzückend, Schwester, ist der Sinsapawald, herrlich die klare Mondnacht, die Bäume stehen in voller Blüte, himmlische Düfte, meint man, wehen umher. Wohlan, laß uns Schwester Sumedha aufsuchen. Sie ist eine Hüterin des Wortes, ein Hort der Lehre. Ihre Rede dürfte wohl diesem Sinsapawalde doppelten Glanz verleihen.« Und wir brachten dann den größten Teil einer solchen Nacht mit sinnigen Gesprächen zu.

Dies Leben in der freien Natur, diese fortwährende Geistestätigkeit und der rege Gedankenaustausch, wodurch keine Zeit für trübes Hinbrüten über eigenen Schmerz oder für müßige Träumereien übrig blieb, endlich die Erhebung und Läuterung des Gemütes durch die Macht der Wahrheit – all dies stärkte mir Körper und Geist wunderbar. Ein neues und edleres Leben tat sich vor mir auf, und ich genoß ein ruhiges, heiteres Glück, von dem ich mir wenige Wochen vorher nichts hätte träumen lassen.

Als die Regenzeit kam, stand schon das Gebäude für die Schwestern bereit, mit geräumiger Halle zum gemeinsamen Aufenthalte und mit Zellen für jede einzelne. Mein Gemahl und einige andere reiche Bürger, die Verwandte unter den Nonnen hatten, ließen es sich nicht nehmen, diese unsere Heimstätte mit Matten und Teppichen, Stühlen und Ruhebetten auszustatten, so daß wir reichlich mit Allem versehen waren, was zur vernünftigen Bequemlichkeit des Lebens gehört, und seiner Üppigkeit um so lieber entrieten. So ging denn auch diese Zeit der Eingeschlossenheit leidlich genug dahin, im regelmäßigen Wechsel von gemeinsamen Unterhaltungen über religiöse Fragen und von Selbstdenken und Vertiefung. Gegen Abend aber begaben wir uns, wenn das Wetter es erlaubte, nach der großen Halle der Mönche, um dem Meister zu lauschen, oder es kam auch der Erhabene oder einer der großen Jünger zu uns herüber.

Als nun aber der Wald, den der Meister lobt, erfrischt und verjüngt, in hundertfacher Blätterfülle und Blumenpracht uns wieder einlud, unter sein freies Obdach unsere einsame Gedenkenruhe und unsere gemeinsamen Versammlungen zu verlegen, da traf uns die betrübende Kunde, daß der Erhabene sich jetzt bereit mache, seine Wanderung nach den östlichen Gegenden anzutreten. Aber freilich hatten wir ja nicht hoffen dürfen, daß er immer in Kosambi bleiben werde; auch wußten wir, wie töricht es ist, über etwas Unvermeidliches zu klagen, und wie wenig wir uns des Meisters würdig zeigten, wenn wir uns von Trauer überwältigen ließen.

So begaben wir uns denn in später Nachmittagsstunde gefaßt und ruhig nach dem Krishnatempel, um zum letzten Male für lange Zeit den Worten des, Buddha zu lauschen und dann von ihm Abschied zu nehmen.

Auf den Stufen stehend, redete der Erhabene vom Vergehen alles Entstandenen, von der Auflösung alles dessen, was sich zusammengesetzt hat, von der Flüchtigkeit aller Erscheinungen, von der Wesenlosigkeit aller Gestaltungen. Und nachdem er gezeigt hatte, wie nirgends in dieser oder in jener Welt, soweit die Daseinslust keimt, nirgendwo in Raum und Zeit eine feste Stelle, ein bleibender Zufluchtsort zu finden ist, sprach er jenes Wort, das du mit Recht »weltzermalmend« nanntest, und das sich jetzt rings um uns verwirklicht:

›Bis in den höchsten Lichthimmel drängt das Leben
sich und zerfällt; –
Wisset, einmal erlischt gänzlich auch der Glanz einer
Brahmawelt.‹

Es war uns Schwestern von einem der Jünger gesagt worden, daß wir nach dem Vortrage eine nach der anderen zum Erhabenen gehen sollten, um von ihm Abschied zu nehmen und einen Geleitspruch für unser weiteres Streben von ihm zu empfangen. Da ich eine der jüngsten war und mich geflissentlich zurückhielt, gelang es mir, die letzte zu werden. Denn ich gönnte es keiner anderen, nach mir mit dem Erhabenen zu reden, und meinte auch, daß mir dadurch eine ruhigere, längere Unterredung ermöglicht würde, als wenn andere hinter mir warteten.

Nachdem ich mich nun ehrfurchtsvoll verneigt hatte, blickte mich der Erhabene an mit einem Blicke, der mich bis ins Innerste durchleuchtete, und sprach:

»Und dir, Vasitthi, gebe ich an der Schwelle dieses zerfallenden Heiligtums des sechzehntausendeinhundertfachen Bräutigams zum Meingedenken und zum Durchdenken unter dem Laubdache dieses Sinsapawaldes, von dem du ein Blatt am Herzen und einen Schatten im Herzen trägst – folgenden Spruch: *›Überall, wo Liebe entsteht, entsteht auch Leid.‹*«

»Ist das Alles?« fragte ich törichterweise.

»Alles und genug.«

»Und ist es, o Herr, gestattet, wenn ich mit dem Spruche zu Ende bin, wenn ich mir den Sinn völlig zu eigen gemacht habe, zum Erhabenen zu pilgern, um einen neuen Spruch zu empfangen?«

»Es ist gestattet, wenn du noch das Bedürfnis hast, den Erhabenen zu fragen.«

»Wie sollte ich nicht das Bedürfnis haben? Du bist ja, o Herr, unsere Zuflucht.«

»Nimm deine Zuflucht zu dir selber, nimm deine Zuflucht zur Lehre!«

»Das will ich. Doch du, o Herr, bist ja das Selbst der Jünger, bist die lebendige Lehre. Und du hast ja gesagt: es ist gestattet.«

»Wenn dich der Weg nicht müht.«

»Kein Weg kann mich mühen.«

»Der Weg ist weit, Vasitthi! Weiter ist der Weg als du dir denkst, weiter, als Menschengedanken es auszudenken vermögen.«

»Und führte der Weg auch durch tausend Leben, über tausend Welten: kein Weg wird mich mühen.«

»Schon gut, Vasitthi! Gehab dich wohl, und gedenke deines Spruchs.«

In diesem Augenblick nahte der König mit großem Gefolge, um vom Erhabenen Abschied zu nehmen.

Ich zog mich in die hinterste Reihe zurück, von wo aus ich ein ziemlich zerstreuter Zeuge der weiteren Vorgänge dieses letzten Abends war. Denn ich kann nicht leugnen, daß ich mich durch den so sehr leichten Spruch, den mir der Erhabene gegeben hatte, etwas enttäuscht fühlte. Hatten doch mehrere der Schwestern ganz andere schwierige Sprüche zur geistigen Verarbeitung vom Erhabenen zugeteilt bekommen: die eine den Spruch vom Entstehen aus Ursachen, die andere den vom Nichtselbst, eine dritte den von der Vergänglichkeit der Erscheinungen. So meinte ich denn, eine Zurücksetzung erfahren zu haben, was mich sehr betrübte. Wie ich aber weiter darüber nachdachte, kam mir die Vermutung, daß der Erhabene vielleicht bei mir etwas Selbstüberhebung bemerkt habe und sie auf diese Weise dämpfen wolle. Und ich nahm mir vor, auf der Hut zu sein, um nicht durch Eitelkeit und Selbstgefälligkeit in meinem geistigen Wachstum gehindert zu werden. Bald würde ich mich ja rühmen können, mit dem Spruche zu Ende zu sein, und durfte mir dann einen neuen von den Lippen des Erhabenen selber holen.

In dieser Zuversicht sah ich früh am nächsten Morgen den Buddha mit vielen Jüngern von dannen wandern – unter diesen selbstverständlich auch Ananda, der ja des Meisters wartete und immer um ihn war, und der mir stets auf seine milde Art so besonders wohlwollend begegnet war, daß ich fühlte, ich würde auch ihn und seinen aufmunternden Blick sehr vermissen, noch mehr als den weisen Sariputta, der durch seine scharf zergliedernden Auseinandersetzungen mir in manchem schwierigen Punkt geholfen hatte. Nun war ich meinen eigenen Kräften überlassen.

Sobald ich von meinem Almosengange zurückgekehrt war und mein Mahl verzehrt hatte, suchte ich mir einen schönen Baum aus, der in der Mitte einer kleinen Waldwiese stand – das wahre Urbild jener »mächtigen, lärmentrückten Bäume«, von denen es heißt, daß Menschen darunter sitzen und denken können.

Das tat ich nun, indem ich meinen Spruch ernstlich vornahm. Als ich gegen Abend nach der Versammlungshalle zurückkehrte, brachte ich, als Ausbeute meiner Tagesarbeit, eine innere Unruhe mit mir und eine leise Ahnung, was für eine Bewandtnis es mit diesem Spruche haben mochte. Als ich aber am folgenden Abend nach beendigter Gedenkenruhe zurückkehrte, wußte ich schon genau, was der Erhabene gemeint hatte, als er mir diesen Spruch gab.

Ich hatte ja geglaubt, auf dem graden Wege zum vollkommenen Frieden mich zu befinden und meine Liebe mit ihren leidenschaftlichen Erregungen weit hinter mir zu haben. Aber jener unvergleichliche Herzenskenner hatte gar wohl gesehen, daß die Liebe keineswegs von mir überwunden war, sondern daß sie nur durch den mächtigen Einfluß des neuen Lebens verscheucht, sich in einen innersten Winkel zurückgezogen hatte, um dort ihre Zeit zu erwarten. So wollte er denn, daß ich dadurch, daß ich meine Aufmerksamkeit auf sie richtete, sie aus diesem Schlupfloche hervorlocken solle, um sie dann zu überwinden.

Und freilich kam sie auch hervor, aber mit solcher Macht, daß ich mich sofort mitten in schweren, ja zerrüttenden Seelenkämpfen befand und einsah, daß mir kein leichter Sieg beschieden sei.

Die überraschende Kunde, daß mein Geliebter damals nicht getötet worden war und aller Wahrscheinlichkeit nach noch mit mir diese Erdenluft atmete, war jetzt freilich mehr als ein halbes Jahr alt. Als aber durch die Erscheinung auf der Terrasse jenes Wissen so plötzlich in mir auftauchte, wurde es sofort wieder durch die stürmischen Gemütswellen, die es selber aufregte, gleichsam überschwemmt und tauchte fast wieder in ihren Strudel unter. Haßgefühl, Rachegedanken, Brüten über Verbrecherpläne wechselten in einem wahren Dämonenreigen – dann kam Angulimalas Bekehrung, der überwältigende Eindruck des Buddha, das neue Leben, der Tagesanbruch einer neuen, gänzlich ungeahnten Welt, deren Elemente in der Vernichtung aller Elemente der alten bestanden. Nun aber war der erste Sturm des Neuen vorüber, der große Meister dieses heiligen Zaubers war aus meinem Gesichtskreis entschwunden, und ich saß einsam da, meinen Blick auf die Liebe – auf *meine* Liebe gerichtet. Da tauchte jene Kunde nun wieder klar hervor und eine grenzenlose Sehnsucht nach dem fernen, noch lebenden Geliebten erfaßte mich.

Aber lebte er denn auch noch? – Und liebte er mich denn noch?

Solche Fragen regten durch ihre bange Ungewißheit meine Sehnsucht nur noch mehr auf, und mit der Überwindung meiner Liebe, mit der Aneignung des Spruches wollte es nicht vorwärtsgehen. Immer dachte ich über die Liebe nach und kam nicht zum Leid und zur Leidensentstehung.

Diese meine immer aussichtsloseren Seelenkämpfe blieben den anderen Schwestern nicht verborgen. Ich hörte wohl, wie sie von mir sprachen:

»Vasitthi, die frühere Ministersgattin, die doch selbst der strenge Sariputta wegen ihrer schnellen und sicheren Auffassung auch schwieriger Punkte der Lehre uns des öfteren gepriesen hat, sie kann jetzt mit ihrem doch so leichten Spruch nicht fertig werden.«

Dadurch wurde ich noch mehr entmutigt. Scham und Verzweiflung bemächtigten sich meiner und zuletzt glaubte ich, diesen Zustand nicht mehr ertragen zu können.

Die kranke Nonne

Um diese Zeit kam wöchentlich einmal einer der Brüder zu uns herüber und legte uns die Lehre dar.

Als nun Angulimala an der Reihe war, ging ich nicht in die Versammlungshalle, sondern blieb in meiner Zelle auf der Ruhebank liegen und bat eine Nachbarschwester, Angulimala zu sagen:

»Die Schwester Vasitthi, Ehrwürdiger, liegt in ihrer Zelle krank darnieder und kann in der Versammlung nicht erscheinen. Wolle, Ehrwürdiger, nach dem Vortrag dich nach der Zelle Schwester Vasitthis begeben, um auch ihr, der Kranken, die Lehre darzulegen.«

Und der ehrwürdige Angulimala kam nach dem Vortrag in meine Zelle, grüßte mich ehrerbietig und setzte sich neben mein Lager.

»Du siehst hier, Bruder«, sagte ich dann, »was niemand sehen sollte: eine liebeskranke Nonne, und an dieser meiner Krankheit bist du selber schuld, denn du hast mich des Gegenstandes meiner Liebe beraubt. Zwar hast du mich dann zu diesem großen Arzte gebracht, der von der ganzen Lebenskrankheit heilt; aber seine starke Heilkunst kann jetzt nicht weiter auf mich einwirken. In seiner großen Weisheit hat er dies wohl erkannt und hat mir ein Mittel gegeben, um den schleichenden Krankheitsstoff zur Ausscheidung durch eine Fieberkrisis zu bringen. So siehst du denn nun das Sehnsuchtsfieber in mir wüten. Und nun will ich dich an ein Versprechen mahnen, das du mir einst gegeben hast, in jener Nacht nämlich, wo du mich zu dem Verbrechen verleiten wolltest, dessen Ausführung nur durch das Dazwischentreten des Erhabenen vereitelt wurde. Damals sagtest du, du würdest nach Ujjeni gehen und mir sichere Kunde von Kamanita bringen, ob er noch am Leben sei, und wie es ihm ergehe. Was mir nun der Räuber einst versprach, das fordere ich jetzt vom Mönche. Denn mein Verlangen zu wissen, ob Kamanita lebt und wie er lebt, ist ein so gebieterisches, daß, bevor es nicht gestillt worden ist, für keinen anderen Gedanken, für kein anderes Gefühl in meiner Seele Raum ist, und es mir somit unmöglich ist, auch nur den kleinsten, Schritt weiter auf diesem unserem Heilswege zu tun. Deshalb mußt du dies für mich tun und mein Gemüt durch irgend eine Gewißheit beruhigen.«

Nachdem ich also gesprochen hatte, erhob sich Angulimala und sagte:

»Wie du es eben, Schwester Vasitthi, von mir verlangst«, verbeugte sich tief und schritt zur Tür hinaus.

Er ging aber geradeswegs nach seiner Zelle, um seine Almosenschale zu holen und verließ noch in derselben Stunde den Sinsapawald. Man glaubte allgemein, er sei dem Erhabenen nachgepilgert. Nur ich kannte das Ziel seiner Wanderung.

Nach diesem Schritt fühlte ich mich in der Tat etwas beruhigt, obwohl ich bald zu zweifeln anfing, ob ich ihm nicht einen Gruß oder eine Botschaft an den Geliebten hätte mitgeben sollen. Aber es kam mir unpassend und unheilig vor, einen Mönch auf solche Weise als Liebesvermittler zu gebrauchen, während er doch ganz gut nach einer entfernten Stadt gehen und berichten konnte, was er dort gesehen. Auch würde es etwas ganz anderes sein – meinte ich mit geheimer Hoffnung – wenn er, ohne einen Auftrag zu haben und nur seinem eigenen Urteil folgend, sich entschließen sollte, mit dem Geliebten von mir zu sprechen.

»Ich selber werde nach Ujjeni gehen und ihn heil und sicher herbringen« – diese Worte hallten immer in meinem Innersten wider. Würde der Mönch vielleicht das Versprechen des Räubers einlösen? Warum denn nicht, wenn er selber einsah, daß es für uns beide notwendig war, einander zu sehen und zu sprechen?

Und damit kam ein neuer Gedanke, der, von einem ungeahnten Hoffnungsschimmer umstrahlt, mich zunächst blendete und verwirrte. Wenn mein Geliebter zurückkäme – was hinderte mich dann, aus dem Orden auszutreten und seine Frau zu werden?

Als diese Frage auftauchte, bedeckte eine brennende Röte mein Gesicht, das ich unwillkürlich in meinen Händen verbarg aus Furcht, jemand könne mich gerade beobachten. Welcher häßlichen Mißdeutung würde nicht eine solche Handlung ausgesetzt sein! Sähe das nicht aus, als ob ich den Orden des Buddha lediglich als eine Brücke betrachtet hätte, um aus einer unlieben Heirat in eine liebe hinüberzuwandeln? Gewiß würde das von Vielen so ausgelegt werden. Aber was könnte mir schließlich am Urteil Anderer liegen? Und wieviel besser wäre es nicht, eine fromme Laienschwester zu sein, die treu zum Orden hielt, als eine Ordensschwester, deren Herz außerhalb des Ordens weilte.

Ja, wenn auch Angulimala mir nur die Mitteilung brächte, daß mein Kamanita noch lebe, und ich der Schilderung ihrer Begegnung entnähme, daß der Geliebte mir noch immer in treuer Sehnsucht ergeben sei: dann würde ich ja auch selber nach Ujjeni pilgern können. Und ich malte mir aus, wie ich eines Morgens als wandernde Asketin am Eingange deines Hauses stehen würde, wie du mir dann eigenhändig die Almosenschale füllen und mich dabei erkennen würdest – und dann die ganze unbeschreibliche Freude, uns wiedergefunden zu haben.

Freilich war es eine weite Wanderung nach Ujjeni, und es geziemte einer Nonne nicht, allein zu pilgern. Aber ich brauchte nicht lange nach einer Begleiterin zu suchen. Gerade in dieser Zeit fand Somadatta ein trauriges Ende. Seine Leidenschaft für die unseligen Würfel hatte immer mehr die Oberhand gewonnen, und nachdem er seine ganze Habe verspielt hatte, ertränkte er sich in der Ganga. Die tief erschütterte Medini trat nunmehr in den Orden ein. Es mochte wohl weniger das religiöse Leben selbst in seiner herben Strenge und mit seinem hohen Ziele sein, was sie unwiderstehlich in diesen heiligen Hain zog, als vielmehr das Bedürfnis, immer in meiner Nähe zu weilen; denn ihr kindliches Herz hing mit rührender Treue an mir. Und so zweifelte ich denn auch nicht daran, daß sie, wenn ich ihr mein Vorhaben offenbarte, mit mir nach Ujjeni, ja, wenn es sein sollte, bis an das Ende der Welt gehen würde. Auch jetzt schon gereichte mir ihre Gesellschaft vielfach zur Aufmunterung, wie ich denn andererseits auch ihre aufrichtige Trauer über den Verlust ihres Gemahls durch tröstende Worte milderte.

Als nun die Zeit kam, wo Angulimalas Rückkehr zu erwarten war, ging ich nachmittags immer nach dem südwestlichen Rande des Waldes und setzte mich unter einen schönen Baum auf einer mäßigen Anhöhe, von welcher aus ich dem Wege, den er kommen mußte, weit mit dem Blicke folgen konnte. Ich dachte mir, er würde wohl gegen Abend sein Ziel erreichen.

Eine Woche hielt ich dort vergebens Wache, war aber auch darauf gefaßt, einen ganzen Monat lang warten zu müssen. Am achten Tage aber, als die Sonne schon so tief stand, daß ich mir mit der Hand die Augen beschatten mußte, wurde ich in der Ferne eine Gestalt gewahr, die sich dem Walde näherte. Bald erglänzte ihr gelber Mantel, und als sie an einem heimkehrenden Waldarbeiter vorüberschritt, erkannte man, daß sie von ganz ungewöhnlich hohem Wuchse war. Es war in der Tat Angulimala – allein. Meinen Kamanita hatte er nicht »heil und sicher mitgebracht« – was tat's? Wenn er mir nur versichern konnte, daß der Geliebte am Leben sei, dann würde ich ja selber den Weg zu ihm finden.

Heftig pochte mein Herz, als Angulimala vor mir stand und mich mit höflichem Anstand begrüßte.

»Kamanita lebt in seiner Vaterstadt in großem Wohlstand«, sagte er, »ich habe ihn selber gesehen und gesprochen.«

Und er erzählte mir nun, wie er eines Morgens an dein palastähnliches Haus gekommen sei, wie deine beiden Frauen ihn gröblich beschimpft hätten, wie du dann selber hinzugetreten seiest, die bösen Frauen ins Haus gejagt und ihn freundlich und entschuldigend angeredet hättest.

Als er nun Alles – so wie es dir ja bekannt ist – genau berichtet hatte, verbeugte er sich vor mir, schlug den Mantel wieder um die Schulter und wandte sich um, als ob er in derselben Richtung weiter wandern wollte, statt in den Wald hineinzugehen.

Verwundert fragte ich ihn, ob er nicht nach der Halle der Mönche gehe.

»Ich habe nun«, antwortete er, »deinen Auftrag getreulich ausgerichtet, und nichts gibt es jetzt mehr, was mich hindern könnte, meinen Weg ostwärts zu nehmen, in den

Spuren des Erhabenen, nach Benares und Rajagaha, wo ich ihn nun antreffen werde.«

Also sprechend, ging dieser mächtige Mann mit weit ausholenden Schritten fürbaß, den Waldrand entlang, ohne sich die geringste Rast zu gönnen.

Ich starrte ihm lange nach und sah, wie die untergehende Sonne seinen Schatten weit vor ihm bis zum Hügelrande am Horizonte, ja gleichsam noch darüber hinaus streckte, als ob seine Sehnsucht ihm ungestüm vorauseile, während ich wie eine Gelähmte zurückblieb ohne ein Sehnsuchtsziel für irgend eine liebe Hoffnung.

Mein Herz war gestorben, mein Traum zerronnen. Das herbe Asketenwort: »ein Schmutzwinkel ist die Häuslichkeit«, hallte durch mein ödes Gemüt wider. Auf jener herrlichen Terrasse der Sorgenlosen, unter freiem, sternenblinkendem und monddurchstrahltem Himmel war ja meine Liebe daheim. Wie hätte ich Törin je daran denken können, sie nach jener schmutzwinkligen Häuslichkeit in Ujjeni betteln zu schicken, damit zankende Frauen sie mit Schimpfreden begeiferten?

Mit Mühe schleppte ich mich nach meiner Zelle zurück, um mich auf das Krankenlager zu strecken. Diese plötzliche Vernichtung meiner fieberhaft erregten Hoffnungen war zuviel für meine schon durch monatelange Seelenkämpfe erschütterte Widerstandskraft. Mit einer Selbstaufopferung ohnegleichen pflegte Medini mich Tag und Nacht. Sobald aber, durch ihre Sorgfalt gestützt, mein Geist sich über die Schmerzen und den Fieberbrand erheben konnte, reifte mein Wanderplan in einer neuen Richtung aus. Nicht dorthin, wo ich Angulimala hingeschickt hatte, sondern dorthin, wo er jetzt von selber hinwanderte, wollte ich nun pilgern: den Spuren des Erhabenen wollte ich folgen, bis ich ihn träfe. War ich denn nicht mit meinem Spruche zu Ende? Wie mit der Liebe Leid entsteht, hatte ich ja im tiefsten Grunde erfahren. Und so durfte ich denn auch, meinte ich, den Buddha aufsuchen und von der Kraft des Heiligen mich neu beleben lassen, um nach dem höchsten Ziele weiter vorwärtsstreben zu können.

Ich vertraute denn auch dies mein Vorhaben der guten Medini an, die sofort mit wahrem Feuereifer den unerwarteten Gedanken aufnahm und sich in ihrem kindlichen Gemüt ausmalte, wie herrlich es sein würde, mit mir zusammen durch liebliche Gegenden zu streifen, frei wie die Vögel durch die Luft, wenn die Wanderzeit sie nach fernen Himmelsstrichen ruft.

Freilich mußten wir erst geduldig warten, bis ich wieder hinlänglich zu Kräften gekommen war. Und als dies einigermaßen der Fall war, legte uns die schon eingetretene Regenzeit eine noch längere Geduldsprobe auf.

In seiner letzten Rede hatte der Erhabene uns zugerufen:

»Gleich wie etwa, wenn im letzten Monat der Regenzeit, im Herbste, nach Zerstreuung und Vertreibung der wasserschwangeren Wolken, die Sonne am Himmel aufgeht und alle Nebel der Lüfte strahlend verscheucht und flammt und leuchtet: ebenso nun auch, ihr Jünger, erscheint da diese Lebensführung, die gegenwärtiges Wohl sowie künftiges Wohl bringt, und verscheucht strahlend die Redereien gewöhnlicher Büßer und Geistlicher und flammt und leuchtet.«

Als nun die Natur ringsum uns dies Bild verwirklichte, verließen wir den Krishnahain vor Kosambi, und unsere Schritte ostwärts lenkend, eilten wir jener Sonne einer heiligen Lebensführung entgegen.

Das Nirvana des Vollendeten

Meine Entkräftung erlaubte es mir nicht, lange Tageswanderungen zu unternehmen und nötigte uns bisweilen, uns einen Ruhetag zu gönnen, so daß wir erst nach einer einmonatigen Pilgerfahrt in Vesali ankamen, wo, wie wir wußten, der Erhabene sich längere Zeit aufgehalten hatte, von wo er aber vor etwa sechs Wochen weiter gewandert war.

Kurz vorher hatten wir in einem Dorfe, wo Anhänger der Lehre wohnten, gehört, daß Sariputta und Moggallana in das Nirvana eingegangen waren. Der Gedanke, daß diese beiden großen Jünger, die Häuptlinge der Lehre, wie wir sie nannten, nicht mehr auf Erden weilten, erschütterte mich tief. Wohl wußten wir alle, daß auch diese Großen, ja der Buddha selber, nur Menschen waren wie wir; aber die Vorstellung, daß sie uns verlassen könnten, war nie in uns aufgetaucht. Sariputta, der mir so oft auf seine bedächtige Weise schwierige Fragen der Lehre gelöst hatte, war davongegangen. Er war der Jünger, der dem Meister ähnlich sah, und er stand wie der Erhabene in seinem achtzigsten Lebensjahre; wäre es möglich, daß auch der Buddha selber sich schon dem Ende seines Erdenlebens näherte?

Vielleicht, daß die Unruhe, die durch diese Furcht entstand, einen schleichenden Rest meines Fieberzustandes wieder anschürte: jedenfalls kam ich erschöpft und krank in Vesali an. Hier lebte eine reiche Anhängerin des Ordens, die es sich angelegen sein ließ, für die durchziehenden Mönche und Nonnen auf jede Weise zu sorgen. Wie sie nun erfuhr, daß eine kranke Nonne angekommen sei, suchte sie mich sofort auf, brachte Medini und mich nach ihrem Hause und pflegte mich dort sorgsam.

Ihr gegenüber äußerte ich gar bald meine Furcht: ob es wohl möglich sei, daß der Erhabene, der ebenso alt sei wie Sariputta, uns nun auch bald verlassen würde?

Da brach die fromme Seele in einen Strom von Tränen aus und rief schluchzend:

»Ach! So weißt du es denn noch nicht? Hier in Vesali – vor zwei Monaten etwa – hat ja der Gesegnete vorausgesagt, daß nach drei Monaten sein Nirvana stattfinden wird. Wir haben ihn alle hier zum letzten Male gesehen. Und man denke: wenn nur Ananda Verstand genug besessen und zu rechter Zeit gesprochen hätte, dann wäre das nimmer geschehen, und der Buddha hätte bis zum Ende dieser Weltperiode fortgelebt!«

Ich fragte, was denn der gute Ananda damit zu tun habe, und auf welche Weise er eine solche Rüge verdient habe.

»Auf folgende Weise«, antwortete die Frau. »Eines Tages weilte der Erhabene mit Ananda vor der Stadt bei dem Çapala-Tempel. Da sagte nun der Gesegnete zu Ananda: wer auch immer die geistigen Kräfte in sich vollkommen entwickelt habe, der könne, wenn er wolle, durch eine ganze Weltperiode am Leben bleiben. O über diesen einfältigen Ananda, daß er, trotz dieses deutlichen Winkes, nicht sofort sprach: ›Möge doch der Erhabene eine Weltperiode hindurch zum Heile Vieler am Leben bleiben!‹ Sicher war sein Geist von Mara, dem Bösen, besessen, da er seine Bitte erst dann vorbrachte, als es zu spät war.«

»Wie konnte es aber zu spät sein«, fragte ich, »da ja der Erhabene noch lebt?«

»Das war folgendermaßen. Du mußt nämlich wissen, vor fünfzig Jahren, als der Erhabene in Uruvela sich das Buddhawissen errungen hatte, und nach siebenjährigem Kampfe den Besitz heiliger Gemütsruhe genießend, unter dem Nyagrodhabaume des Ziegenhirten weilte: da nahte sich ihm Mara, der Böse, gar sehr besorgt wegen der Gefahr, die seinem Reiche durch den Buddha drohte; und in der Hoffnung, die Verbreitung der Lehre zu verhindern, sprach er: ›Heil dir! Jetzt ist es Zeit für den Erhabenen, in das Nirvana einzugehen!‹ Aber der Buddha antwortete: ›Nicht eher werde ich, du Böser, in das Nirvana eingehen, als bis ich der Menschheit die Lehre verkündet habe; nicht eher, als bis ich mir Jünger geworben habe, die imstande sind, diese Lehre gegen Angriffe zu verteidigen und sie weiter zu verkünden. Erst dann, Böser, werde ich in das Nirvana eingehen, wenn das Reich der Wahrheit fest begründet ist.‹

Nachdem nun aber der Erhabene hier am Çapalaheiligtum so, wie ich dir sagte, zu Ananda gesprochen hatte und dieser, ohne den Wink zu verstehen, weggegangen war, nahte sich Mara, der Böse, dem Erhabenen und sprach zu ihm: ›Heil dir! Jetzt ist für den, Erhabenen die Zeit gekommen, in das Nirvana einzugehen. Was mir der Erhabene damals unter dem Nyagrodhabaume des Ziegenhirten zu Uruvela als Bedingung für sein Nirvana angab, das ist ja jetzt erfüllt. Fest gegründet ist das Reich der Wahrheit. Möge also der Erhabene jetzt in das Nirvana eingehen!‹ Da sprach der Buddha zu Mara, dem Bösen, also: ›Sei du, o Böser, ohne Sorge! Das Nirvana des Vollendeten wird bald stattfinden; nach Verlauf von drei Monaten von jetzt ab wird der Vollendete in das Nirvana eingehen.‹ Bei diesen

Worten aber erzitterte die Erde, wie du es wohl auch selber bemerkt haben wirst.«

In der Tat hatten wir in Kosambi, etwa einen Monat bevor ich den heiligen Hain verließ, ein leichtes Erdbeben gespürt, was ich ihr nun auch sagte.

»Siehst du!« rief die Frau erregt – »überall haben sie es gespürt. Die ganze Erde bebte, und die Trommeln der Götter dröhnten, als der Vollendete auf längere Lebensdauer verzichtete. Ach, daß doch der einfältige Ananda zu rechter Zeit den ihm so deutlich gegebenen Wink verstanden hätte! Denn als er nun, durch dies Erdbeben aus seiner Selbstvertiefung geweckt, zum Erhabenen zurückkam und ihn bat, er möge doch noch den Rest dieser Weltperiode hindurch am Leben bleiben: – da hatte ja der Vollendete schon Mara sein Wort gegeben und auf längere Lebensdauer verzichtet.«

Aus diesen Reden der frommen, aber etwas abergläubischen Frau entnahm ich, daß der Erhabene während seines Aufenthaltes in Vesali Zeichen des herannahenden Todes gespürt und wohl den Jüngern gesagt habe, daß er bald sterben würde.

So litt es mich denn nicht länger unter dem gastlichen Dache. Ich mußte den Buddha erreichen, bevor er uns verließ. Das war ja unser großer Trost gewesen, daß wir uns immer an ihn, den unerschöpflichen Quell der Wahrheit, wenden konnten. Nur von ihm konnten ja alle Zweifel meiner geängstigten Seele gelöst werden; nur er in der ganzen Welt war ja imstande, mir den Frieden wiederzugeben, den ich einst gekostet hatte, als ich am alten Krishnatempel im Sinsapawalde bei Kosambi ihm zu Füßen saß.

So brachen wir denn auf, als nach Verlauf von zehn Tagen meine Kräfte mir das Wandern einigermaßen erlaubten. Meine gute Wirtin, die sich ein Gewissen daraus machte, mich in meinem geschwächten Zustande weitergehen zu lassen, tröstete ich mit dem Versprechen, ihren Gruß dem Erhabenen zu Füßen zu legen.

Wir gingen nun in nordwestlicher Richtung weiter in den Spuren des Erhabenen, die wir immer frischer fanden, je weiter wir vordrangen, von Ort zu Ort uns erkundigend. In Ambagama war er acht Tage vorher gewesen; den Salahain von Bhoganagara hatte er drei Tage vor unserer Ankunft verlassen, um sich nach Pava zu begeben.

Sehr ermüdet trafen wir am frühen Nachmittage in diesem Orte ein.

Das erste Haus, das uns auffiel, gehörte einem Kupferschmied, wie an den vielen Metallwaren zu erkennen war, die an der Mauer entlang standen. Aber kein Hammerschlag ertönte; es schien ein Feiertag zu sein, und im Hofe wurden am Brunnen von den Dienern Schüsseln und Platten abgespült, als ob dort eine Hochzeit stattgefunden hätte.

Da trat ein kleiner, festlich gekleideter Mann auf uns zu und bat höflich, unsere Almosenschalen füllen zu dürfen.

»Wäret ihr einige Stunden früher gekommen«, fügte er hinzu, »dann hätte ich bei meinem Feste noch zwei liebe und würdige Gäste gehabt, denn euer Meister, der Erhabene, hat heute mit seinen Mönchen bei mir gespeist.«

»So ist denn der Erhabene noch hier in Pava?«

»Jetzt nicht mehr, Ehrwürdigste«, antwortete der Kupferschmied. »Gleich nach der Mahlzeit wurde der Erhabene von einer schweren Krankheit befallen, mit scharfen Schmerzen, die ihn einer Ohnmacht nahe brachten, so daß wir alle sehr erschraken. Aber der Erhabene überwand diesen Anfall und begab sich vor etwa einer Stunde weiter nach Kusinara.«

Am liebsten wäre ich sofort weiter gewandert, denn was der Schmied von diesem Krankheitsanfall sagte, ließ mich das Schlimmste befürchten. Aber es war eine gebieterische Notwendigkeit, den Körper nicht nur durch Speise, sondern auch durch kurze Ruhe zu stärken.

Der Weg von Pava nach Kusinara war nicht zu verfehlen. Er führte bald von den bebauten Feldern fort, durch Tigergras und Gestrüpp, immer tiefer in die Dschungeln. Wir durchwateten einen kleinen Fluß und erfrischten uns ein wenig durch Baden. Nach kurzer Ruhe brachen wir wieder auf. Es wollte Abend werden, und ich konnte mich nur mit Mühe weiterschleppen.

Medini versuchte mich zu überreden, unter einem Baume auf einer kleinen Anhöhe zu übernachten. Es habe keine so große Eile:

»Dies Kusinara ist wohl nicht viel mehr als ein Dorf und scheint ganz in den Dschungeln begraben zu sein. Wie kannst du nur glauben, daß der Vollendete hier sterben wird? Gewiß wird er einmal im Jetavanapark bei Savitti, oder in einem seiner beiden Haine bei Rajagaha von dannen scheiden; aber der Erhabene wird doch nicht in dieser Einöde erlöschen! Wer hat denn je von Kusinara gehört?«

»Vielleicht wird man von jetzt ab von Kusinara hören«, sagte ich und ging weiter.

Meine Kräfte waren aber bald so erschöpft, daß ich mich entschließen mußte, die nächste baumlose Anhöhe zu besteigen, in der Hoffnung, von dort aus die Nähe Kusinaras erkennen zu können. Sonst mußten wir die

Nacht dort oben zubringen, wo wir dem Angriffe der Raubtiere und Schlangen weniger ausgesetzt waren und auch den fiebererzeugenden Ausdünstungen einigermaßen entrückt blieben.

Dort oben angelangt, spähten wir vergebens nach einem Anzeichen menschlicher Wohnsitze aus. Scheinbar ununterbrochen stiegen die Dschungeln vor uns allmählich aufwärts, wie ein Teppich, den man in die Höhe zieht. Bald aber tauchten große Bäume aus dem niedrigen Gebüsch auf; die dichten Laubmassen eines Hochwaldes wölbten ihre Kuppeln übereinander, und in einer schwarzen Schlucht schäumte ein Wildbach, derselbe Strom, in dessen ruhig fließendem Wasser wir kurz vorher gebadet hatten.

Den ganzen Tag über war es schwül und trübe gewesen. Hier wehte uns nun ein frischer Hauch entgegen, und immer klarer wurde es vor unseren Augen, als ob ein Schleier nach dem andern gelüftet würde.

Ungeheure Felsenmauern türmten sich über dem Walde empor, und als ihr Dach bauten grüne Bergkuppen sich immer höher hinauf – bewaldete Berge mußten es ja sein, obwohl sie wie Mooskissen aussahen – immer höher, bis sie im Himmel selber zu verschwinden schienen.

Nur eine einzige langgestreckte, rötliche Wolke schwebte dort oben.

Während wir sie betrachteten, fing sie an gar seltsam zu glühen. Gleichwie wenn mein Vater mit der Zange ein Stück geläuterten Goldes aus dem Schmelzofen herausnahm und, nachdem es abgekühlt war, es auf eine lichtblaue seidene Decke hinlegte: also erglänzte jetzt dies leuchtende Luftgebilde in scharf begrenzten goldig-blanken Flächen; dazwischen aber dämmerten duftig hellgrüne Streifen und zogen sich fächerförmig nach unten, indem sie erblassend in die farblose Luftschicht untertauchten, als ob sie die grünen Bergkuppen erreichen wollten. Immer rötlicher glühten die Flächen, immer grüner wurden die Schatten.

Das war keine Wolke!

»Der Himavat!« flüsterte Medini, überwältigt und ergriffen meinen Arm berührend.

Ja, da erhob er sich vor uns, der Berg der Berge, die Stätte des ewigen Schnees, die Wohnung der Götter, der Aufenthalt der Heiligen! Der Himavat – schon von Kindheit an hatte mich dieser Name mit tiefen Gefühlen von Scheu und Ehrfurcht, mit heimlicher Ahnung des Erhabenen erfüllt! Wie oft hatte ich in Sagen und Märchen den Satz gehört: »und er begab sich nach dem Himavat und lebte dort ein Asketenleben!« Zu Tausenden und Abertausenden waren sie dort hinaufgestiegen, die Erlösungsuchenden, um in der Bergeinsamkeit durch Bußübungen sich das Heil zu erringen – jeder mit seinem Wahn: und nun nahte er, der einzige, Wahnlose, dessen Spuren wir folgten.

Während ich also dachte, erlosch das leuchtende Bild, als ob der Himmel es in sich aufgesogen hätte.

Ich fühlte mich aber durch diesen Anblick so wunderbar belebt und gestärkt, daß ich an keine Ruhe mehr dachte.

»Wenn auch der Erhabene«, sagte ich zu Medini, »uns bis zu jenem Gipfel voranschritt, um von solchem erhabenen Standorte aus in jenes höchste der Gefilde einzugehen: so würde ich ihm doch folgen und ihn erreichen.«

Und ich wanderte mutig weiter. Wir waren aber keine halbe Stunde gegangen, da verschwand das Gestrüpp plötzlich, und bebautes Land lag vor uns. Es war schon ganz dunkel, und der Vollmond ging groß und glühend über dem uns gegenüberliegenden Walde auf, als wir endlich Kusinara erreichten.

Es war in der Tat nicht viel mehr als ein Dorf der Mallas, mit Mauern und Häusern von gestampftem Lehm und Weidengeflecht. Mein erster Eindruck war, daß eine verheerende Krankheit das Städtchen entvölkert haben müsse. Vor den Haustüren saßen einige alte und kranke Leute und jammerten laut.

Wir fragten sie, was denn geschehen sei.

»Ach«, riefen sie händeringend: »Gar zu bald wird der Vollendete sterben. Noch in dieser Stunde wird das Licht der Welt erlöschen. Die Mallas sind nach dem Salahain gegangen, um den Heiligen zu sehen und zu verehren. Denn kurz vor Sonnenuntergang kam Ananda in unsere Stadt und begab sich zur Markthalle, wo die Mallas eine öffentliche Sache berieten, und sagte: ›Heute, noch vor Mitternacht, o Mallas, wird das Nirvana des Vollendeten stattfinden. Sorget, daß ihr euch nicht später einen Vorwurf machen müßt: in unserer Stadt ist der Buddha gestorben, und wir benutzten nicht die Gelegenheit, um den Vollendeten in seinen letzten Stunden zu besuchen.‹ So zogen denn die Mallas mit Weibern und Kindern, klagend und jammernd, nach dem Salahain. Wir aber sind zu alt und schwach, wir mußten hier zurückbleiben und können den Erhabenen nicht in seinen letzten Stunden verehren.«

Wir ließen uns nun den Weg von der Stadt nach jenem Salahaine zeigen. Dieser Weg war aber, als wir ihn betraten, schon gänzlich angefüllt mit den Scharen der zurückkehrenden Mallas. Wir eilten also lieber querfeldein, nach einer Ecke des Wäldchens zu.

Hier stand, an einen Baumstamm gelehnt, ein Mönch und weinte. In dem Augenblick, da ich ergriffen stehen blieb, erhob er sein Antlitz zum Himmel – das volle Mondlicht fiel auf die schmerzdurchdrungenen Züge, und ich erkannte Ananda.

»So bin ich doch zu spät gekommen«, sagte ich mir, und ich fühlte, wie meine Kräfte mich verließen.

Ich vernahm aber ein Rascheln im Gebüsch und sah einen riesengroßen Mönch hervortreten und seine Hand auf Anandas Schulter legen:

»Bruder Ananda, der Meister ruft dich.«

So sollte ich doch noch den Buddha in seinen letzten Augenblicken sehen! Sofort kehrten meine Kräfte wieder und befähigten mich, den beiden zu folgen.

Jetzt bemerkte und erkannte Angulimala uns. Seinen besorgten Blick richtig deutend, sagte ich:

»Fürchte nicht, Bruder, daß wir durch lautes Weinen und weibisches Klagen die letzten Augenblicke des Vollendeten stören werden. Wir haben uns von Vesali bis hierher keine Ruhe gegönnt, um den Erhabenen noch zu sehen. Verwehre uns den Zutritt nicht, wir wollen stark sein.«

Da winkte er uns, ihnen zu folgen.

Wir hatten nicht weit zu gehen.

Auf einer kleinen Waldwiese waren wohl an die zweihundert Brüder versammelt und standen da in einem Halbkreise. In der Mitte erhoben sich zwei Salabäume, die eine einzige Masse von weißen Blüten bildeten, und unter ihnen, auf einem Lager von gelben Mänteln, die zwischen den beiden Stämmen ausgebreitet waren, ruhte der Vollendete, den Kopf auf den rechten Arm gestützt. Und die Blüten regneten leise über ihn herab.

Hinter ihm sah ich im Geiste die jetzt im Nachtdunkel verborgenen, in ewigen Schnee gehüllten Zinnen des Himavat, von denen ich soeben einen flüchtigen, traumhaften Anblick genossen hatte, dem ich es verdankte, daß ich jetzt hier vor dem Vollendeten stand. Der überirdische Glanz aber, der von ihnen herübergegrüßt hatte, strahlte mir jetzt in geistiger Verklärung von seinem Gesichte wider. Auch er, der Erhabene, schien ja, ebenso wie jene wolkenartig schwebenden Gipfel, der Erde gar nicht anzugehören, und doch war er wie sie, von derselben Ebene aus, die uns alle trägt, bis zu jener unermeßlichen Geisteshöhe emporgestiegen, von welcher aus er jetzt im Begriff stand, dem Blick der Menschen und der Götter zu entschwinden.

Und er sprach zu dem vor ihm stehenden Ananda:

»Ich weiß wohl, Ananda, daß du einsam weintest in dem Gedanken: ›Ich bin noch nicht frei von Sünden, ich habe noch nicht das Ziel erreicht, und mein Meister wird jetzt in das Nirvana eingehen – er, der sich meiner erbarmte.‹ Aber nicht also, Ananda – klage nicht, jammere nicht! Habe ich es dir nicht zuvor gesagt, Ananda: – von Allem, was man lieb hat, muß man scheiden? Wie wäre es möglich, Ananda, daß das, was entstanden ist, nicht verginge? Du aber, Ananda, hast lange Zeit den Vollendeten geehrt, in Liebe und Güte, mit Freuden, ohne Falsch. Du hast Gutes getan. Strebe ernstlich, und du wirst bald frei sein von Sinnenbegier, von Ichsucht und von Irrwahn.«

Wie um zu zeigen, daß er sich nicht mehr von Trauer überwältigen ließe, fragte nun Ananda, indem er mit Gewalt seine Stimme beherrschte, was die Jünger mit den sterblichen Resten des Vollendeten tun sollten.

»Laßt euch das nicht kümmern«, antwortete der Buddha. »Es gibt weise und fromme Anhänger unter den Adligen, unter den Brahmanen, unter den bürgerlichen Hausvätern – sie werden den sterblichen Resten des Vollendeten die letzte Ehre erweisen. Ihr aber habt Wichtigeres zu tun. Gedenket des Ewigen, nicht des Sterblichen; eilet vorwärts, schauet nicht zurück.«

Und indem er seinen Blick im Kreise herumgehen ließ und jeden einzelnen ansah, sprach er weiter:

»Es möchte sein, ihr Jünger, daß ihr also denkt: ›das Wort hat seinen Meister verloren, wir haben keinen Meister mehr.‹ Aber so müßt ihr nicht meinen. Die Lehre, ihr Jünger, die ich euch gelehrt habe, die ist euer Meister, wenn ich von dannen gegangen bin. Darum haltet euch an keiner äußeren Stütze. Haltet fest an der Lehre, wie an einer Stütze! Seid eure eigene Leuchte, eure eigene Stütze.«

Auch mich bemerkte er dann – voll Mitleid ruhte der Blick des Allerbarmers auf mir, und ich fühlte, daß mein Pilgergang nicht vergeblich gewesen war.

Nach einer kurzen Weile sprach er dann:

»Es möchte sein, ihr Jünger, daß in jemand von euch irgend ein Zweifel aufstiege hinsichtlich des Meisters oder hinsichtlich der Lehre. Fragt frei, ihr Jünger, auf daß ihr euch nicht später den Vorwurf zu machen habt: ›der Meister war bei uns, von Angesicht zu Angesicht, und wir haben ihn nicht gefragt.‹«

Da er also gesprochen, also uns aufgefordert hatte, schwiegen Alle.

Wie hätte wohl auch da noch ein Zweifel bestehen können angesichts des dahinscheidenden Meisters? Wie er dalag, von milden Mondstrahlen überflutet – als ob himmlische Genien ihm das Sterbebad bereiteten; von den niederregnenden Blüten bestreut – als ob die Erde ihren Verlust beweine; inmitten der tief erschütterten Jüngerschar selber unerschüttert, ruhig, heiter: wer fühlte da nicht, daß dieser vollkommen Heilige auf ewig alles Unvollkommene abgetan, alle Übel überwunden hatte? Was sie da »das sichtbare Nirvana« nennen, das sahen wir ja vor uns in den leuchtenden Zügen des weltverlassenden Buddha.

Und Ananda faltete seine Hände und sagte, inniglich ergriffen:

»Wie wunderbar ist doch dies, o Herr! Wahrlich, ich glaube, in dieser ganzen Versammlung ist auch nicht einer, in dem sich ein Zweifel regt.«

Und der Erhabene antwortete ihm:

»Aus der Fülle deines Glaubens, Ananda, hast du gesprochen. Ich aber weiß, daß in keinem sich ein Zweifel regt. Selbst wer am weitesten zurück war, ist erleuchtet worden und wird schließlich das Ziel erreichen.«

Bei dieser Verheißung war es wohl jedem von uns, als ob eine starke Hand ihm die Pforte der Ewigkeit auftue.

Noch einmal öffneten sich die Lippen, die der Welt die höchste und letzte Wahrheit verkündet hatten:

»Wohlan, ihr Jünger, wahrlich, ich sage euch: vergänglich ist jegliche Gestaltung. Ringet ohne Unterlaß!«

Das waren die letzten Worte des Erhabenen.

Vasitthis Vermächtnis

Und es waren die letzten, die ich auf Erden vernahm.

Meine Lebenskraft war erschöpft, das Fieber umnebelte meine Sinne. Wie flüchtige Traumbilder sah ich noch Gestalten um mich her – Medinis Gesicht war oft dem meinigen nahe. Dann wurde Alles dunkel. Plötzlich aber war es mir, als ob ein kühles Bad meinen Fieberbrand lösche. Nein, ich fühlte mich, wie ein Wanderer, in der Sonnenglut an einem Teiche stehend, sich wohl vorstellen mag, daß die Lotuspflanze sich fühlen muß, die, gänzlich in quellenkühles Naß getaucht, ihre Labung mit allen Fasern einsaugt. Gleichzeitig hellte es sich nach oben auf, und ich sah dort über mir eine große schwimmende, rote Lotusrose; und über ihren Rand neigte sich dein liebes Gesicht hervor. Da stieg ich von selber aufwärts und ich erwachte neben dir, im Paradiese des Westens!«

»Und gepriesen seist du«, sagte Kamanita, »daß du, von deiner Liebe gelenkt, jenen Weg nahmst. Wo wäre ich wohl jetzt, wenn du dich mir dort nicht zugesellt hättest? Zwar weiß ich nicht, wohin wir uns aus den Trümmern dieses schrecklichen Weltunterganges retten können – doch du flößest mir Zuversicht ein, denn du scheinst von diesen Schrecknissen so unerschüttert zu sein, wie der Sonnenstrahl vom Sturm.«

»Wer das Größte gesehen hat, mein Freund, den bewegt das Geringere nicht. Geringfügig aber ist ja dies, daß Tausende und Abertausende von Welten vergehen, im Vergleich damit, daß ein vollendeter Buddha in das Nirvana eingeht. Denn alles dies, was wir rings um uns sehen, ist nur eine Veränderung, und alle diese Wesen werden wieder ins Dasein treten. Jener hunderttausendfache Brahma, der sich zornglühend gegen das Unabänderliche sträubt und wohl gar *uns* neidisch ansieht, weil wir noch ruhig leuchten: der wird auf irgend einer niedrigeren Stufe wieder erscheinen, während vielleicht ein hochstrebender Menschengeist als der Brahma entsteht; jedes Wesen aber wird sich dort befinden, wo sein innerster Herzenswille und seine Geisteskraft es hinführt. Im ganzen jedoch wird Alles sein wie es war, weder besser noch schlimmer; weil es eben gleichsam aus demselben Stoff gemacht ist. Deshalb nenne ich dies geringfügig.

Und deshalb ist es nicht nur keineswegs schrecklich, sondern sogar erfreulich, diesen Weltuntergang zu erleben. Denn wäre diese Brahmawelt ewig, dann gäbe es ja nichts Höheres.«

»So weißt du denn ein Höheres als diese Brahmawelt?«

»Diese Brahmawelt ist, wie du siehst, vergänglich. Aber es gibt ein Unvergängliches, ein Ungewordenes. ›Es gibt‹, sagt der Herr, ›eine Stätte, wo nicht Erde noch Wasser ist, nicht Licht noch Luft, weder Raumunendlichkeit noch Bewußtseinsunendlichkeit, weder Vorstellung noch Nichtvorstellung. Das heiße ich, ihr Jünger, weder Kommen noch Gehen, weder Sterben noch Geburt; das ist des Leidens Ende, die Stätte der Ruhe, das Land des Friedens, das unsichtbare Nirvana.‹«

»Hilf mir, du Heilige, daß wir dort, im Lande des Friedens, auferstehen!«

»›Auferstehen‹ – hat der Herr gesagt – ›das trifft dort nicht zu; Nichtauferstehen, das trifft dort nicht zu. Womit du bezeichnend irgend etwas greifbar machen und erfassen kannst – das trifft dort nicht zu.‹«

»Was soll mir aber das Ungreifbare?«

»Lieber frage: was greifbar ist, ist das noch wert, die Hand danach auszustrecken?«

»Ach, Vasitthi, wahrlich, ich glaube, einst muß ich einen Brahmanenmord oder ein ähnliches Verbrechen begangen haben, das mich mit seiner Vergeltung so grausam in dem Gäßchen Rajagahas traf. Denn wäre ich dort nicht jäh ums Leben gekommen, so hätte ich dem Erhabenen zu Füßen gesessen, ja gewiß wäre ich auch wie du bei seinem Nirvana zugegen gewesen. Und ich würde sein wie du bist. – Aber wohlan, Vasitthi – während uns noch Gedanken und Vorstellungen gehören, tue mir dies zu Liebe. Beschreibe mir den Vollendeten genau, auf daß ich ihn im Geiste sehe und somit das erreiche, was mir auf Erden nicht vergönnt war: gewiß wird das mir den Frieden geben.«

»Gern, mein Freund«, antwortete Vasitthi. Und sie schilderte ihm die Erscheinung des Vollendeten, Zug um Zug, auch nicht das Geringste vergessend.

Aber mißmutig sagte Kamanita:

»Ach, was helfen Beschreibungen! Was du da sagst, das könnte alles ebensogut auf jenen alten Asketen passen, von dem ich dir erzählt habe, daß ich mit ihm zusammen zu Rajagaha in der Halle eines Hafners die Nacht zubrachte, und der wohl nicht ganz so töricht war, wie ich geglaubt habe, denn er hat doch, wie ich jetzt merke, manches Richtige gesagt. Wohlan, Vasitthi, sage mir nichts mehr, sondern stelle dir im Geiste den Vollendeten vor, bis du ihn siehst, wie du ihn zuletzt von Angesicht zu Angesicht gesehen hast; und infolge unserer geistigen Gemeinschaft werde ich dann vielleicht an dieser Vision teilnehmen.«

»Gern, mein Freund.«

Und Vasitthi stellte sich den Vollendeten vor, wie er im Begriff war, in das Nirvana einzugehen.

»Siehst du ihn, mein Lieber?«

»Noch nicht, Vasitthi.«

»Ich muß dies Phantasiebild versinnlichen«, dachte Vasitthi.

Und sie sah sich im unermeßlichen Raume um, wo die Brahmawelt im Erlöschen begriffen war.

Gleichwie etwa ein großer Erzgießer, wenn er die Form eines herrlichen Götterbildes fertiggestellt hat, und es ihm an Erz gebricht um diese Form zu füllen, sich nun in seiner Werkstatt umsieht; und was da alles umhersteht an kleinen Götterbildern, Figuren, Vasen und Gefäßen, sein ganzes Eigentum, das Werk seines Lebens, – das wirft er alles gern und willig in den Schmelzofen, um dies eine herrliche Götterbild vollkommen gießen zu können: also sah Vasitthi sich im unermeßlichen Raume um: und was da alles noch von erblassendem Licht und zerfließenden Formen dieser Brahmawelt übrig war, das zog sie durch ihre Geisteskraft an sich, den ganzen Raum entvölkernd, und bannte diese ganze Masse von Astralstoff in die Formen ihrer Phantasie und schuf so im Raume ein kolossales leuchtendes Bild des Vollendeten, wie er im Begriff war, in das Nirvana einzugehen.

Und wie sie dies Bild sich gegenüber erblickte, erhob sich in ihr keine Neigung, keine Wehmut.

Denn selbst der große Heilige Upagupta, als er durch die Zauberkunst Maras, des Bösen, die Gestalt des längst gestorbenen Buddha zu sehen bekam, da erhob sich in ihm Neigung, so daß er sich vor der Trugerscheinung anbetend niederwarf und von Wehmut übermannt klagte: »Wehe über diese erbarmungslose Unbeständigkeit, daß sie auch so herrliche Gestalten auflöst! Denn der so herrliche Körper des großen Heiligen unterlag der Vergänglichkeit und ist der Vernichtung anheimgefallen.«

Nicht aber so Vasitthi.

Unbewegt, gesammelten Geistes betrachtete sie die Erscheinung, wie ein Künstler sein Werk, nur darauf bedacht, dieselbe Kamanita mitzuteilen.

»Jetzt fange ich an, eine Gestalt zu sehen«, sagte dieser. »O halte sie fest, laß sie noch deutlicher aufleuchten!«

Da blickte Vasitthi sich wieder im Raume um.

In seiner Mitte war noch der rotglühende, zornesblitzende Glanz des hunderttausendfachen Brahma geblieben.

Und Vasitthi riß durch ihre Geisteskraft diese höchste Gottheit aus ihrer Stätte und bannte sie in die Form der Buddhaerscheinung hinein. Da erleuchtete sich diese und belebte sich, wie Einer, der einen stärkenden Trank genießt.

»Jetzt seh' ich sie schon deutlicher«, sagte Kamanita.

Da schien es Vasitthi, als ob der Buddha zu ihr spräche:

»So bist du denn gekommen, meine Tochter. Bist du mit deinem Spruch zu Ende?«

Und wie man seinem Traumbilde antwortet, entgegnete Vasitthi:

»Ich bin damit zu Ende, Herr.«

»Recht so, meine Tochter! Und der lange Weg hat dich nicht gemüht? Noch bedarfst du der Hilfe des Vollendeten?«

»Nein, o Herr, ich bedarf nicht mehr der Hilfe des Vollendeten.«

»Recht so, meine Tochter! Bei dir selber hast du Zuflucht genommen, in deinem eigenen Selbst ruhest du, Vasitthi.«

»Mein Selbst habe ich kennen gelernt, o Herr. Wie man die Blattscheiden eines Pisangstammes aufrollt und findet darin kein Kernholz, aus dem eine feste Stütze zu zimmern wäre; also habe ich da mein Selbst kennen gelernt: ein Haufen wechselnder Gestaltungen, in denen nichts Ewiges ist, worin man ruhen könnte. Und ich gebe dies mein Selbst auf: ›das bin ich nicht, das gehört mir nicht‹ – also urteile ich darüber.«

»Recht so, meine Tochter! Nur an der Lehre hältst du dich noch fest.«

»Die Lehre, o. Herr, hat mich zum Ziel gebracht. Wie einer, der mittelst eines Flosses einen Strom durchquert hat, wenn er das jenseitige Ufer betritt, das Floß nicht festhält, nicht mit sich schleppt: also halte ich mich nicht mehr an der Lehre fest, lasse die Lehre fahren.«

»Recht so, meine Tochter! Solcherweise nirgend anhänglich haftend, wirst du bei mir am Orte des Friedens auferstehen.«

»›Auferstehen‹, hast du gesagt, o Herr, ›das trifft nicht zu. Nichtauferstehen, das trifft nicht zu.‹ Und auch diese Lehre, daß weder Auferstehen noch Nichtauferstehen zutrifft – auch *die* trifft nicht mehr zu. Nichts trifft mehr zu, *und am wenigsten trifft das Nichts zu*. Also hab' ich es jetzt verstanden.«

Da lächelte die Buddhaerscheinung ein leuchtendes Lächeln.

»Jetzt werde ich auch die Züge gewahr«, sagte Kamanita. »Wie ein Spiegelbild in fließendem Wasser erkenne ich sie undeutlich. O, halte sie fest, stätige sie, Vasitthi!«

Vasitthi sah sich im Raume um.

Der Raum war leer.

Da warf Vasitthi ihre eigene Körperlichkeit in die Astralmasse der Erscheinung hinein.

Kamanita merkte, wie Vasitthi entschwand. Wie aber ein Sterbender ein Vermächtnis hinterläßt, so hatte Vasitthi ihm jetzt das Buddhabild vermacht, das mit ihm allein im Raume zurückblieb, und das er jetzt deutlich erkannte.

»Jener alte Asket, mit dem ich in Rajagaha übernachtete und den ich töricht schalt, das war ja der Vollendete! O über mich Toren! Gab es je einen größeren Toren als mich? Was ich als das höchste Heil, als die Erlösung selber ersehnte, das hab' ich ja schon seit Milliarden von Jahren besessen!«

Da näherte sich ihm die Erscheinung wie eine, heranziehende Wolke und hüllte ihn in einen glänzenden Nebel ein.

Weltennacht und Weltengrauen

Wie in einer Festhalle, wenn alle Fackeln und Lampen ausgelöscht sind, in einer Ecke vor einem heiligen Bilde ein Lämpchen noch brennen bleibt: also blieb Kamanita in der Weltennacht allein zurück.

Denn wie seine Leiblichkeit in den Astralstoff jener Buddhaerscheinung gehüllt war, so war seine Seele ganz und gar vom Buddhagedanken umhüllt: und das war das Öl, welches die Flamme dieses Lämpchens speiste.

Das ganze Gespräch, das er in der Vorhalle des Hafners zu Rajagaha mit dem Erhabenen gehabt hatte, stieg Satz für Satz, Wort für Wort in seiner Erinnerung auf. Nachdem er es aber ganz durchgegangen war, hub er wieder von vorne an. Und jeder Satz war ihm da wie eine Pforte, von der aus sich neue Gedankenwege eröffneten, die wiederum zu anderen führten. Und er wanderte sie alle, bedächtigen Schrittes, und nichts war da, was ihm dunkel blieb.

Und während sein Geist da solchermaßen den Buddhagedanken in sich hineinspann und verarbeitete, sog seine Körperlichkeit immer mehr von dem sie umgebenden Astralnebel in sich, so daß dieser endlich durchsichtig wurde. Und die Finsternis der Weltennacht fing an sich als ein zartes Blau zu zeigen, das immer dunkler ward.

Da dachte Kamanita:

»Draußen herrscht nun die ungeheure Finsternis der Weltennacht. Einst aber wird die Zeit kommen, da der Tag graut und eine neue Brahmawelt ins Dasein tritt. Wenn mein Sinnen und Trachten nun darauf gerichtet wäre, der hunderttausendfache Brahma zu sein, der diese Welt ins

Leben rufen wird, so sehe ich nicht, wer mir da den Rang ablaufen könnte. Denn während alle Wesen jener Brahmawelt in Ohnmacht und Nichtsein versunken sind, bin ich hier wach und geistesmächtig zur Stelle. Ja, ich könnte, wenn ich wollte, in diesem Augenblick jene Wesen alle ins Dasein rufen, jedes an seine Stelle, und den neuen Weltentag beginnen. Eins aber könnte ich nicht: Vasitthi könnte ich nimmer wieder ins Dasein rufen. Vasitthi ist davongegangen in jenem Entschwinden, das keine Daseinskeime zurückläßt; kein Gott und kein Brahma kann sie finden. Was aber soll mir ein Leben ohne Vasitthi, die im Leben das Schönste und Beste war? Und was soll mir ein Brahmasein, über welches man hinausgehen kann? Was soll mir die Zeitlichkeit, wenn es eine Ewigkeit gibt?

Es gibt eine Ewigkeit und einen Weg in die Ewigkeit. Einst hat mich ein alter Waldbrahmane gelehrt, daß um das Herz hundert feine Adern gesponnen sind, durch welche die Seele in dem ganzen Körper umherschweifen kann; eine einzige Ader aber gäbe es, die zum Scheitel führe, und durch diese verlasse die Seele den Körper. So gibt es auch hundert, ja tausend und hunderttausend Wege, die in dieser Welt umherführen, durch mannigfache Leidensstätten, langwierige und kurzwierige, schön ausgestattete und häßlich ausgestattete: Himmel und Menschenwelt und Tierreiche und Höllen. Aber einen einzigen Weg gibt es, der aus dieser Welt gänzlich hinausführt. Das ist der Weg in die Ewigkeit, der Weg ins Unbetretene. Auf diesem Wege befinde ich mich jetzt. Wohlan, ich will ihn zu Ende gehen.«

Und er dachte den Buddhagedanken von dem zur Leidensvernichtung führenden Wege immer weiter.

Und immer dunkler wurde das Blau der durchscheinenden Weltennacht.

Wie dasselbe aber anfing fast schwarz zu werden, leuchtete der neue Brahma auf, ein hunderttausendfacher Brahma, der hunderttausend Welten erleuchtet und erhält.

Und der Brahma ließ den frohen Weckruf ergehen:

»Wachet auf, ihr Wesen alle, die ihr diese ganze Weltennacht hindurch im Schoße des Nichtseins ruhtet! Hierher, die neue Brahmawelt zu bilden, den neuen Weltentag zu genießen, jeder an seiner Stätte, jeder nach seiner Kraft!«

Und die Wesen und Welten tauchten aus dem Nichtsein der Finsternis hervor, Stern an Stern, und wie Jauchzen von hunderttausend Stimmen und Schall von hunderttausend Pauken und Muschelhörnern erklang es:

»Heil dem hunderttausendfachen Brahma, der uns zum neuen Weltentage ruft! Heil uns, die wir berufen sind, den Weltentag mit ihm zu genießen, seinen göttlichen Glanz selig widerzuspiegeln!«

Als Kamanita dies sah und vernahm, wurde er von tiefem Mitleid ergriffen.

»Diese Wesen und Welten, diese Sternengötter und der hunderttausendfache Brahma selber jauchzen dem Weltentage entgegen, erfreuen sich des Lebens. Und warum? Weil sie es nicht kennen.«

Durch dies sein Mitleid mit der Welt, mit den Göttern und mit dem höchsten Gott überwand Kamanita den letzten Rest von Eigenliebe.

Aber er erwog nun:

»Auch während dieses Weltentages werden ja vollendete Buddhas erscheinen, welche die Wahrheit verkünden. Wenn nun diese Gottheiten die Heilswahrheit vernehmen und sich erinnern, daß sie im ersten Grauen des Weltentages ein Wesen gesehen haben, das aus der Welt hinausging, dann wird ihnen diese Erinnerung zum Vorteil gedeihen. ›Schon einer aus unserer Mitte, gleichsam ein Teil von uns, ist auf jenem Weg vorausgegangen‹, werden sie sich sagen und das wird ihnen zum Heil gereichen. Also helfe ich Allen, indem ich mir selber helfe. Denn niemand kann in Wahrheit sich selber helfen, ohne Allen zu helfen.«

Da bemerkten nun bald einige, dann immer mehrere der Sternengötter, daß Einer da war, der nicht wie die anderen klarer und klarer leuchtete, sondern vielmehr an Glanz abnahm.

Und sie riefen ihm zu:

»Heda, Bruder! Blicke doch auf den großen, den hunderttausendfachen Brahma, auf daß dein Glanz sich erfrische, auf daß du aufleuchten mögest wie wir! Auch du, Bruder, bist ja berufen, den Glanz des höchsten Gottes selig widerzuspiegeln.«

Als die Götter ihn so anriefen, blickte Kamanita weder hin, noch hörte er hin.

Und die Götter, die ihn noch trüber werden sahen, wurden um ihn gar sehr besorgt. Und sie wandten sich an Brahma:

»Großer Brahma! Erleuchter und Erhalter! O siehe doch dies arme Wesen, das zu schwach ist, um mitzufolgen, dessen Glanz abnimmt, anstatt zuzunehmen! O, richte doch deine Aufmerksamkeit auf ihn, erleuchte ihn, erfrische ihn! Auch ihn hast du ja gerufen, damit er deinen göttlichen Glanz selig widerspiegele.«

Und der große Brahma, voll Fürsorge für die Wesen, richtete seine Aufmerksamkeit auf Kamanita, um ihn zu erfrischen und zu stärken.

Aber der Glanz Kamanitas nahm trotzdem zusehends ab.

Da verdroß es nun den großen Brahma mehr, daß dies eine Wesen sich von ihm nicht erhellen ließ und seinen Glanz nicht widerspiegelte, als es ihn erfreute, daß hunderttausend Welten sich in seinem Lichte sonnten und ihn jauchzend priesen.

Und er zog einen großen Teil seiner göttlichen Leuchtkraft von den Welten zurück – Leuchtkraft genug, um tausend Welten zu entzünden – und richtete sie auf Kamanita.

Aber der Glanz Kamanitas nahm immer noch ab, als ob er dem völligen Erlöschen entgegenginge.

Nun geriet Brahma in große Angst, in große Besorgnis:

»Dieser eine entzieht sich meiner Macht – so bin ich denn nicht allmächtig? Nicht kenn' ich den Weg, den er geht – so bin ich denn nicht allwissend? Denn nicht erlischt jener, wie die Wesen im Tode erlöschen, um je nach den Werken wiedergeboren zu werden; nicht, wie die Welten in der Brahmanacht erlöschen, um sich wieder zu entzünden. Welches Licht leuchtet denn ihm, daß er das meine verschmäht? So gibt es also ein Licht, leuchtender als das meine? So gibt es also einen Weg, dem meinen entgegengesetzt – einen Weg ins Unbetretene? Werde ich wohl selber jemals diesen Weg einschlagen – den Weg ins Unbetretene?«

Und auch die Sternengötter alle gerieten in große Angst, in große Besorgnis:

»Dieser eine entzieht sich der Macht des großen Brahma – so ist denn der große Brahma nicht allmächtig? Welches Licht leuchtet wohl ihm, daß er dasjenige des großen Brahma verschmäht? So gibt es denn ein Licht, herrlicher als das göttliche, das wir selig widerspiegeln? So gibt es also einen Weg, dem unseren entgegengesetzt – einen Weg ins Unbetretene? Werden wir wohl jemals diesen Weg einschlagen – den Weg ins Unbetretene?«

Da erwog nun der hunderttausendfache Brahma:

»Wohlan, ich werde meine Leuchtkraft, die jetzt in dem Raume verbreitet ist, wieder zurückziehen und werde alle diese Welten wiederum in das Dunkel der Brahmanacht versenken. Und in einen einzigen Strahl gesammelt werde ich mein Licht auf jenes Wesen richten, um es für diese meine Brahmawelt noch zu retten.«

Und der hunderttausendfache Brahma zog nun seine in dem Raume verbreitete Leuchtkraft an sich zurück, so daß alle die Welten wieder in das Dunkel der Brahmanacht versanken. Und indem er sein Licht in einen einzigen Strahl sammelte, richtete er diesen auf Kamanita.

»Nun muß an dieser Stelle der strahlendste Stern meiner ganzen Brahmawelt leuchten!« dachte er.

Da zog der hunderttausendfache Brahma diesen einzigen Strahl, mit Leuchtkraft genug um hunderttausend Welten zu entzünden, an sich zurück und verbreitete dann wieder sein Licht durch den ganzen Raum.

An der Stelle aber, wo er hoffte, den strahlendsten Stern leuchten zu sehen, war nur noch ein verglimmendes Fünkchen zu entdecken.

Und während im unermeßlichen Raume Welten an Welten aufleuchtend und aufjauchzend zum neuen Brahmatage sich hervordrängten, erlosch der Pilger Kamanita gänzlich, wie eine Lampe erlischt, wenn sie den letzten in ihren Docht aufgesogenen Öltropfen verzehrt hat.

Note

Mit Ausnahme der Begegnung des Buddha und des Pilgers in der Vorhalle des Hafners (*Majjhimanikayo* Nr. 140, wo aber der Pilger den Buddha versteht und erkennt) und der Bekehrung Angulimalas* sind die in diesem Buche erzählten Begebenheiten von mir frei erfunden – was ich deshalb bemerke, weil einige Leser des Manuskriptes glaubten, ich hätte irgend eine indische Sage bearbeitet. Nur die Schilderung des Ballspieles habe ich aus *Dandins* Novellenkranze *Daçakumaracaritam* genommen; auch in der glänzenden Einleitung der deutschen Übersetzung dieses Werkes – von *J. J. Meyer* – fand ich manchen guten Wink. Daß ich zum Ausmalen des Milieus kulturhistorische Werke älteren und neueren Datums – vor allen die *Jatakas* – benutzt habe, versteht sich wohl von selber; von modernen Werken sei hier *Richard Schmidts »Beiträge zur indischen Erotik«* als ausgiebige Fundgrube erwähnt (Lotus-Verlag, Leipzig 1902; in demselben Verlage ist Daçakumaracaritam erschienen).

Die echten Buddhaworte sind durch ihren Stil leicht als solche zu erkennen – wiewohl einige nachgemachte (p. 140 bis 144) mit ihnen verwechselt werden können. Sie sind

* XXXIV. Kap. Die Einzelheiten der Legende nach Majjh. No. 86. Doch ist das vereitelte Pfeilschießen von mir hinzugefügt. Das Höllenbild findet sich auch nicht dort, sondern in No. 50; die daran sich schließende Stelle vom Höllenrichter ist aus No. 130 genommen; die dann folgende Skala von den Vielen und den Wenigen gehört einem andern Teile des Kanons an (Anguttara-Nikayo – nach K. E. Neumanns »Buddhistischer Anthologie«, p. 104 ff.).

meistens dem großartigen Übersetzungswerke *Dr. Karl E. Neumanns »Die Reden Buddhos«* (Majjhimanikayo) entnommen. Aber auch dem epochemachenden und noch immer unübertroffenen Werke *Prof. Oldenbergs* (»Buddha«) verdanke ich einige wichtige Stellen.

Es braucht kaum bemerkt zu werden, daß die wenigen Upanishadstellen (p. 36 ff., 129, 141) nach *Prof. Deussens »Sechzig Upanishads des Veda«* zitiert sind. Dem zweiten großen Übersetzungswerke dieses trefflichen und unermüdlichen Forschers *»Die Sutras des Vedanta«* verdankt mein zehntes Kapitel seine Entstehung. Wenn dies kuriose Stück inhaltlich eine Darstellung des indischen Übermenschentums ist – als des äußersten Gegensatzes zum Buddhismus – so ist es in seiner Form eine peinlich genaue Nachbildung des vedantischen Sutrastils, mit der änigmatischen Kürze des Textes, dessen eigentliches Prinzip – wie Deussen richtig erkannt hat – darin besteht, nur Stichworte für das Gedächtnis, keineswegs aber die für den Sinn wichtigen Worte zu geben; so konnte man ohne Gefahr den Text schriftlich fixieren, da er doch von keinem verstanden wurde, dem der Lehrer nicht auch mündlich den Kommentar mitteilte, der dann gewöhnlich um so pedantisch umständlicher ausfiel. Allerdings sind diese *Kali-Sutras* – wie der ganze Vajaçravas – eine scherzhafte Fiktion von mir, – aber eine, glaube ich, von der jeder Kenner des alten Indien zugeben wird, daß sie sich innerhalb der Grenzen des Möglichen – ja sogar des Wahrscheinlichen – hält. Indien ist eben das Land, wo auch der Räuber philosophieren muß und es gelegentlich bis zum »wunderlichen Heiligen« treibt, und wo auch der Höllenwächter »höflich bis zur letzten Galgensprosse« bleibt.

Sollte nun einen solchen Kenner die Lust anwandeln, mich wegen einiger Ungenauigkeiten zu schulmeistern, so bitte ich ihn, zu bedenken, daß der, der den »Pilger Kamanita« schrieb, wohl am besten weiß, welche Freiheiten er sich genommen hat und warum. So hätte ich ja leicht anstatt des späteren Sukhavati den Himmel der dreiunddreißig Götter nehmen können und wäre dann korrekt geblieben. Aber was in aller Welt hätte ich mit dreiunddreißig Göttern anstellen sollen, da ich nicht einmal in Sukhavati für den einen Amithaba Verwendung hatte? So ließ mich denn auch als Dichter die Frage recht kalt, ob das Mahabharatam schon zur Zeit des Buddha existierte, und in welcher Form. Auch gestehe ich gern, daß ich gar nicht weiß, ob man von Kusinara aus die Schneegipfel des Himalaya erblicken kann, ja daß ich dies sogar sehr bezweifle; wiewohl nicht der Entfernung wegen, da Schlagintweit aus noch größerer den Gaurisankar von der Ebene aus gesehen hat. Dem sei nun wie es wolle: ich bin der Ansicht, daß die Forderungen der Poesie denen der Geographie vorangehen.

Dagegen würde ich mir nie erlaubt haben, am ursprünglichen Buddhismus »poetischer« Zwecke halber auch nur den geringsten Zug zu ändern; denn daß ich, wie gesagt, die später so höchst populäre Vorstellung von Sukhavati hineingezogen habe, wird man mir nicht als eine solche Entstellung anrechnen können, da doch der Sache nach identische Vorstellungen im ältesten Buddhismus lebendig sind. Vielmehr ist es mir ein Herzensbedürfnis gewesen, ein echtes Bild buddhistischer Lebens- und Weltanschauung aufzurollen. Wenn *Dr. K. E. Neumann*, ohne dessen Arbeiten diese Dichtung nicht hätte entstehen können, in seinem Nachwort zum »Wahrheitspfad« vor dreizehn Jahren schrieb: »Die letzten Jahrzehnte, die letzten Jahre haben uns erst Aufschluß darüber gegeben, wer der Buddha war und was er gelehrt hat ... Die Poesie des Buddhismus, sein Innerstes, ist uns aber noch ein Buch mit fünf Siegeln. Eins nach dem andern muß gelöst werden, wollen wir sein Herz verstehen lernen. ... Nachdem die Gelehrten das Ihrige getan haben, komme nun der Dichter und tue das Seinige: die Pali-Urkunden warten auf ihn. Dann erst wird die Buddhalehre auch bei uns zum Leben erwachen, wird deutsch unter Deutschen blühn« – so hoffe ich, daß mein gelehrter und verehrter Freund – und vielleicht mancher mit ihm – in diesem Werk den Anfang der Erfüllung jenes Wunsches begrüßen wird.

Dresden, September 1906 *Karl Gjellerup*